» LA GAJA SCIENZA «

VOLUME 1284

ARABESQUE

Romanzo di
ALESSIA GAZZOLA

PROPRIETÀ LETTERARIA RISERVATA
Longanesi & C. © 2017 – Milano
Gruppo editoriale Mauri Spagnol

www.longanesi.it

ISBN 978-88-304-4879-7

Questo romanzo è un'opera di fantasia. Qualsiasi riferimento a persone, luoghi e circostanze reali è del tutto casuale. Personaggi e luoghi citati sono stati inventati dall'autrice allo scopo di conferire veridicità alla narrazione.

Per essere informato sulle novità
del Gruppo editoriale Mauri Spagnol visita:
www.illibraio.it

Fotocomposizione Editype S.r.l.
Agrate Brianza (Milano)

Finito di stampare
nel mese di ottobre 2017
per conto della Longanesi & C.
da ❦ Grafica Veneta S.p.A. di Trebaseleghe (PD)
Printed in Italy

ARABESQUE

You live as long as you dance
Rudolf Nureyev

Le luci si spengono tutte nello stesso istante. Solo il palco resta illuminato, lei è accecata dai riflettori e non vede più quella platea, vuota fino a un attimo prima. C'è solo Madame, con la sua solita aria imperturbabile.

Deve dare il meglio di sé, non capiterà una seconda occasione.

Le note dal pianoforte si spargono nel teatro, rassicuranti. È Debussy.

In posizione.

Non sente neanche più il dolore di tutte le ferite ai piedi, che divorano le sue dita dai calcagni alle unghie. È anestizzata perché sa che deve essere perfetta. Il teatro è vuoto, ma se fosse occupata anche l'ultima poltrona lei vorrebbe essere perfetta per una persona soltanto.

Inizia il suo esercizio, e il legno del palco scricchiola sotto le sue punte di gesso.

A passi lenti, lui incede. Era dietro le quinte, com'è possibile che non lo avesse visto prima?

Lei vacilla, si agita, cade.

Madame ride.

A lei non resta che rialzarsi. Lui non le porge la mano, rimane lì, immobile, a guardarla.

Le calze bianche sono strappate all'altezza delle gi-

nocchia. Adesso i piedi le dolgono da morire, le ferite sono vive, almeno come quelle del cuore.
    Le luci si riaccendono.
    Gli occhi distanziati, del colore della sabbia attraverso l'acqua del mare, faticano a adattarsi.
    È un nuovo giorno.

E quando penso che sia finita, è proprio allora che comincia la salita

Va tutto bene. Ho la situazione sotto controllo.
Più o meno.
Ho aspettato questo giorno per cinque anni e finalmente da un mese sono una specialista in medicina legale a tutti gli effetti di legge.
Nei primi giorni tutti mi dicevano che bello, sei in vacanza, ma col cavolo che è bello, perché la vacanza è tale se alla fine hai un posto in cui tornare. E io questo posto non ce l'ho più. Ho solo un appartamento in affitto che necessiterebbe di una bella rimodernata, una scrivania che è un vecchio tavolo da cucina, un armadio troppo piccolo per tutta la mia roba, e un conto in banca che grida vendetta. Così, nell'attesa di sostenere il concorso per un posto di dottorato e far ritorno nell'Istituto in cui sono nata e cresciuta – professionalmente parlando –, mi sono sbrigata a formalizzare l'iscrizione all'albo dei periti aspettandomi mesi di elemosina agli scranni dei giudici. Stamattina, mentre compivo metodicamente tutti i gesti della mia nuova routine di persona senza una fissa occupazione, il mio cellulare ha squillato e una voce mi ha avvisato che il pm, tale dottoressa Valentina Montechiaro, ha conferito l'incarico scorrendo l'elenco in

ordine alfabetico. E poiché io mi chiamo Alice Allevi, è facile essere la prima dell'elenco. E non è sempre un vantaggio. Da quel momento sono entrata in confusione. Mi sento come quando, dopo una lunga dormita, anziché essere rigenerati si galleggia nel torpore. Ma soprattutto, come se non fossi ancora pronta ad affrontare un caso in completa solitudine.

In genere, le cose non vanno così. In genere, i giudici hanno dei consulenti di fiducia che reputano molto esperti e finiscono con il chiamare sempre gli stessi professionisti. La pm, senza saperlo, ha scelto il consulente meno esperto e più imbranato del secolo. Non lo può sapere e nessuno ovviamente poteva avvisarla, dato che sono una perfetta sconosciuta.

Subito dopo aver appreso che entro un'ora ero attesa presso l'ufficio del pm per il mio primo giuramento, ho chiamato una persona che non vedevo né sentivo da un mese esatto. Un mese i cui giorni non erano mai arrivati al tramonto senza pensare a lui, una, due, tre, anche quattro volte all'ora.

Ognuno di quei pensieri si concludeva con il cilicio autoinflitto e un imperativo inascoltato.

Chiamalo. Chiamalo.

Digli che stai studiando per il dottorato perché vuoi tornare in Istituto.

Digli la verità, che non sposerai Arthur Malcomess perché entrambi avete capito che la vostra storia è finita.

Non l'ho mai chiamato perché mi sono imposta la solitudine per imparare a riconoscere i miei desideri reali e a discriminarli dagli impulsi che tante volte mi hanno mal consigliata.

Ho aspettato.

Ma adesso che mi sento terrorizzata all'idea di apporre la firma sul verbale, l'unico a cui posso rivolgermi è lui: Claudio Conforti, meglio noto come CC, il medico legale più sagace del reame, l'uomo in grado di esercitare poteri assoluti sui miei ormoni senza che il mio raziocinio possa opporsi. Forse è solo una scusa, perché è l'unica persona che ho voglia di sentire.

Risponde all'ultimo squillo, quando sto per chiudere. Sembra sorpreso di sentirmi, ma anche un po' contento.

«Tu al primo giuramento... Non hai avuto paura?» gli chiedo, sperando in una risposta positiva per sentirmi meno scema.

«Paura? E di che? Io non aspettavo altro. Stai studiando per il dottorato?»

«Senza sosta.»

«Bene.» Si intrufola tra noi un silenzio denso di imbarazzo. Nessuno dei due allude all'ultima volta in cui ci siamo visti, a una circostanza precisa cui ho ripensato in loop, finché non mi obbligavo a spegnere lo schermo del mondo interiore. «Allora... ci si vede» lui dice, pensando che forse è il modo migliore di salutarsi, senza ricordi e senza sospesi.

«Claudio...» lo trattengo.

«Sì?»

«No, niente.» La mia voce ha un suono tremulo.

«Coraggio. La cosa più grave che può succedere è che non capisci un cazzo di come è morto. E vabbe'.»

«Ma se in cinque anni di scuola non hai fatto che ripetermi quanto è nobile il nostro lavoro, tutelare il bene verità al pari del bene salute...»

«Dovevo pur insegnartelo, ma non mi aspetto che tu abbia imparato proprio tutto...» ribatte, e capisco, dal suo tono, che ora sta sorridendo.

Dall'altro capo del telefono sento un brusio di sottofondo. Lo conosco, è l'insieme dei suoni indistinti della vita in Istituto. Il neon che ronza, la cialda che intasa la macchina del caffè difettosa, la voce della Wally che opprime le masse di studenti, persino qualche coraggioso volatile cinguettante su un albero che decora il viale oltre la finestra. Come vorrei essere lì...

Qualcuno lo chiama. È il momento di chiudere, siamo diventati impacciati, come quando una conversazione dura troppo. Ma poco prima di farlo, mi tende la mano.

«Allevi, se hai bisogno di aiuto... io ci sono.»

Il tempo di cambiare due autobus e arrivo in tribunale.

Per la prima volta sono da sola. In precedenza mi limitavo ad accompagnare qualcuno dei miei superiori, le cui idee sulla mia utilità hanno sin da subito ridimensionato la mia convinzione di essere parte della gloriosa macchina della giustizia italiana. I miei compiti erano circoscritti al pagare il parcheggio di tasca mia senza speranza di rimborso e reggere faldoni come l'omino appendiabiti, il tutto in rigoroso silenzio. Anche se prossima al decesso, la regola era: se proprio devi schiattare mettiti in quell'angolo lì, così non disturbi.

Per la prima volta, sono messa alla prova. Oggi devo essere io a giurare di «bene e fedelmente adempiere alle operazioni affidatemi al solo scopo di far conoscere al giudice la verità». Ci sono soltanto io e quello che ho imparato. La Wally direbbe poco, troppo poco. Io sono terrorizzata, ma al contempo ho fiducia. Se non in me stessa, nella fortuna: che sia un caso facile facile. Uno di quelli la cui causa di morte è chiara a prima vista.

«Oh, eccola, è arrivata» esordisce il cancelliere. «Il pm la stava aspettando» dice indicandomi la porta in legno scuro, che varco dopo aver bussato timidamente.

Il pm, Valentina Montechiaro, potrebbe avere qualunque età compresa tra i trenta e i quarantacinque anni. Vista in penombra potrebbe sembrare una giovane professionista, ma poi al sole si svela qualche ruga corretta dall'uso moderato del botox. E soprattutto, quando sorride, il suo volto diventa greve, vecchio. I capelli sono scuri, freschi di una luminosa tintura con maschera nutriente, forse un po' troppo lunghi, e questo contribuisce a confondere sulla sua età.

«Si accomodi, dottoressa.» Di fianco al suo computer, un fascicolo che lei apre e inizia a sfogliare, senza guardarmi.

«Maddalena Vichi è stata trovata nel giardino di casa in condizioni disperate. È morta poco dopo in ambulanza. Nessuna lesione esterna. I medici del 118 che l'hanno soccorsa ipotizzano un arresto cardiaco.»

Vorrei risponderle d'istinto che tutti moriamo perché il cuore, a un certo sfortunatissimo momento, si ferma. La cosa difficile è proprio capire il perché e, ancor più difficile, se è colpa di qualcuno.

Il cancelliere mi porge il fascicolo e il verbale da firmare, mentre il pm continua a non guardarmi e questo suscita in me un'antipatia insopprimibile.

«Dottoressa, ho il dovere di raccomandarle la massima puntualità. Voi medici legali avete la tendenza ad autoconcedervi delle proroghe.»

Dando un colpo d'occhio al verbale, cerco di scorgere quanto tempo il pm reputa sufficiente per ottenere risposte ai quesiti.

Trenta giorni.

Immagino di potercela fare, e annuisco.

«Ripongo fiducia in lei, dottoressa» prosegue. «Ho visto che è alle prime armi, ma io credo nella passione delle nuove leve. E soprattutto nelle risorse delle giovani donne» conclude rivolgendomi, solo alla fine, un'occhiata gentile, di incoraggiamento. «Mi incuriosisce che una ragazza dal viso dolce e dai modi timidi abbia scelto una professione tanto cruenta.»

«Sì, lo so, non ho il *physique du rôle*.»

Lei sorride con comprensione.

«Ci sono passata anche io. Devi fare quello sforzo in più per dimostrarti autorevole.»

«Già» ribatto, un po' sorpresa dalla sua improvvisa apertura.

Fisso la data e l'ora dell'autopsia presso l'obitorio dell'Istituto e, appena si chiude la porta della stanza della pm, leggo finalmente gli incartamenti sulla persona che fino a ieri era in vita e prendeva impegni per giorni che non vedrà mai.

Maddalena Vichi. Quarantasette appena compiuti, ex danzatrice, ex moglie di un illustre coreografo di fama internazionale, appassionata di giardinaggio, cui si dedicava tutte le mattine dopo un'ora di esercizi alla sbarra, prima di andare al lavoro alla scuola di danza da lei fondata. Il giardiniere che l'ha trovata priva di sensi proprio tra i suoi amati alchechengi ha subito chiamato il 118, ma ai rianimatori era rimasto poco da fare: Maddalena non è neanche arrivata in pronto soccorso.

La morte improvvisa di una donna in apparenti buone condizioni generali può nascondere ipotesi delittuose? O magari è uno dei casi, che pur esistono in natura, in cui il Creatore chiama a sé senza che un altro essere umano si metta in mezzo? Dopotutto, per fortuna, questi casi sono la maggioranza. Per la fortuna, intendo, di chi crede nella sovranità del bene sul male. Di certo, non per la fortuna di un medico legale, che vive proprio di questo. Del male che accade.

Non che sia bello, eh. Il male mi fa paura come a ogni altro essere umano sano di mente, ma io ho scelto di rispondere in maniera proattiva. Peraltro mi sembra quasi di aver trovato a modo mio un piccolo sollievo: quando devo occuparmi di un cadavere, il generico terrore del male, che attanaglia l'individuo di media intelligenza timorato di Dio, nel mio caso viene soppiantato dallo specifico terrore di sbagliare, di lasciare aperti i quesiti del pubblico ministero o, ancor di più, di non saper rispondere a quel corpo che ormai è muto, ma non per questo ha smesso di domandare. Il che mi fa ancora più paura.

Agli uomini le chiacchiere non vanno, si annoiano a sentire bla bla bla

La canzone di Ursula – *La sirenetta*

In una città come Roma i soldi o sono pochi o sembrano non bastare mai. Così mi sono ritrovata a convivere con mio fratello Marco, tornato single quando una mia amica dei tempi dell'università, Alessandra, lo ha mollato per un collega pediatra dopo appena due anni di matrimonio e una bimba di nome Camilla. Marco, minore di me di appena quindici mesi, di professione fa il fotografo.

Della nostra convivenza beneficiano i miei, che vengono a trovarci più spesso, le pareti di casa, un tempo spoglie e che adesso sono rivestite dalle sue foto incorniciate con uno stock di Ribba, e il cinese dietro casa. Cucinare è un atto d'amore, e forse noi non ne proviamo abbastanza per metterci a pelare patate.

Mio fratello nutre un autentico disprezzo per il mio lavoro, il che limita il dialogo, dato che per conto mio ho pochi argomenti di conversazione, se si eccettuano le serie tv. Tuttavia non è male abitare con questo fratello più morigerato di un carmelitano, innamorato della figlia, fissato con la composizione delle immagini e con Nietzsche. Porta nella mia vita qualcosa di poetico che è tutto suo.

«Ciao, affettacadaveri. Bentornata.» Be', non è sempre poetico. Ma è più partecipativo e coccolone di un gatto, quindi va bene così.

«Sei stanca?»

«Non più di tanto. Oggi ho ricevuto il mio primo incarico e...»

Mi interrompe. «Ah, meno male. Mi servi intera e razionale. Ale ha avuto un'urgenza in ospedale, quindi porta Camilla da noi.»

Marco è un papà molto in gamba, ma è soggetto a facili scoraggiamenti. Rimanere da solo con Camilla gli scatena la colite, mentre in due almeno riusciamo a cavarcela. Peraltro, ammiro di vero cuore la peculiare propensione al perdono grazie alla quale è capace di non serbare alcun rancore nei confronti della moglie fedifraga. Io, al contrario, ho giurato imperituro odio alla mia vecchia amica, mentre lui mantiene con lei un'amicizia servizievole e proba, con la placida mansuetudine di un ovino delle Cotswolds.

Mi sto ancora sfilando le scarpe quando la suddetta ex cognata, nonché ex amica, suona il campanello e deposita la bimbetta stordendo mio fratello con una serie di raccomandazioni a mitraglia. Mentre chiude la porta, Marco ha la faccia di un cane bastonato. Camilla inizia a correre per tutta la casa e in un momento di distrazione di mio fratello punta la sua Canon, comprata anni fa con un finanziamento che ancora oggi grava sul suo reddito mensile. Lui riesce a salvarla per un pelo, prima che la bambina l'afferri con le sue dita a salsicciotto. Irritata, Camilla esplode in uno strillo da pterodattilo. Marco controlla l'ora. «Appena si addormenta, mi faccio una canna.»

Prima di uscire per raggiungere l'obitorio, sbircio nella stanza di mio fratello. Alessandra ha fatto troppo tardi per passare a prenderla e la bimba è rimasta a dormire qui. Sono abbracciati, sotto le coperte. Insieme sono felici.

Quell'immagine di pace mi accompagna fino all'arrivo in obitorio.

Formalmente, è la mia prima autopsia. Da oggi devo fare tutto da me, senza nessun aiuto che non sia quello dell'Altissimo cui mi rivolgo, come sempre, nei momenti del bisogno. Perché io sono fatta così, la mia religiosità è piuttosto evanescente e si manifesta solo se c'è un avvenimento ansiogeno in vista.

E io oggi d'ansia potrei anche morire.

Il cadavere di Maddalena Vichi è già pronto sul tavolo anatomico. Anche da morta, il suo volto ha quel tipo di bellezza che non teme il tempo, ma anzi, dallo scorrere dei giorni non è che sottolineata. Come a dire che, se c'era una sfida tra lei e gli anni, è stato il suo corpo a vincerla. Sto ancora osservando la perfezione dei rapporti tra i suoi lineamenti quando squilla il telefono.

«Vado io, dottoressa» si offre il tecnico storico cui si affidano tutti, in Istituto, e che oggi sarà l'unico volto amico che vedrò qui dentro. Non conosco il suo nome, ma mi basta il cognome, così tragicamente pertinente. Si chiama Mezzasalma.

Io sono così assorta che non sento quasi niente e lui è costretto a ripetere: «Dottoressa... è Calligaris, dalla Questura».

Mi tuffo sul telefono, grata all'idea di poter ascoltare una voce familiare proprio in questo momento.

«Volevo augurarti buona fortuna. La prima autopsia non si scorda mai!»

«Ispettore! Ma che pensiero gentile!»

Dall'altro lato giunge un colpo di tosse. È stato promosso vicequestore aggiunto ed è molto fiero del nuovo rango, ma io continuo mio malgrado a perseverare nella gaffe di chiamarlo ispettore. È una persona troppo a modo per indispettirsi per così poco, tuttavia ogni volta il suo disagio si manifesta con un vellichio della gola.

«Sono certo che saprai cavartela benissimo. Appena hai finito mi chiami e mi dici cosa ne pensi di questa faccenda, okay? Così cerchiamo di dare una bella accelerata alle indagini. Con un po' di fortuna magari è stata una morte naturale.»

«Intimamente lo spero molto, isp... Dottore.»

«Dai, non perdiamoci in chiacchiere. È ora di cominciare. Fai del tuo meglio.»

Riappendo e porto di nuovo lo sguardo su Maddalena, quasi con soggezione. Non che se fosse stata un cesso mi sarei sentita più allegra o meno in crisi di fronte all'idea di affondare il bisturi nella sua pelle.

Indosso il camice verde, lentamente, poi i guanti. Faccio partire la registrazione e inizio a riportare tutti i dettagli. La prima cosa a colpirmi è il suo abito, del tutto inadatto a essere portato di mattina e, ancor di più, per fare giardinaggio. Si può ipotizzare una forma di audace *understatement*, pur tuttavia mi risulta folle immaginare un Dior indossato con il rischio di impigliarlo tra le spine o di sporcarlo con la terra. Un vestito di organza del colore del cielo carico di pioggia, vaporoso, roba d'altri tempi, semplicemente meraviglioso.

Che ci facevi con un abito così in giardino, Maddalena?

« Lo taglio? » chiede il tecnico, le forbici già pronte.

« Ma nemmeno per idea! » abbaio al solo pensiero del sacrilegio. « La spogliamo con calma. Abbiamo tempo. » Mai prospettare impegni più lunghi del dovuto a chi non lavora a ore bensì a prestazione, specie se ha l'intelletto di un umpa lumpa ma non la stessa operosità.

« Eh, insomma, dottoressa... Non è che io c'ho tutto il tempo che pensa lei. »

« Mezzasalma! » esclama una voce alle mie spalle, che irrompe come un tuono nella sala. Mi volto di scatto. È un'allucinazione? O stavolta Dio ha ascoltato una delle mie supplice notturne? « In tanti anni non sono ancora riuscito a insegnarle come ci si comporta in sala settoria. Dei suoi tempi non ce ne frega un cazzo. I suoi tempi coincidono con i nostri. Se la dottoressa farà notte – evento assai probabile – la farà anche lei, senza un lamento. E se glielo chiede, le va anche a prendere un caffè. Chiaro? »

« Sì, dottor Conforti, però la dottoressa è un poco lenta e voi mica mi pagate a ore. »

« Mezzasalma, noi non la paghiamo a ore perché lei non è una colf. Lei svolge un lavoro di una nobiltà unica e assoluta. »

« Ma che nobiltà, dottore... »

CC non lo guarda neanche più, perché adesso sta fissando me, in quel suo modo così persistente da farmi sentire sempre più piccola. « Buongiorno, dottoressa Allevi. »

« Claudio... » mi sembra di balbettare. Non ero pronta a rivederlo.

« Ho pensato che potesse servirti un po' di aiuto. Ma forse mi sbaglio? »

« Sì. Mi serve » ammetto. In questo momento è come se si fosse materializzata l'essenza stessa della felicità.

« Allora resto? » Lo chiede per farselo dire, è ovvio. Annuisco e sul bel viso da canaglia si dipinge un certo compiacimento. « Mezzasalma, mi porti un camice. »

« Forza, sezionalo » mi intima, dopo che mi sono prodotta in una eviscerazione lenta e faticosa dell'encefalo. Mi sento già sopraffatta dalla stanchezza e sono ancora ai piedi della salita. « Non vorrai diventare come quei medici legali che eviscerano in blocco, mettono in formalina, danno tutto in mano al patologo e si fanno dire la causa di morte? Io non ti ho insegnato questo.»

Mezzasalma è avvilito. Sperava evidentemente che sì, io fossi uno di quei medici che fa proprio così, ma la fortuna lo assiste, perché alla sezione degli organi del collo scopro che la carotide interna è lacerata in un punto che prelevo per l'esame istologico, e nei tessuti circostanti lo spandimento ematico lascia pochi dubbi sulla portata dell'emorragia.

«La dissecazione spontanea della carotide non è frequente» osserva CC, con tono particolarmente interessato. «Sta' a vedere che la Allevi alla sua prima autopsia si è imbattuta in un caso da pubblicazione» prosegue, quasi sovrappensiero. «Comunque, è più frequente che in qualunque altro distretto corporeo. Sai dirmi il perché?»

«Oddio, Claudio, non mi fare domande, sono già abbastanza tesa.»

«Prima o poi dovrai chiedertelo» aggiunge, con un sorrisetto sadico. «In realtà, la risposta è semplice, se pensi che è un tratto di arteria molto mobile e che ha stretti rapporti con le strutture ossee circostanti, tipo le vertebre cervicali o il processo stiloideo dell'osso temporale.»

«Tu pensi possa essere un fatto spontaneo?»

«Considerata l'età e la completa assenza di segni esterni di trauma, mi sembra l'ipotesi più probabile. In questi casi si riscontrano spesso anomalie genetiche del tessuto connettivo. Ma non facciamo troppa filosofia, se no ti si intasa il cervellino. Proseguiamo con il cuore.»

Il cuore ha forma e volume normali, i rami coronarici sono indenni. Prelevo i fluidi biologici e li conservo a -20°. Non ci sono lesioni esterne né interne e nemmeno segni di agopuntura. Tutto lascia pensare a una morte naturale. Solo, forse...

«Guarda qui» dico, indicandogli un leggero rossore sotto la clavicola sinistra di Maddalena.

Lui si avvicina. «È solo un po' arrossata. Sai, nelle manovre di rianimazione... Non credo che sia un segno di particolare valore. Mi sembra che tu possa ragionevolmente concludere che la causa della morte è la dissecazione della carotide interna. Cosa si fa, in questi casi?»

«Forse esaminare i familiari può essere una buona idea. Genitori, fratelli, figli. Per capire se in famiglia ricorrono casi di morte improvvisa. Sottoporli a eventuali ricerche genetiche, esami dei vasi arteriosi. Ma dovrò chiedere l'autorizzazione al pm.»

CC sembra quasi fiero di me.

«Bene, Allevi. Tutto sommato hai fatto un buon lavoro. Certo, hai spappolato la tiroide, però in questo caso dubito che ci sarebbe servita» conclude, sfilandosi i guanti.

«Però... Sei proprio sicuro che sia stato un fatto spontaneo? Magari poi all'esame istologico e tossicologico emergeranno dati strani... Oddio che ansia. Non chiuderò occhio fino a che non sarò sicura.»

«Benvenuta nel nostro mondo, alla buon'ora. Era comodo essere una specializzanda, vero? Nessuna responsabilità tranne quella di imparare. Tanto poi al dibattimento ci andavo io, no? Lo so, Allevi, è dura. Impara a conviverci. Casomai tu non lo sapessi, questo sarà il tuo pane quotidiano, stando all'ultima riforma, almeno fino ai settant'anni. O magari, chissà, sfornerai un moccioso all'anno e ti rintanerai in casa a fare la signora Malcomess.»

Sobbalzo. Non mi aspettavo l'affondo, che è anche un po' insultante perché non è bello credere che rinuncerei al mio lavoro per fare la mantenuta. E se invece l'ha detto tanto per dire è ancora peggio, perché voleva essere odioso, senza altro fine che farmi del male, come se così, all'improvviso, avesse voluto darmi un pizzicotto. E anche se in realtà non lo meriterebbe, forse è arrivato il momento di dirgli la verità.

«Senti, Claudio, a proposito del matrimonio...»

«Non premurarti di invitarmi» mi interrompe, stizzoso, perché il suo temperamento è sempre un po' quello della sindrome premestruale, anche quando si propone di essere cordiale. È di spalle, sento solo la sua voce mentre si toglie il camice.

«Non ti inviterò perché non ci sarà nessun matrimonio» gli dico, tutto d'un fiato.

Lui si volta, accigliato, e lancia su di me uno sguardo dardeggiante.

«Mai?» domanda, e sono tre lettere colme di un significato molto più ampio, perché lui è a conoscenza del tira e molla dei miei anni con Arthur. Il più delle volte al «mai» non ho creduto nemmeno io, ma stavolta ci credo, anzi, è uno dei capisaldi della mia nuova esistenza.

Non immaginavo una conversazione del genere in obitorio, tutti e due sporchi di sangue, il puzzo di macelleria, con un cadavere a due passi da noi. Del resto spesso con lui è proprio così, nel momento più inatteso e nel luogo meno adatto avvengono le cose importanti.

«Mai.»

«Perché?»

«Si è innamorato di un'altra che ne capisce di più di Medio Oriente e fame nel mondo. Ma forse sono ingiusta con lui, questa è stata solo una delle conseguenze di un rapporto sbagliato.»

«Ci stai male?» chiede, cauto.

«Un po'.»

«L'amore non dura, Alice. Si trasforma, ma per come tu lo intendi non può durare» dice infine, con un tono a modo suo consolatorio.

«Probabilmente hai ragione. E io infatti ho smesso di credere che qualcuno possa restare.»

Sembra che stia per rispondere ma Mezzasalma s'interpone tra noi.

«Dottore, ho finito. L'ho ricucita come nuova, la signora.»

«Va bene, Mezzasalma, grazie.»

E poiché devo anche pagarlo in anticipo, un'operazione così gretta ci distanzia da quel piano emotivo in cui nostro malgrado eravamo scivolati.

Però in questo silenzio riempito soltanto dal rumore dei suoi gesti, del camice che ha tolto, della giacca che ha rimesso addosso, dei fogli che io passo in rassegna per evitare di guardarlo, matura una domanda, una specie di languore, di tentazione, di errore ineluttabile.

« E se avessimo torto? »

« Su cosa? »

« Metti che non sia vero che l'amore non dura. E non sia vero che qualcuno non possa restare. E se fossimo noi, a sbagliarci? »

Non risponde, non subito, almeno. Mi leva il camice e mi prende per mano, portandomi fuori da quello stanzino, in un corridoio spoglio e asettico, ma d'improvviso tutto ciò non ha un peso, né contorni.

« Sbagli a chiederlo e a pensarci come se la risposta fosse una sola e si potesse conoscere prima. »

« Prima di cosa? »

« Prima di vivere, Alice. Quando vorrai farlo, smettendo di parlarne, batti un colpo. »

« Come si fa a non parlarne! »

« Bene, allora parliamone » sbotta lui. « Perdonami, se non ti ho riempito la testa di stronzate tanto per portarti a letto una volta in più. Scusami, se non ti ho fatto promesse che chiaramente non avrei mantenuto. »

Il suo sarcasmo mi investe come la raffica di un freddo vento, intristendomi da morire, capace però di disegnare, come su una mappa, quell'invalicabile interregno che esiste tra noi e che io credevo di poter attraversare.

«E invece no. Grazie, grazie per la verità. Sarà pure dolorosa, ma è sempre preferibile a quelle che tu chiami stronzate dette tanto per finire a letto. E naturalmente, grazie per oggi. Ci si vede, Claudio.»

Me ne torno in sala settoria, imprevedibilmente tranquilla, certa di aver scelto le parole giuste. Ma poi, cinque minuti dopo, non ho più alcuna certezza e sono pentita di quello scatto di nervi. Ah! Se ci potessimo fermare l'attimo prima di fare *la* stronzata!

Cambio direzione per tornare in Istituto e raggiungerlo, ma Mezzasalma mi inchioda. Ero certa che fosse andato via.

«Mi ha dato dieci euro in meno» obietta. Naturalmente non l'ho fatto di proposito ma ho raggranellato il suo compenso praticamente rompendo il salvadanaio.

«Mi scusi. Li prendo subito.»

«Vuole che li porti io i campioni per l'esame istologico alla Alimondi, in anatomia patologica?»

«Grazie, Mezzasalma. Ecco il resto.»

«Veda che qua fuori siano già pronti quelli delle pompe funebri.»

«Faccio subito.»

Ma prima di andare via mi accorgo che sulla scrivania è rimasto un rettangolo di cartoncino. A guardarlo bene è un'etichetta.

ATELIER DES MARQUES
di Giuliana Maccarotti

Alta moda vintage

Mezzasalma deve averla staccata dal vestito, il che dimostra che era un acquisto recente. Oppure no, forse Maddalena aveva dimenticato di togliere il cartoncino. Di certo, questo negozio sarà la mia tappa di domani. Cosa cerco?
Come al solito, non saprei dirlo nemmeno io.

Non devi inseguire i morti, altrimenti i morti seguiranno te

The Young Pope

Per mantenere la promessa fatta, mentre torno a casa telefono a Calligaris e lo aggiorno sui risultati dell'autopsia.

« Ho chiamato il medico di Maddalena Vichi, ma mi ha detto che la vedeva una volta l'anno solo per gli esami preventivi, sa, quelle cose tipo mammografie, pap test eccetera. Non ha mai sofferto di particolari disturbi, il che mi fa ritenere che non abbia mai manifestato sintomi di tipo vascolare, o comunque tali da rivolgersi a uno specialista. Mi sa che dovrò chiedere alla dottoressa Montechiaro di parlare con i familiari, per poter fare un'anamnesi accurata. »

« Una cosa che proprio a te non piace, parlare con i parenti » ironizza Calligaris.

Ignoro l'allusione e proseguo con questo fare tutto inedito da professionista molto competente.

« Salvo colpi di scena all'esame istologico e tossicologico e se anche le vostre indagini non riveleranno particolari sorprese, penso si potrà concludere per morte naturale. Però, dottore, c'è una cosa che mi fa riflettere. E sicuramente lei ci avrà già pensato » mi affretto a dirgli. « Quel vestito di alta moda, quella meraviglia di Dior... indossato di mattina per innaffiare le piante... è strambo, ne converrà.»

«Be', ma non è detto che stesse innaffiando, semplicemente era lì, in giardino.»

«Cos'altro può dirmi su Maddalena? Con chi viveva? In che tipo di casa abitava?»

«Facciamo così. Domattina dovrò tornarci per altri rilievi, ti porto con me e ti racconto un po' di cose.»

Villa Frondosa è il nome dell'antica residenza fuori Roma in cui Maddalena abitava da sola. Aveva assunto una colf dieci anni prima, Encarnación Montero, per due volte alla settimana – perché molte stanze rimanevano chiuse e per una persona da sola non c'era tanto lavoro da fare. Encarnación però faceva spesso gli straordinari il sabato sera, perché la signora amava dare feste che erano memorabili.

«La Vichi ha divorziato molti anni fa, ma i rapporti con l'ex marito, Emmanuel Marchelier, sono sempre stati sereni. Hanno una figlia, Chloë, che oggi ha venticinque anni e studia a Monaco. Ha fatto sapere che tornerà a Roma al più presto, anzi, forse è già arrivata. La Vichi trascorreva quasi tutto il giorno nella sua scuola di danza. Era abbastanza mondana, ai suoi tempi era stata discretamente famosa e aveva mantenuto rapporti con un certo tipo di gente.»

«E la storia di questa casa?» Mentre ascolto le parole di Calligaris, mi guardo attorno con aria trasognata nella sala con le vetrate rivestite da tende chiare a pacchetto che si affacciano sul verde del giardino. Le pareti sono tappezzate da una carta da parati che riproduce delicatamente rami, foglie e volatili, e tutto è un tripudio di toni pastello e leziosità. Sul divano capitonné è adagiato un plaid sotto cui sporge un libro in lingua originale di Nancy Mitford, *The Pursuit of Love*.

«Alice, non ne ho idea» risponde l'ispettore, non in estasi quanto me.

«La Scientifica ha trovato farmaci, qui in giro?»

«Niente di niente, neanche nella spazzatura.»

Sul camino, alcune foto di Maddalena. Longilinea, affascinante, alla moda. E poi ci sono i vecchi scatti che la ricordano sul palco, con il viso imbellettato e gli occhi bistrati, fatalmente bella, da togliere il respiro.

Sul tavolo di legno intarsiato, ancora le tracce della colazione consumata quella mattina. Una teiera vuota, una tazza con il bordo dorato e briciole, come di biscotti. Nello stomaco di Maddalena ho trovato, in effetti, una brodaglia brunastra, che ho raccolto per farla analizzare. Credo che fosse compatibile con del tè, magari scuro.

Mentre avanzo verso l'ispettore, sento qualcosa sotto la suola della scarpa, come se stessi calpestando della sabbia. Mi abbasso e sul lustro rovere biondo mi sembra di vedere delle altre briciole, ma a guardarle bene, e anche a toccarle, mi accorgo che luccicano e sono dure. Vado verso la credenza dove sono riposte le altre tazze dello stesso servizio che c'è sul tavolo. Ce ne sono quattro. In genere i servizi sono da sei, e una è quella usata da Maddalena. Manca la sesta, il che naturalmente può voler dire che si è rotta tanto tempo fa, certamente Encarnación potrà confermarlo, o che magari questa polvere che sto calpestando appartiene a un'altra tazza che si è rotta proprio quella matina...

«Ispettore, c'era qualcuno con Maddalena a colazione?»

«Non risulta. A ogni modo, se è stata una morte naturale, come tu stessa sei propensa a credere, questo ha poca attinenza.»

«Oh, certo» dico distrattamente, già puntando il giardino.

Calligaris mi indica il luogo in cui il giardiniere ha ritrovato Maddalena, già priva di sensi. Dalla sala il tragitto è breve.

«Come ti ho detto, mancavano gli ultimi rilievi» soggiunge l'ispettore, «ma abbiamo già finito. Possiamo andare.»

Quasi mi dispiace, dentro di me pulsa la curiosità di aprire le porte delle stanze segrete. Bizzarro che il più delle volte non abbia voglia di aprire le mie. Anzi, di solito resto imbambolata lì davanti, per poi imboccare un altro corridoio.

Mi stringo nel mio trench e seguo Calligaris approfittando di un passaggio.

Per oggi avevo previsto, nell'ordine, una tappa in Procura dalla dottoressa Montechiaro e poi la visita all'Atelier des Marques.

La sosta dalla pm si rivela rapidissima. È occupata ed è brava a farmi capire quanto ritenga essenziale il dono della sintesi. «Ho bisogno di chiederle ufficialmente l'autorizzazione a mettermi in contatto con la figlia della Vichi ed eventuali altri parenti in vita. È mio dovere, non solo per definire il caso, ma anche in termini preventivi, se venisse accertato che la causa di morte è legata a un problema genetico.»

«Questo è esattamente il fervore che mi aspettavo da lei, dottoressa Allevi. Le metto subito per iscritto l'autorizzazione. Adesso che ci penso, avrei anche un altro incarico... Le interessa?»

«Di cosa si tratta?» chiedo, percependo segnali di opposizione da parte del colon, da sempre portavoce ufficiale della mia ansia.

Mi rassicura. Un'inezia, uno di quei malfattori che si fingono invalidi, parassiti del nostro stato sociale. Niente cadaveri, solo carte e atti da esaminare. Ce la posso fare. *Go Alice, go!*

«Ha già qualche anticipazione sulla Vichi?» chiede poi.

«Non ho ancora tutti gli elementi per pronunciarmi.»

«Certamente, capisco» replica. Il suo telefono squilla e sul display lampeggiano due iniziali in maiuscolo, *FM*, e mi dico che la cosa è quanto meno affascinante. Un rituale spiritoso, come quello per cui io ho memorizzato Conforti come CC? Oppure un nome da tenere segreto? Che cosa bislacca, per un magistrato tutta creme *antiage* e scrupolosa serietà. Forse accorgendosi che sto fissando il suo cellulare, la pm lo ripone nella tasca della giacca del tailleur. Alla fine mi congeda conferendomi un ultimo incarico e così, nella borsa da professionista con cui mi presento in tribunale, in genere penosamente vuota, ora trovano il loro spazio tre fascicoli, che significano la fiducia di un giudice e liquidazioni di onorario.

Benché non abbia ancora intascato la somma, sono già pronta a spenderla all'Atelier des Marques, al cospetto di un abito così bello da lasciarmi inebetita di fronte al manichino. Color cipria, lungo fino al ginocchio, una scollatura semplice, un taglio stile impero, inserti argentati. Pur cercandolo non scovo il prezzo, che deve per forza essere da capogiro. L'etichetta di fianco all'invisibile cerniera sul lato del vestito riporta il nome della *Maison Schiaparelli, 21 Place Vendôme, Paris*. Ho portato con me Silvia, che è il mio personale grillo parlante, come lo sanno essere certe amiche che, conoscendoti da quando ancora bagnavi il letto, si sentono autorizzate a parlarti senza quel filtro – che pur sarebbe sempre gradito – di nome tatto.

«È antiquato da morire. Ha il suo fascino qui, in questo contesto, ma ovunque sarebbe fuori luogo. E tra l'altro non sapresti che fartene.»

«Be', prima o poi... La vita è lunga» obietto, aggrappandomi a una speranza molto generica.

«Nel frattempo avrai cambiato gusti e, più probabilmente, taglia.»

«A dirla tutta, io avrei un'occasione giusta. Il matrimonio di Beatroce, alla fine del mese.»

Silvia corruga la fronte, perplessa.

«Ma se le hai già detto che non ci andrai? Che fai, te lo rimangi solo per sfoggiare il vestito?»

Beatrice Alimondi è un'anatomopatologa in carriera, ha una parlata tutta sua, con un accento calabrese francesizzato perché è stata un anno in Canada, ma soprattutto è stata il grande amore di CC ai tempi dell'università. Naturalmente già solo per questo per me lei è il *Maleh*. L'invito al suo matrimonio mi ha perfino stupita, e all'idea di partecipare a una festa così formale, piena di sconosciuti, ho declinato senza starci a pensare. Forse sono stata troppo precipitosa. Tutti dobbiamo fare i conti con la voglia di mostrare agli altri la più bella immagine di sé. In realtà non agli altri in generale, anzi, personalmente non mi importa di uscire di casa struccata e in tuta per comprare il latte che è finito. Appartengono a pochi gli sguardi di fronte ai quali desideriamo essere perfette. Nel mio caso la persona è una sola ed è superfluo specificare chi sia.

«Avevo un impegno e, semplicemente, non ce l'ho più. È così inverosimile?» rilancio.

Silvia mi fissa rassegnata. «Non posso farci nulla, comprerai questo vestito anche se sembra la vestaglia di mia nonna, l'ho già capito.»

« Posso aiutarvi? » domanda una donna che indossa un abito grigio e una spilla di perle sul bavero. Lei stessa, come la sua boutique, sembra appartenere ad altri tempi.

« Lei è Giuliana? » le chiedo.

« Sì, sono io. »

Rispondo con un largo sorriso, prendo il cellulare dalla borsa.

« Ecco, volevo farle vedere questa... »

È la fotografia dell'abito di Maddalena, adagiato sulla scrivania dell'obitorio prima che fosse restituito ai familiari.

« Questo vestito... » mormora, perplessa, senza portare a compimento la frase che muore dunque in solitudine nella sua mente. « Sta cercando qualcosa di simile? » chiede, incapace forse di pensare a ragioni alternative che spieghino il mio mostrarle quella foto.

« Proprio così. »

« È molto difficile trovare un capo del genere, sa. »

« Perché? »

« Chi possiede abiti così, se li tiene stretti. »

« Non stento a crederlo. »

« Questo, in particolare, ha una lunga storia. Apparteneva a una persona che lo aveva dato via e lo ha cercato per anni prima di ritrovarlo. »

La mia attenzione è bruscamente solleticata.

« Com'è possibile? »

« In realtà non so se le appartenesse o se lo avesse indossato perché era una modella o qualcosa di simile. Aveva una fotografia e so che lo ha cercato ovunque. Quando si è rivolta a me, mi ci è voluto parecchio tempo per trovarlo. L'ho ritirato ma poi, quando gliel'ho comunicato, non si è precipitata a prenderlo, come mi sarei aspettata. Ho provato a contattarla più volte, ma non rispondeva o prendeva sempre tempo. Alla fine avevo deciso di metterlo in vendita ma, poche settimane fa, quella signora è tornata e, come un lieto fine, lo ha comprato. Sto divagando. Questo però è per dirle che è difficile trovare una cosa del genere.»

«Capisco.»

«Peraltro, se posso permettermi, per lei immagino un genere diverso. Lei ha un volto così fresco e un personale molto elegante... Questo sarebbe perfetto...» aggiunge indicandomi lo Schiaparelli. Lancio uno sguardo ammiccante a Silvia, che sbuffa.

«Posso provarlo?»

«Certo! Però lasci che l'aiuti, è molto delicato.»

Lo indosso e mi guardo allo specchio. È così che vorrei mi vedessero gli altri. Ho paura, però, di conoscere il prezzo. Giuliana lo butta lì come se stesse parlando di un affare, in realtà manda in frantumi il sogno di possederlo.

«Può pagarmelo a rate, sa. Vedo che è molto giovane... posso venirle incontro. Ma sarebbe un delitto non comprarlo, signorina, lo dico per lei. Questi abiti sono come gioielli, sono investimenti, deve vederla così.»

«Ci pensi, okay?» interviene Silvia.

«Okay.»

Mi sfilo l'abito con riluttanza, mentre quell'immagine di me al matrimonio di Beatrice sfuma come del resto il novanta per cento dei miei sogni di gloria.

La danza è il movimento dell'universo condensato in un individuo

Isadora Duncan

Anziché deprimermi con cose tipo abiti che non si possono avere, penso sia meglio darmi da fare per portare a termine la mia perizia. Attraverso Calligaris recupero il contatto di Chloë Marchelier, l'unica figlia di Maddalena Vichi.

Rientrata da Monaco per i funerali della madre, Chloë si è stabilita a casa di un'amica in viale Pola. Mi riceve dopo un rapido appuntamento telefonico. Per presentarmi a una donna che ha perso la madre e per chiederle se in famiglia ci sono precedenti di morti improvvise ci vuole una buona dose di delicatezza, che a volte fatico a coniugare con la mia eccessiva intraprendenza.

Chloë però mi sembra comprensiva, o forse più che altro indifferente, come se io facessi parte di una quantità di grattacapi correlati a questo evento già abbastanza rognoso cui lei deve rassegnarsi.

«Sono davvero dispiaciuta di doverla disturbare» esordisco, ma lei alza le spalle.

«Non si preoccupi. Solo che davvero ho poco tempo.» Il suo volto ha qualcosa di conturbante, un'espressione furba e consapevole. Senza essere bello, è magnetico.

« Ho bisogno di sapere se nella famiglia di sua madre si sono verificati casi di morte improvvisa o prematura. »

Chloë ci pensa. « Non che io sappia. Mia nonna è morta per un tumore al cervello. Mio nonno ha sempre portato bene i suoi anni ed è sano come un pesce. »

Questo modo di dire, « sano come un pesce », mi ha sempre irritata, forse perché a me i pesci rossi sono sempre morti dopo un mese dall'arrivo.

« Quanti anni ha? Suo nonno, intendo. »

« Ben novantadue. Ma se lo vedesse, gliene darebbe non più di ottanta. »

« Vive da solo? »

« Sì, non ha bisogno di assistenza. Ha solo una governante che fa le pulizie e il bucato e gli prepara da mangiare. »

« Sua madre aveva fratelli o sorelle? »

« No, era figlia unica. Aveva solo una cugina. »

« Vivente? »

« Sì, certo » ribatte, irritata. « Le ho già detto che in quella famiglia godono tutti di ottima salute. »

Replico con uno sguardo un po' ferito, perché proprio non capisco la ragione di tanta scortesia. Forse è infastidita all'idea di rispondere a domande che le sembrano inutili. Quasi mai conosciamo la storia di chi ci sta di fronte, a volte i modi bruschi hanno una ragione che non possiamo sapere, ma ciò non toglie che certa gente sia stronza. Punto.

Chloë si stringe in un maglione di una tonalità

ruggine molto elegante, ravviando con un gesto distratto i capelli biondi con sfumature color caramello, vaporosi come se li avesse appena lavati.

«Sua madre è mai svenuta all'improvviso?»

«Non mi risulta.»

In questi giorni ho ripassato. Le anomalie vascolari possono portare cefalea, così le chiedo se sua madre soffrisse di mal di testa. Chloë minimizza. «Sì, ogni tanto.»

«Da quanto ne soffriva?»

«Era una cosa degli ultimi tempi.»

«Che lei sappia, sua madre assumeva psicofarmaci?» chiedo ancora.

«Francamente non ne ho idea, è stata una madre un po'... distante. Ha dedicato tutta la sua vita alla danza» precisa Chloë. «E al giardino, poi» aggiunge con un tono più carezzevole, quasi la stesse finalmente ricordando come era davvero. «Era solitaria. Era felice da sola. Vorrei che mi avesse insegnato come si fa.»

Ho la sensazione che abbia imboccato il sentiero dei ricordi. Quando qualcuno se ne va per sempre, diventa naturale – quasi necessario – definire la persona che è stata. Come se chi le è vissuto accanto e adesso è rimasto solo diventasse lo scultore della statua che ergerà nel cuore, per poi poterla venerare. E adesso mi sento di troppo.

«Be', se non c'è altro... io andrei.»

«Certo» risponde Chloë. «L'accompagno.»

Mentre chiamo l'ascensore, Chloë resta sul fianco della porta, incantata. La saluto ma lei non risponde, quasi non avesse buone maniere. Ma la vera impressione che mi resta è che le sia indifferente mantenerle, come se all'improvviso tutto avesse perso importanza.

Mi perdo sempre ma so sempre da che parte è il mare
Erica Mou

Il trascorrere dei giorni di settembre mi porta pian piano nei fangosi territori dell'autunno e, soprattutto, al temutissimo impegno fissato proprio dopo l'equinozio: il concorso per l'ammissione al dottorato di ricerca in scienze forensi. Vincerlo significherebbe tornare in Istituto, che per me equivarrebbe più o meno a tornare nel grembo materno, nei luoghi che mi sono familiari e in cui mi sento protetta, oltre che a gettare fondamenta ben solide per la mia carriera. Significherebbe talmente tanto che io stessa ho quasi paura a prefigurarmi tutti i vantaggi che ne deriverebbero, paura di crederci troppo e della delusione.

Anche perché in queste settimane lo studio è stato lo spinterogeno per andare oltre il semplice esistere, invece di trascorrere i giorni in attesa che le cose accadessero così, da sole.

«Cosa farò se non ce la farò?» Solo dopo aver parlato mi rendo conto del bisticcio di parole.

«Sei la campionessa mondiale di visualizzazione di scenari tragici» commenta Marco mentre lava i piatti. Di questo ringrazierò se non altro la sua super ex, che lo ha addomesticato nel senso letterale: bucati e aspirapolvere non hanno più segreti per il mio servizievole fratello, che è diventato meglio di una governante. Vizietto dell'erba a parte.

Il concorso è domani e io ho appena chiuso il libro, intenzionata a non riaprirlo più. Gli avevo detto che stasera non avrei toccato cibo neanche se la cena me l'avesse preparata Cracco, lui si è adattato con un cinese da asporto, e adesso che ha spazzolato anche l'ultimo spaghetto di soia a me è venuta fame.

«Come faccio a non buttarmi giù? Le specializzande mi hanno spifferato di aver saputo che ci sono ventuno candidati. Ventuno, capisci? Io mi ero fatta un conto e me ne immaginavo al massimo otto. Vengono da tutta Italia, 'sti maledetti.»

«Ventuno affettacadaveri? Santo cielo. Quanto è competitiva, la vita. A me piace un ritmo diverso, rilassato, in cui ognuno si fa il suo senza sentirsi assillato dagli altri.»

«Sei sicuro che possa davvero definirsi vita, così?»

Ha un bel parlare, mio fratello, ma appena messo piede in Istituto, trovo una ressa profanatrice di sconosciuti pronti a strapparmi ciò che in questo momento più desidero al mondo. C'è un siciliano che fa il giullare e non capisco come faccia a essere tanto su di morale. Ho un po' di preconcetto verso chi, a un tavolo di sconosciuti, monopolizza l'attenzione con quello che mia nonna Amalia chiama «spirito di patata» e mentre tutti ridono di vero cuore alle sue battute, rido anch'io, ma con malevolenza. Che poi me ne pento e mi chiedo *perché sono così stizzosa quando mi prende male?*

Per alcuni, fare esami non è niente di che. Non sono tutti come me che pare quasi che mi stia giocando la sopravvivenza.

Un po' in ritardo, arriva anche Lara Nardelli.

È stata la mia collega di corso, abbiamo vissuto cinque anni gomito a gomito e tra noi c'è sempre stato il rapporto di affettuosa solidarietà che si instaura tra chi ne ha viste tante, e mi pesa competere proprio con lei.

C'è un clima formale e teso. La Wally (aka Valeria Boschi, temutissima direttrice dell'Istituto nonché mia personale torturatrice di quegli stessi tempi passati che oggi rimpiango), Anceschi e persino CC e Beatroce hanno un atteggiamento distaccato, rispondono a malapena al cenno di saluto della mia mano.

La Wally, nota per la sua imprevedibilità, decide di sorteggiare la lettera con cui iniziare, come alla maturità, e io la odio di vero cuore.

All'estrazione provvede lei in persona, e ha un ghigno che non può essere casuale quando annuncia la lettera B, ragione per cui – dopo essere stata abituata dalla prima elementare al privilegio della A – oggi io sarò l'ultima. Obbligata a una prova di resistenza, prendo posto in fondo all'aula, accanto a un pendolo reliquia del vecchio Istituto che con il suo passo metallico mi restituisce, quasi impercettibilmente, la tranquillità del mio battito di sempre.

Venti persone mi scorrono davanti, lentamente.

Sono tutti più bravi di me, Lara inclusa – del resto lo è sempre stata. Il siciliano poi è una specie di furia, risponde a domande spietate con l'accento da comparsa dei film di mafia, sicuro di sé, meravigliosamente preparato in patologia forense e superbamente meticoloso quando parla di decreti di legge.

Non ho chance: i posti sono due, uno è del siciliano e l'altro è di Lara.

Arrivo al mio turno apatica. La mia figura di merda è già scritta nelle stelle.

«Non è rimasto più niente da chiedere» commenta il buon professor Anceschi, che mi ha sempre trattato con gentilezza in tutti questi anni – l'unico, forse.

«Hai poca fantasia, Giorgio» replica laida la Wally. «E poi, ho la sensazione che non abbiamo approfondito a dovere alcuni aspetti di genetica forense.»

Per un attimo, quest'essere perfido mi appare quasi sotto una luce nuova. Sa benissimo che in genetica me la sono sempre cavata meglio che in obitorio, per tacere poi della tossicologia forense. Che voglia aiutarmi? Una rinnovata fiducia nel genere umano germoglia nel mio stanco cuore. Forse ha voluto sorteggiare proprio per evitarmi di essere la prima, perché si sa, i primi sono nell'occhio del ciclone, non sanno cosa aspettarsi! Rianimata da queste ipotesi, che se fossi solo un minimo più razionale stroncherei sul nascere, attendo fiduciosa la prima domanda.

«Mi parli del sequenziamento del DNA mitocondriale.»

CC, seduto al tavolo della commissione esaminatrice, nasconde per un istante, d'istinto, il viso tra le mani, come se non volesse assistere al mio sfacelo.

La Wally mi ha appena chiesto di descrivere la più lunga e laboriosa procedura che si possa immaginare, riservata ai soli casi molto critici in cui il materiale biologico da sottoporre ad analisi contiene DNA degradato o in quantità scarse. Una cosa certamente fuori dalla mia portata e che in Istituto – che lo dico a fare? – sa praticare una sola persona, e sicuramente non la suddetta megera. L'unica volta in cui io ci ho provato ho contaminato il bancone e CC in persona ha dovuto irradiare con raggi UV tutti i materiali e ancora oggi quella storia non me l'ha perdonata.

Balbettando un po', con il tono rauco dell'incertezza e dell'imbarazzo di parlare in pubblico, inizio a rispondere. È evidente che peggio di così avrebbe soltanto potuto prendermi a sassate con una spingarda. Nell'inceppare le lascio l'agio di inserirsi e scavare sempre più a fondo nei sottostrati della mia ignoranza. Si può essere preparatissimi, ma se qualcuno vuol farti cadere, il modo lo trova e lei lo ha chiaramente individuato, perché conosce me e soprattutto i miei limiti da più di cinque anni. Dopo una partenza poco brillante, il resto è un'affannosa rincorsa.

Ciascun membro della commissione mi rivolge una domanda. Anche CC. Freddo, distaccato, come se non fosse quella stessa persona che non molto tempo fa mi aveva intimato di studiare senza risparmiarmi perché voleva che io ritornassi in Istituto. Ed è meglio così, perché una parte di me non avrebbe mai potuto accettare un trattamento di favore. Se mai ce la farò, voglio che sia perché me lo merito e non perché ho un conto in sospeso con chi è preposto a valutarmi.

Al termine dell'esame, finalmente il mio cuore si quieta, l'attesa e la paura erano mille volte più opprimenti del colloquio in sé. Raccatto la borsa e raggiungo il bar, dove trovo il siciliano che si sta ingozzando di maritozzi. Non può sfuggirgli di aver fatto l'esame migliore e se esiste giustizia a questo mondo non potrà che vincere, il che certamente gli ha fatto venire un sostanzioso appetito.

«Ciao» mi dice, sprizzando entusiasmo e simpatia, e io vorrei tanto accopparlo. «Ti posso offrire qualcosa?» Ha la generosità dei vincitori.

«Una camomilla, grazie.»

«Non ci siamo presentati. Mi chiamo Paolo Macrì.»

«Alice Allevi.»

«Ho sentito il tuo esame, sei stata eccezzzzzzionale! Me l'avessero fatta a me quella domanda, col cavolo che rispondevo.»

Peccato che l'abbiano fatta a me, nel chiaro intento di silurarmi.

«Oh. Tu sei stato il più bravo di tutti» ammetto a denti stretti.

«Cacerto. Se non so rispondere io alle domande sulle ferite d'arma da sparo...»

«Ti troverai bene, qui» dico, con un tono che vorrebbe essere accogliente ma risulta lamentoso.

«Bella mia, io sono scaramantico e ancora non ho vinto» ribatte dandosi una poderosa manata alla regione degli zebedei.

Nel frattempo si staglia all'ingresso la figura di Lara e c'è poco da equivocare: il suo viso ritrae la mia sconfitta.

Io ti guarderò con la coda dell'occhio e tu non dirai nulla. Le parole sono una fonte di malintesi

Antoine de Saint-Exupéry

Come se non bastasse, piove.

Non voglio più emergere da sotto la coperta di lana.

«Te la sei tirata addosso, questa iella, è chiarissimo.»

«Vabbe', Marco, grazie.»

«Ti ho portato un pacco di Fonzies.»

«Te lo puoi tenere.»

«Dai, mettiti in piedi, che tra poco arriva Camilla.»

Dopo un lungo sospiro, decido di alzarmi dal mio giaciglio di afflizione.

Il telefono, che ho ignorato per tutto il pomeriggio, ha un paio di chiamate senza risposta, quasi tutte di CC. Vorrà esprimermi le sue condoglianze per il fallimento, anche se poteva andare peggio. Potevo arrivare ventunesima, per esempio, invece sono settima. I posti sono solo due e appartengono ai vincitori annunciati, Lara e Paolo. Che depressione.

Suona il campanello.

«Vado io, non ti preoccupare» dico a mio fratello. Sarà Alessandra con Camilla. Ormai sono in piedi, tanto vale rendermi utile.

Mi trascino fino alla porta, che apro già pronta a

riservare come al solito alla ex cognata ed ex amica la mia espressione più truce, e per dirla tutta, dato lo stato d'animo, non mi risulta nemmeno difficile. Solo che non trovo lei, bensì Claudio.

«Ero preoccupato» si giustifica, di fronte alla mia espressione sbalordita.

«Addirittura? Non ce n'è motivo.» Lui si irrigidisce. Non so perché ho risposto in maniera così sgarbata, forse perché sono delusa e mi sento di merda, ma lui non ne ha colpa. In realtà non è colpa di nessuno. I concorsi, gli esami sono come la vita: quando più ci tieni e ti impegni, non vinci.

«In effetti vedo che te la passi bene» dice, un'occhiata all'hashtag *#sticazzi* stampato sulla felpa che ho preso dal cassetto di mio fratello.

«Stavo riposando. A dispetto delle apparenze, avevo studiato molto per l'esame. Molto.»

«Ne sono convinto. Mi fai entrare?»

Gli faccio largo, lo sguardo basso.

«È pronto l'esame tossicologico di Maddalena Vichi.»

«E perché il tossicologo non ha chiamato me?» mormoro, svogliatamente.

«Lo ha fatto. Non hai risposto nemmeno a lui. Tra l'altro qualche giorno fa lo avevo chiamato e gli avevo chiesto di integrare gli esami con una ricerca in particolare.»

Sento montare dentro una certa quantità di insofferenza.

«Tutto alle mie spalle! Guarda che non sono più la tua allieva. L'incarico è affidato a me, me soltanto.»

«Non ti arrabbiare.»

«Mi fai sentire una nullità. E proprio oggi non ne ho bisogno.»

«Cerco solo... di proteggerti» ammette. Poi però, dopo un lungo silenzio, i colori di quella fugace tenerezza si diluiscono come acquerelli. «Ok, hai ragione. Avrei dovuto avvisarti. Ti spiegherà tutto il tossicologo e noi ne riparleremo se ne avrai voglia.»

Sta per andar via, ma senza pensarci lo trattengo per un braccio.

«Scusami. Oggi è una brutta giornata.»

«Lo so. Però devi lasciartela alle spalle, perché di opportunità te ne capiteranno altre mille. E poi, riflettendo, tornare in Istituto a farti crocifiggere dalla Wally non era una bella prospettiva.»

Apprezzo il suo sforzo, ma io ho bisogno di non sentire più menzionare l'Istituto. «Cos'hai chiesto al tossicologo?»

«Ah, sì. Quello. Be', ho chiesto di dosare gli anestetici locali.»

«Eh?»

«Ero anch'io agli inizi, quando mi capitò un caso... E se non mi avesse aiutato il Supremo, avrei sbagliato.»

«Così tu hai voluto fare lo stesso con me. Ma perché non dirmelo?»

«Perché tu mi fai fare cose irrazionali.»

«Non dare a me la colpa se hai dei problemi di comunicazione.»

Gli scappa uno sbuffo. «Me lo sono meritato.»

«Mi hai almeno risolto il caso?» gli chiedo e solo dopo aver parlato mi accorgo di essere stata un po' zoccolamente sorniona, il che è ai limiti del credibile, date le circostanze.

«Non esattamente. Ma ho trovato un elemento in più a favore della dissecazione spontanea: c'erano tracce di lidocaina nel fegato, nei reni e in tutti i fluidi biologici che hai campionato. Per tutte le altre sostanze, stimolanti e sedative, veleni di ogni tipo e specie, gli esami sono negativi.»

«Ma che cavolo! Ma non c'erano segni di agopuntura, ti ricordi, vero? Oddio, non è che ci è sfuggito?» Sono nel panico, ho anche iniziato a sudare ferocemente. «L'hanno ammazzata, me lo sento.»

«Calma» mi dice, con modi imperiosi. «Innanzitutto, l'iniezione non è l'unica modalità di assunzione della lidocaina. Esistono preparazioni spray e cerotti. Per non parlare del fatto che qualcuno li usa in caso di nevralgia, spingendo dei batuffolini imbevuti dentro le narici per raggiungere il ganglio pterigopalatino.»

«Che?»

«Sì, Alice. Esiste una cosa che ha questo nome complicato.»

«Lo so cos'è! Ignoravo l'uso della lidocaina per questi scopi. Credevo la impiegassero soltanto i dentisti e i chirurghi plastici» dico, pensosa. La mia mente ha subito ricordato che Maddalena soffriva di cefalea, come ha raccontato Chloë. Forse quella visita non è stata inutile...

« Resta un interrogativo: perché non c'è traccia della prescrizione e del farmaco? »

« Ne sei proprio sicura? Alla luce della recente scoperta forse val la pena cercare più a fondo, ma senz'altro Calligaris lo saprà fare meglio di te. Potrebbe chiedere alle farmacie vicino a casa e al suo luogo di lavoro. Giusto per fare un esempio. » Vedendomi come trasognata si affretta a precisare: « Esempi stupidi, ovviamente. E del resto non è nostro dovere suggerirli ». Con quelle sue maniere persuasive riesce per un momento a gettare un secchio d'acqua sulla mia fiammata d'ansia. « Molto più probabilmente » prosegue, abile come un venditore di prodotti assicurativi, « soffriva di mal di testa lancinanti e ha fatto abuso di lidocaina. È proprio questo il dato interessante. Può farci immaginare che l'anomalia vascolare si fosse manifestata da tempo... E per questo la morte per cause naturali è decisamente più probabile dell'ipotesi di omicidio. »

« Claudio... è da un po' che ci penso... da quando ho letto un articolo sui traumi da iperestensione del collo... La dissezione della carotide può verificarsi anche dopo un colpo di frusta. Lo sapevi questo? »

« Sì, esattamente come avresti dovuto saperlo anche tu indipendentemente da questo caso. Ma, perdonami, c'è stato un incidente stradale e io non lo sapevo? »

«No.»

«Alice, ma tu pensi che i colpi di frusta siano una pratica sadomaso? Sono i traumi al collo quando ti tamponano» balbetta, costernato.

«Giusto. Ma non solo. Sappi che ho studiato. Addirittura anche colpi di tosse e il vomito possono causare la dissezione della carotide. Certo, in gente molto sfortunata. Ma prova a immaginare altre dinamiche. Cadute, strattonamenti, strangolamenti... per analogia...»

Lui ci pensa su un po'.

«Lo ammetto, non è una cattiva idea. Ma i dati circostanziali e la completa assenza di altre lesioni sembrano escludere questo tipo di eventi. Di strangolamento, in particolare. Avremmo trovato i segni sul collo, aree emorragiche allo sternocleidomastoideo. Però, cadute e strattonamenti... in effetti...» aggiunge un po' titubante. «In realtà a volte i segni esterni di trauma possono mancare e poi essere rinvenuti all'esame istologico.»

«Claudio... ti ricordi quel rossore sotto la clavicola... Non è che...»

«Un momento» mi interrompe. «Una cosa è il rossore, una cosa è un'ecchimosi» aggiunge, ma non è sufficiente a convincermi.

«Ho sbagliato tutto» dico, sull'orlo del pianto.

«Ehi. Io ero con te e, se c'è stato un errore, lo abbiamo commesso insieme.»

«Tu non sbagli mai.»

«Appunto. Ergo, non c'è stato nessun errore.»

«Bisogna chiamare Calligaris, dirgli della lidocaina.»

«È tardi. Basta. Adesso vai a dormire, è stata una giornata difficile» intima perentorio, mettendosi in piedi. Lo accompagno alla porta, un po' in imbarazzo perché non so come salutarlo. Questo perché una parte di me vorrebbe disperatamente abbracciarlo per sentirsi meglio. Un abbraccio può sanare le ferite più dolenti. Mi dico di farlo, ma poi quell'altra parte di me, quella razionale e che procede per schemi comportamentali rigidi, ha il sopravvento e tutto quell'afflato che sento si condensa in uno stitico «Grazie».

«Dovere, Allevi. Dormi bene.»

A parità di fattori, la soluzione più semplice è da preferire

Guglielmo di Occam

Il risveglio, il giorno dopo, porta con sé un magone irriducibile. Mi sento come smarrita in un deserto, senza provviste di acqua né un copricapo. Ho solo i miei piedi per valicare le dune e ritrovarmi di nuovo nel verde.

Trincerarsi in casa serve a poco. In realtà, anche spendere soldi che non si hanno non è una strategia vincente, ma non è una spesa fine a se stessa, mi ripeto mentre percorro il marciapiede fino all'Atelier des Marques.

Quando ne ho parlato al telefono a mia nonna, il suo tono si è ringalluzzito. Va detto che nonna Amalia ha avuto un ictus da poco e si sta riprendendo con fatica. A volte è un po' confusa e parla in maniera impacciata, ma quando le ho descritto quel vestito sembrava la nonna di un tempo.

«Bella di nonna, i soldi vanno e vengono. Comprati il vestito, che è meglio vivere senza desiderare.»

«Lo vorrei mettere per un'occasione precisa.»

«A maggior ragione. Il dottorino ci sarà?»

«Sì...»

«Nonnatua ha capito tutto. Vattelo a comprare e

poi il prossimo fine settimana vienimi a trovare, che mi arriva la pensione dall'*Inpis*. Te lo regalo per il compleanno.»

«Nonnina, ma mancano due mesi ancora...»

«Due mesi? Maria Vergine. In che mese siamo?» ha domandato sgomenta, e a me è venuto un po' da piangere, perché un tempo non sbagliava un colpo.

Intanto ho raggiunto la strada della boutique. Giuliana Maccarotti sta allestendo la vetrina e sembra riconoscermi.

«Mi dica che è venuta per lo Schiaparelli!» esclama, sinceramente felice. Il che mi lascia sospettare che sia un pacco invenduto e che io rappresenti l'ultima chance per rientrare con le spese.

«Sììì» trillo.

«Signorina, non sa quanto sono contenta. Pensi che ieri c'era una persona che voleva comprarlo ma le stava così male... Per fortuna ci ha ripensato. Aspetti che lo vado a prendere, vuole misurarlo di nuovo?»

Neanche mi lascia il tempo di rispondere che è già tornata reggendo sulle braccia il mio abito come se fosse un bambino addormentato.

Che meraviglia che è... E mentre lo indosso sento ancora quell'emozione di vedere allo specchio un'immagine nuova, illusoriamente felice.

Giuliana si introduce nel mio sogno riportandomi all'amara realtà.

«Ho pensato a lei, perché ho letto sul giornale che

la signora Vichi... è morta. Mi sono chiesta come facesse ad avere quella foto.»

Esco dal camerino addobbato tipo boudoir a Versailles. «Io sono il medico legale che le ha fatto l'autopsia» ammetto, vittima di un inspiegabile imbarazzo, nemmeno stessi confessando che per arrotondare mi dedico al porno. «L'ho trovata con quel vestito, aveva ancora l'etichetta...»

«Adesso capisco. Che tristezza, poveretta. Mi aveva detto che era stata poco bene e per questo aveva tardato nel ritirare il vestito. Pensi che io non le avevo creduto. A questo punto, mi sento in colpa per essere stata maliziosa. Era tutto vero.»

«Cosa le aveva detto, di preciso?»

«Oh, solo che soffriva di brutti mal di testa.»

«Che tipo era?» le chiedo d'un tratto, mossa da un'improvvisa curiosità.

«Era una donna molto elegante, ma anche carina, come modi. Niente arie da gran signora. Aveva un bellissimo personale, del resto era una ballerina.»

«Aveva comprato altro qui da lei?»

«No. Come le ho già detto, mi ha contattata perché cercava proprio quel vestito. Ho ancora la foto che mi aveva dato. La vuol vedere?»

«Certo!»

Giuliana apre un cassetto sotto la cassa da cui estrae l'immagine.

«Volevo ridargliela quando ha ritirato il vestito, ma mi sono dimenticata. Poi l'ho richiamata e lei mi ha detto 'tornerò', con allegria, però vede poi la vita quanto è triste... Non ha avuto il tempo. Ma aveva un tumore, povera signora?»

«Ehm, non posso dirle altro...»

«Mi scusi, non volevo essere indiscreta. Ecco la foto, guardi che splendore!»

In effetti, come darle torto? Maddalena doveva avere non più di vent'anni e la principessa di un libro di fiabe illustrate non avrebbe potuto essere più bella. L'abito era forse un po' eccessivo per la sua giovane età, sembrava quasi che avesse indossato un vestito rubato dall'armadio della mamma. Accanto a lei, un giovane uomo in smoking, molto avvenente. Del resto bellezza chiama bellezza. Riga di lato, capelli neri, sopracciglia ad ala di falco, qualcosa di inafferrabile nello sguardo allegro.

«Se vuole può darla a me, la foto. La farò avere alla famiglia della signora Vichi. Magari alla figlia fa piacere riaverla indietro.»

Giuliana sembra restia a separarsene, ma è solo un attimo. Me la porge, con un sorriso un po' tirato.

«Mi ci ero affezionata.»

«Posso capirlo.»

«Quando è venuta a ritirarlo, la signora era accompagnata da una donna che un po' le somigliava.»

«La figlia?» chiedo. Ma subito dopo so già di aver sbagliato. Chloë era a Monaco e poi non somiglia a Maddalena.

«Non credo proprio, sembrava avere la sua stessa

età. Non me l'ha presentata. Comunque, signorina – o forse allora dovrei chiamarla dottoressa, ma mi sembra così giovane! – lo Schiaparelli è nato per lei » dice con occhi sognanti, venendomi incontro per aggiustare la scollatura.

« Be', allora non ostacolerò il destino. »

« Un abito del genere è un'eredità. Lo lascerà a sua figlia. »

« Ma io non ho bambini. »

« Non ancora! Su certe cose non mi sbaglio. Lei avrà una bella bimba. »

Mi cambio, e Giuliana incarta con cura l'abito in una velina verde pallido.

« Lo porti sempre in lavanderia, glielo raccomando. E non una qualunque, mi chiami prima, se succede qualcosa, che le dico dove andare. »

« Certo, grazie. Senta, la persona che ha accompagnato la signora Vichi... »

« Ah, quella. Le stavo dicendo proprio questo. »

« Sarà stata un'amica? »

« Forse. Ma quando ha visto il vestito della signora, in viso è cambiata. »

« Dice? »

Giuliana fa una smorfia titubante. « È diventata pallida. Forse però dico solo stupidaggini. Tornerà, signorina? Mi rifornisco ogni mese, vado personalmente a Parigi a scovare abiti dimenticati nelle soffitte. »

« Signora Maccarotti, è già un mezzo miracolo che riesca a pagarle quest'abito. Non sono la cliente ideale. »

«Io l'aspetto ugualmente.»

Fremo un momento quando passa la carta di credito, ma tutto fila liscio. Il vestito è mio.

«Beatrice? No, non ti chiamo per i vetrini della Vichi, anche se in effetti mi tornerebbe comodo che fossero pronti...»

Dall'altro capo del telefono Beatroce, costernata, mi dice che è in ritardo. «Ti prometto che ti darò il risultato prima di partire per il viaggio di nozze!»

«Bene, ti ringrazio! In realtà... ti chiamavo per un altro motivo. Scusa lo strettissimo preavviso, mi sento una vera maleducata, ma ho pensato che potesse farti piacere... Ci sarò il 30.»

«Oh-oh! Che colpo di scena! Ne sono felice. Ti ricavo un posto al tavolo di CC.»

«Oh, ma noi non verremo insieme» mi affretto a dirle e francamente non so neanche io il perché. Forse perché il più delle volte, ormai mi è chiaro, non rifletto prima di parlare.

«No? Be', scommetto che ti fa ugualmente piacere. Devo andare, tesoro. Ti chiamo a giorni per gli esami.»

Un raccoglitore di conchiglie sulle rive del grande oceano dell'ignoto

Arthur Conan Doyle

Sto ancora sonnecchiando nel mio letto, le tapparelle abbassate, quando mi accorgo che il display del telefono sta lampeggiando sul comodino. Sono le nove.

Uno degli effetti avversi più odiosi della libera professione (la definirò così, anche se in effetti è più simile a una libera disoccupazione) è l'anarchia dei ritmi. Vado a letto tardi, guardo *Mad Men* fino a oltre mezzanotte e spengo la tv solo perché mi obbligo a farlo. Naturalmente, la mattina faccio fatica ad alzarmi all'ora in cui tutto il resto del mondo (la parte operosa, intendo) è già come minimo al secondo caffè.

È Lara al telefono, e se non chiama per dirmi che c'è un posto di dottorato in più e i cinque classificati prima di me sono morti tutti, non voglio sentirla.

Non faccio in tempo a rispondere, ma lei ripiega rapidamente su un sms.

Forza Ali!! Evviva!

Eh?
La richiamo.
«Nessuno ti ha detto niente?»

«C'è un posto di dottorato in più? Giura! Oh, Dio!» mi ritrovo a esclamare.

«Ehm, in realtà no. Non che io sappia» mormora lei, in imbarazzo.

La delusione mi crolla addosso come un pezzo di intonaco dal soffitto. «E allora?»

«È uscito un articolo oggi, su *cronacaneraquellavera.it* sul caso della morte di una certa Maddalena Vichi, e hanno scritto che, cito testualmente, 'l'individuazione delle cause dell'improvviso decesso è affidata a un giovane medico legale, Alice Allevi, che sembrerebbe aver già trovato la chiave'. Complimenti, Ali, se la stampa inizia a menzionarti ti farai un nome tra i giudici e ti chiameranno sempre più spesso e sarai lanciata nel gotha della patologia forense!» È animata da un tale entusiasmo che mi dispiace affievolirlo.

«Oh, be'... In realtà non sembra un caso molto difficile...»

«Non fare la modesta, che mi dà sui nervi.»

«Come va con Paolone?»

«Bene, a parte il fatto che mi fa venire il mal di testa dopo cinque minuti che ci parlo. Be', Ali, di nuovo complimenti.»

«Grazie, Lara. Ci si vede sabato al matrimonio della pantera delle Calabrie.»

Nel frattempo mi sono messa in piedi e penso che morirò se non mi laverò la faccia e berrò una tazza di caffè. Per un attimo avevo sperato che Lara avesse qualche novità per me, una di quelle soffiate che rimettono in circolo un po' di speranza. E invece niente, nessuno squarcio di luce in questo mio cielo grigio. La mattina si trascina ora dopo ora scrivendo la perizia per quell'altro caso che mi ha affidato la Montechiaro, quello del falso invalido. Ma alle due ho già finito e, tanto per far cose inutili ma che inspiegabilmente mi fanno sentire utile, cerco su internet la scuola di danza di proprietà di Maddalena. Si chiama Il filo di Tersicore ed è per allieve dai tre anni in su.

«Alessandra non voleva iscrivere Camilla a un corso di danza classica?» chiedo a mio fratello, che è appena andato a prendere la mia nipotina a scuola.

Camilla è venuta ad abbracciarmi, ma un minuto dopo si è già messa a tirar fuori dalla cesta la biancheria sporca per giocare alla bella lavanderina.

«Mi pare di sì... ma Camilla è un po' pigra.»

«Prestami l'auto. La porto io a vedere una scuola bellissima. Così tu puoi lavorare alle tue foto. Non volevi proporle a *Velvet*?»

Marco sbuffa. «C'è una bella distanza tra quello che vorrei fare e quello che posso fare. Al momento, l'obiettivo è arrivare a fine mese e ho già rifiutato un lavoro per un'agenzia immobiliare di lusso che mi aveva chiesto foto delle proprietà in vendita.»

«Quale, quella all'angolo?»

«Quella.»

«Be', non era male.»

«No, grazie.»

«Vabbe', senti. Hai il pomeriggio libero, fallo diventare fruttuoso. Mi occupo io di Camilla.»

« Lo faresti davvero? »

« Per mio fratello, qualunque cosa. » E in ogni caso è sempre meglio intrattenere la bambina che altrimenti, lasciata a piede libero, potrebbe infilare nuovamente il mio iPhone nella lavatrice.

Mio fratello mi raccomanda fino allo sfinimento prudenza alla guida, di chiederle di continuo se deve fare pipì e di non comprarle gli Smarties nemmeno se m'implora. Con uno strascico di moniti riesco infine a caricarla in auto e a raggiungere Il filo di Tersicore. La situazione parcheggio è a dir poco sconfortante e io sono già pentita del mio slancio. Poi penso che alla peggio, se mi fanno una multa, l'auto è intestata ad Alessandra e ben le sta.

Prendo per mano Camilla, la quale a sua volta tiene in braccio Mocot, il suo cane immaginario.

All'ingresso c'è una piccola segreteria, dove una tizia secca con la erre moscia mi chiede se voglio iscrivere mia figlia.

« In realtà è la mia nipotina. Vorrei farle vedere la scuola per capire se può andare bene per lei. »

« Oh, capisco. Vedo se oggi la signora Vichi è disponibile per un colloquio. »

« Ha detto la signora Vichi? » domando, perplessa.

« Sì. Ada Vichi. »

« Oh... credevo che la scuola appartenesse a Maddalena Vichi... »

La ragazza si incupisce.

« Era così. La signora è morta all'improvviso » spiega, mentre una lacrimuccia spunta dai suoi occhioni.

«Era l'unica proprietaria ed era anche la direttrice della scuola. La signora Ada le faceva da assistente, quindi al momento si sta occupando di tutto... ma ci saranno certamente molti cambiamenti... che non so prevedere» conclude, con tono lugubre, assaggiando l'amaro sapore della precarietà. «Quindi, ecco, non so se le conviene iscrivere la bambina» conclude, a bassa voce.

«Oh, capisco» dico, delusa.

«Comunque, visto che l'ha portata, proverò ad aiutarla. Aspettatemi qui.»

«Zia, torniamo a casa?»

«Ma come, non sei contenta di vedere le ballerine?»

La povera Camilla scuote il capo piuttosto convinta.

«Nemmeno Mocot vuole vederle?»

Ci pensa. Neanche Mocot.

«Giuro che faremo presto. Uscite da qui ti porto in edicola, prometto.»

Finalmente si rallegra, e nel frattempo la segretaria è tornata insieme a una donna che sembra la copia sbiadita di Maddalena. Da lontano si potrebbe scambiarla per lei, ma faccia a faccia si capisce subito che è un triste bluff. E non perché i lineamenti siano davvero simili. È tutto il resto che è studiatamente uguale.

«Sono Ada Vichi, benvenute» esordisce, con modi affettati.

Le porgo la mano, e Camilla arretra di un passo, ammutolita come sempre quando incontra persone nuove.

Ada però ci sa fare con le bambine. In tempo record si guadagna la sua attenzione e finisce per portarla lei, per mano, fino a un enorme stanzone in cui due ordinate file di bambine in calze lunghe rosa e chignon stanno provando i loro piccoli passi.

Camilla sgrana gli occhi.

«Beeeeello.»

Ada è compiaciuta. «Hanno appena iniziato» constata. «Camilla, vorresti provare anche tu?» La mia nipotina annuisce e inizia a saltellare. «Margherita, abbiamo un abitino di prova?» chiede poi, rivolgendosi all'insegnante.

Nel giro di dieci minuti la mia tracagnotta nipotina, la più bassa di tutte (temo abbia preso da me), è concentrata sugli esercizi insieme alle altre bambine, disciplinata più di una guardia di Buckingham Palace.

«Lasciamola provare» dice infine Ada, impugnando la maniglia barocca di ottone della porta a doppio battente. «Nel frattempo potrei darle qualche informazione sugli orari e le rette.»

Mi conduce in una stanza che, ci giurerei, era l'ufficio di Maddalena. Il mio sospetto è confermato dall'occhiata quasi ostile della segretaria quando entra per portarle dei moduli.

Ada non pare esserne scalfita. Sembra a proprio agio come se quel posto fosse suo di diritto, come se a quella scrivania fino a qualche giorno prima non sedesse un'altra persona, come se nessuna tragedia si fosse abbattuta su quella scuola che dovrebbe aver appena perso la propria anima.

Mi illustra giorni e orari, metodi di insegnamento, mi spiega che la scuola è famosa per aver cresciuto al suo interno promesse poi sbocciate alla Scala di Milano e all'Opéra di Parigi. Mi parla dei contatti con celebri coreografi che hanno attinto dalla scuola per le proprie compagnie e della possibilità di stage all'estero. «Naturalmente per la sua Camilla è troppo presto anche solo pensarci, ma è giusto che lei sappia di che livello di scuola si tratta.» Infine mi presenta delle cifre che se le sentisse mio fratello si alzerebbe di botto e andrebbe a tirar fuori la figlia dalla stanza senza nemmeno premurarsi di toglierle il tutù.

Ammetto che dal sito sembrava però peggio di com'è realmente. Il personale è cordiale e non c'è traccia di quell'atmosfera snob che detesto. Le bambine hanno l'aria di divertirsi davvero.

Nemmeno per un momento Ada allude a incertezze sul futuro della scuola e del resto, mi dico, che senso avrebbe scoraggiare possibili allieve? Una scuola deve sopravvivere ed è evidente che l'intenzione di Ada è mantenere in vita Il filo di Tersicore. Nessun cambiamento di quelli che tanto terrorizzano la segretaria sembra aleggiare nell'aria.

Mi accorgo, mentre mi parla, che la parete alle sue spalle è segnata dalla sagoma di quadri rimossi. Forse erano foto appartenute a Maddalena, già messe via, e in effetti mi accorgo che di fianco a una libreria bianca sono accostate alcune cornici dal bordo nero.

«La scuola ha recentemente cambiato gestione?» le domando, d'impulso.

Ada Vichi sembra indurirsi appena. «È in corso qualche cambiamento, sì, ma nulla che andrà a incidere sulla qualità dei corsi.»

«Ho saputo della morte della direttrice...» aggiungo, affondando il piede sull'acceleratore.

Ada ribatte con un viso privo di qualunque espressione: «Questo ovviamente è molto triste, ma ci tengo a ribadire che non ci saranno conseguenze negative per la scuola. La direttrice era mia cugina e io intendo gestire questa scuola proprio come lei avrebbe desiderato. È il modo migliore per ricordarla».

«Certo, capisco.»

Infine lei guarda l'orologio.

«Come le accennavo, le lezioni della classe *petits cygnes* hanno una durata più breve. La capacità di concentrazione dei bambini è limitata e la politica della scuola è che la danza venga amata e mai odiata. La danza deve dare solo gioia e mai noia.»

Mi chiedo se si è accorta che ha parlato in rima, come recitando una strofa.

Per conto suo, Camilla è tutta un vibrare di eccitazione.

«Zia, mi ci porti ancora?»

Bene, mio fratello mi odierà. Ma Camilla è felice e, poco dopo, lo è anche la mia ex amica ed ex cognata (no, non la perdonerò mai).

«Oh, Alice. Hai avuto un'idea meravigliosa!»

Le porgo le brochure che Ada Vichi mi ha dato prima di congedarci, promettendo proditoriamente a Camilla che si sarebbero riviste la prossima settimana.

«È un po' cara» mormora quella parte di me che conosce la vergogna.

«Non ha importanza... Mia madre voleva proprio fare un regalo a Camilla.»

«Oh, bene, allora sono tutti contenti.»

Alessandra mi sorride e mi si spezza il cuore perché vorrei abbracciarla come se niente fosse cambiato. Invece io, che sono una nana livorosa (definizione coniata da CC in uno dei suoi momenti migliori), non riesco a fare un passo verso di lei.

«Alice... mi dispiace. Ma non eravamo felici e questo non è giusto. Non avercela con me.»

«Ma io non ce l'ho con te.»

«Sì, invece. Ti si legge in faccia.»

«Mi passerà.»

Non le resta che abbozzare, un altro scambio di sorrisi impacciati e cordiali e, mentre la guardo andare via, mi piomba addosso tanta tristezza. Vorrei fermarla e dirle *hai ragione, e in fin dei conti non sono neanche fatti miei, e se ti ha perdonato persino mio fratello, perché non posso farlo io?*

Ma poco dopo, quel momento, che pur sarebbe stato giusto, è già passato.

Solo amici e poi uno dice un noi

La Bella e la Bestia, Walt Disney

È giunto finalmente il grande giorno del matrimonio di Beatrice. E dello Schiaparelli.

Avevo riposto grandi aspettative nel mio vestito nuovo, ma CC a malapena lo ha notato, tanto è preso dalla sacralità del suo ruolo: fa da testimone insieme alla sorella della sposa, che è emozionata al punto da farsi scappare l'accento calabrese tanto abilmente celato proprio nel momento in cui pronuncia i sacri voti. Ha scelto un abito stile divinità dell'antica Grecia che esalta il suo fisico statuario e credo che porti al massimo tre centimetri di tacco per non far sembrare il marito più basso di lei.

Al rinfresco, un quartetto jazz suona brani di Miles Davis e vassoi pieni di tartine svolazzano sulle mani dei camerieri in smoking bianco. L'aria è calda, non sembra ancora essere arrivato l'autunno.

CC si avvicina quando Lara si è appena allontanata per andare a prendersi altre tartine.

«Mi era parso di capire che tu avessi un altro impegno» esordisce.

«Mi sono liberata all'ultimo momento.»

«A saperlo ti avrei proposto di venire insieme.»

« E se poi ci avessero preso per fidanzati? » lo stuzzico.

Lui impallidisce. Poi, sorridendo: « La reputazione bisogna perderla, prima o poi. In ogni caso al ritorno posso accompagnarti io a casa ».

« A quel punto la tua reputazione sarebbe rinforzata, altro che persa. » Lui fa quella faccia acida da finto sgomento, la stessa di quando azzeccavo una risposta in obitorio.

« Ma con chi? Con la mia specializzanda? Le specializzande non hanno un inconscio, farsele è una cosa da depravati cui io sono del tutto estraneo. Alla mia età, poi. Ma no, scusa, ormai sei specialista. Andiamo a sederci, dai. »

Beatrice ha accorpato me e Lara a CC in un tavolo che ospita anche un paio di loro colleghi di corso, tutti generazione *late seventies*, tutti supercollocati nel mondo del lavoro, chi all'università, chi chirurgo d'assalto in cliniche private dal fatturato impronunciabile. L'effetto complessivo, un po' inspiegabile, è che sono tutti un po' pieni di loro stessi. Se questo è vero quando l'argomento è la medicina, della cui conoscenza sono gli unici depositari (« Non come i medici legali e gli anatomopatologi, che ne sanno loro, non sono medici, sono studiosi di medicina, eh, è diverso »), il sacro fuoco della verità li anima quando discutono dei film « imprescindibili » della loro generazione. Mi sto per sentire male quando tornano all'attacco, sgomenti, con un incredulo: « Ma davvero non avete mai visto *Pulp Fiction*? »

Lara, annoiata, scuote il capo.

«Neanche *Blade Runner*?» chiede una brunetta tutta pepe che finora ha tenuto banco con le sue opinioni su questo e quello.

«*Frankenstein Junior*?» domanda un altro.

«Conforti, ma che insegnate alle vostre specializzande?» butta lì un altro ancora, e non capisco il nesso, ma tutti ridono.

«Come fate a non averli mai visti? Non conoscerli ti taglia fuori dalla civiltà» aggiunge un tizio, scandalizzato. «Cioè, se uno dice 'ho visto cose che voi umani non potreste immaginare', voi non capite di cosa sta parlando.»

«No. Però ho visto *Kill Bill*» provo a dire, per salvarmi in corner.

«Ma se non hai visto *Pulp Fiction*, *Kill Bill* nemmeno lo capisci.»

CC mi rivolge un «non farci caso» tradotto in sguardo.

«Sono giovani» ci difende con immonda falsità la brunetta, che avrà dieci anni più di me e si mangia CC con gli occhi. Ma l'ammissione delle nostre lacune culturali ci mette definitivamente alla gogna, e se prima ci ignoravano, al momento del dessert siamo proprio fuori dal loro campo visivo. Adesso l'argomento in auge è *bambini*, al che a Conforti viene l'orticaria.

«Allevi, andiamo a prenderci un crème caramel» mi dice sottovoce, un cenno del capo in direzione del buffet. In questo momento fuggirei anche con un sociopatico, figurarsi con CC. Scatto dalla sedia e gli vado dietro senza curarmi della brunetta che ci fissa pronta a sparlare. «Allevi, lo vedi che fine hanno fatto quelli della mia generazione? Sono nevrotici e sono infelici.»

«È stato peggio di un esame con la Wally.»

«Non avvilirti, quei film non li ho visti neanche io. A casa mia c'era una sola tv e io non avevo accesso. Soldi per andare al cinema neanche a parlarne. Li hai visti, quei due? Lei, se non l'avessi capito, è sposata con quello che era indignato perché non hai visto *Pulp Fiction*.»

«Era *Blade Runner*.»

«Fa lo stesso. Hanno anche due o tre figli, non ricordo. Guardandoli da fuori potresti pensare *oh, che grazioso quadretto*, e invece sono proprio l'emblema di quello che non voglio diventare. Lui va con un'altra – una specializzanda, per la cronaca –, lei idem – non uno specializzando, intendo dire che non si tira indietro. La domenica se ne vanno all'Ikea o in altri frullatori dove non pensare a quanto sono tristi.»

«Okay, ho capito. Non ti chiederò mai di andare all'Ikea.»

«Io così non voglio diventare e questo ti sia ben chiaro.»

«A me?»

Lui si volta – aveva lo sguardo perso in un vago punto della piscina – e mi fissa, in silenzio, a lungo. Sono io ad abbassare gli occhi.

«A te» ribatte.

«Claudio, questo tuo continuo precisare che non cambierai mai è pesante quanto il mio chiedere il contrario. È una condizione. In un senso o in un altro. Non c'è poi differenza. Lo capisci, questo?»

«Io riesco a capire solo che vorrei portarti via di qui e che vorrei vivere il momento. E basta. Invece, siccome sono stato onesto – che condanna – non posso nemmeno portarti a letto.»

Dopo un brivido, in me si risveglia qualcosa. «Sai che ti dico? Ho vissuto convinta di desiderare un uomo che mi volesse come compagna, senza se o ma. Dimostrami che quello che offri tu è meglio.» L'ho detto. Esattamente questo. Non può non cambiare qualcosa, adesso. «Dimostramelo, Claudio» insisto, e mi accorgo di aver usato un tono quasi di sfida. Ora lui mi guarda smarrito, come se gli avessi gettato un amo e a questo punto, per coerenza, non gli restasse che abboccare.

«Ne sei sicura?»

Stavolta non ho bevuto troppo e non ho attenuanti. È una libera scelta, voglio cadere. Anche se tutti ci dicono che una cosa è giusta, non è automatico che vada bene anche per me. Perché magari, alla fine, gli somiglio più di quanto abbia mai trovato il coraggio di ammettere. Oppure quel qualcosa che vado cercando non esiste affatto.

Gli basta un mio cenno affermativo e subito mi prende per mano, stringendomela forte, e non soltanto non sono pentita di quello che ho detto, anzi, mi sento felice.

«Dove andiamo?» chiedo.

«Ovunque.»

«Non salutiamo nemmeno gli sposi?»

«Beatrice mi conosce.»

In realtà la sposa sta gesticolando per chiamare a raccolta le poche signorine per il lancio del bouquet, e in tutta onestà era uno dei miei momenti top della serata perché credo nella tradizione e speravo di acciuffarlo io...

«Alice! Dai! Vieni anche tu!» esclama la Pantera, ma io incrocio lo sguardo in tralice di un categorico CC che è pronto a lasciarmi seduta stante se solo mi azzardo ad aggregarmi al gregge di nubili. E dopotutto, ha ragione.

«E Lara, gli altri al tavolo?»

«Mandale un messaggio, dille che hai mal di testa e ti sto riaccompagnando a casa. Degli altri non mi importa.»

Provo un'emozione così forte che neanche io credevo di esserne capace e mi dico che lui non ha mai avuto torto, che senza pensare al *dopo* è tutto infinitamente più imprevedibile e divertente, che magari domani mi sveglierò da sola e da sola dovrò pulire le ceneri, ma intanto avrò sentito quant'è bello bruciare.

Il rumore dello scroscio dell'acqua mi risveglia dopo un sonno breve ma profondo. Lui è in doccia. Io sono sprofondata tra le lenzuola, in un letto sconosciuto, ancora abbastanza incredula di quanto sia stato semplice perdere la testa e il controllo. Anni e anni di censura delle mie pulsioni, quando poi affrontarle era mille volte più liberatorio.

La sua camera da letto è arredata in maniera impersonale. C'è un buon odore e tutto è tenuto in ordine da un'efficiente donna delle pulizie. Io mi sento languida, priva di forze, come se non volessi più alzarmi, e dopotutto quanto sarebbe bello se, uscito da quella doccia, all'alba di questa luminosa domenica, mi dicesse «Non andare più via».

Ecco, già si affaccia l'inevitabile aspettativa, impossibile da mettere a tacere. Al massimo posso metterla da parte pensando che non ho abiti da indossare a parte lo Schiaparelli. Che peraltro dovrò portare in sartoria perché lui ha rotto la cerniera, evidentemente quella originale dell'anteguerra non ha saputo resistergli, solidale alla nuova proprietaria.

Vado alla finestra, per guardare il panorama che lui vede ogni mattina, per ascoltare i rumori dei passi sulla strada, dei bar, il vociare allegro dei turisti.

«Buongiorno» dice con una voce accogliente, i capelli ancora spettinati.

La mia risposta è un sorriso un po' timido, perché adesso è tutto nuovo e diverso, siamo sempre noi eppure non lo siamo più. «Ciao, Claudio.»

«Vuoi andare a far colazione?»

«Non posso vestirmi, l'abito si è rotto.»

«Sono stato io?»

«Sì.»

«Allora ti terrò per sempre nuda nel mio letto.»

«Attenzione, dottor Conforti, non è da lei usare parole come 'sempre'.»

Lui si fa un po' serio, un po' dolce, un'espressione che mai ho visto. E del resto forse sono più le cose che non so di quelle che conosco di lui.

«Ascolta. Non sarò mai capace di dirti cose tipo 'ti amo'. Di mandarti fiori, di comprarti anelli. Non so se riuscirò a essere fedele – ti prometto che mi impegnerò –, forse non vorrò un figlio e certamente non ti porterò mai all'Ikea la domenica o in qualsiasi altro giorno. Ma un 'per sempre' c'è. C'è una cosa che è sicura ed è che io e te siamo connessi indissolubilmente.» Devo avere un'espressione quanto meno inebetita. «Sì, lo so, sembra impossibile che io l'abbia detto, però ormai l'ho detto.»

Portatemi i sali!

Non riesco a rispondergli. Dentro di me si è scatenata una tempesta. Evidentemente non c'è bisogno di spiegargli che non m'importa del rischio di farmi male o di volere qualcosa di diverso. In qualche modo lui lo sa. E quel suo «per sempre», imperfetto, una dichiarazione che potrebbe essere la promessa del paradiso o dell'inferno in pari misura, intanto durerà per tutto il giorno. Un tempo breve, forse.

Ma la felicità esiste, si può sentire.

Se non altro, mi ha dimostrato questo.

Da questa stanza, infine, dobbiamo uscire.

Non ho mai trascorso così tanto tempo in un letto

da sveglia e ora mi sento impigrita. E anche spaventata che l'incanto di questo giorno resti unico nella nostra storia, che la «connessione indissolubile» di cui ha parlato sia qualcosa in cui oggi entrambi abbiamo creduto ma che domani sarà passata, come una febbre, una fugace confusione.

«Resta a dormire» dice lui a voce bassa, a sera già inoltrata.

Gli dico di no, farfugliando qualcosa di informe tipo *tu devi andare in Istituto, poi io devo tornare a casa, mio fratello mi dà per dispersa*. La verità è che non sono pronta. Ma soprattutto, la verità è che dobbiamo consegnare questo sentimento ai giorni e alle ore che verranno. Dobbiamo fidarci. Dobbiamo scoprire come sarà vivere sapendo che adesso l'altro c'è davvero, e non come mera ipotesi.

Io ci credo, Claudio.

Tutto questo, però, non glielo dico.

Tell me, where is the shepherd for this lost lamb?

«Dottor Calligaris?»

«Alice, se non è urgente, ti richiamo.»

«Be'... Riguarda l'esame istologico di Maddalena Vichi.»

Beatrice ha mantenuto la sua promessa e prima di partire per la Polinesia francese, meta del suo viaggio di nozze, mi ha consegnato il suo referto. Non privo di sorprese.

«Oh, a tal proposito ho anch'io qualche bella novità. Passo a prenderti tra un'ora, torniamo a casa della signora Vichi e ci aggiorniamo.»

Così, rieccomi a godere della luce tiepida nel giardino di Villa Frondosa, del sibilo lieve di un soffio di vento tra le fronde degli alberi che forse le hanno dato il nome.

«Ho appuntamento con Ermanno Vichi, il padre di Maddalena.»

«Ma ha più di novant'anni!»

«E che vuol dire? È del tutto autonomo e perfettamente lucido. Arrivarci come lui!» commenta. «Era lui il proprietario di questa casa, l'ha regalata alla figlia dopo che lei ha divorziato da Emmanuel Marchelier. Ti ho portato con me perché con un arzillo vecchietto un po' scorbutico sei la mia arma migliore. Tu, piuttosto, che volevi dirmi? »

« Ho i risultati dell'istologico. Maddalena ha avuto un edema cerebrale massivo, probabilmente dovuto all'ischemia determinata a sua volta dalla dissezione. La carotide manifestava necrosi e displasia fibromuscolare. »

« Alice, non ci ho capito niente. Me lo potresti dire in turco, per me sarebbe esattamente lo stesso. »

« Significa che, in qualche modo, Maddalena Vichi era predisposta alla dissecazione. »

« Dio, ti ringrazio! » esclama, il che non mi sorprende perché, quando ho sentito Beatrice, dapprincipio la mia reazione è stata molto simile. Poi però la pantera delle Calabrie ha calato l'asso, che mi accingo a riportare a Calligaris.

« Al microscopio, però, si vedevano delle fissurazioni che a occhio nudo erano invisibili. »

« Questo cosa ci dice in più? »

« Qualcosa di terribile. »

« Ovvero? » mi chiede, impallidendo perché tanto più la cosa si profila difficile tanto meno è alla mia portata – o così almeno lui teme.

« L'anatomopatologa, la dottoressa Alimondi, ipotizza che quelle fissurazioni siano di natura traumatica, e ciò supporta una mia ipotesi: che Maddalena possa essere stata strattonata, o spinta. Esternamente non c'erano ferite né ecchimosi, a parte un minimo rossore sotto la clavicola sinistra, che però può anche essere dovuto alle manovre di primo soccorso. »

Calligaris sospira, cercando di tacitare l'avvilimento, che tuttavia è evidente nel suo sguardo.

«Io, intanto, ho scoperto che la sera prima della morte Maddalena aveva dato una festa, in questa casa.»

«Ma il giorno dopo non c'erano tracce di festa, è corretto?»

«La domestica, Encarnación, ha ripulito tutto quella stessa notte e prima di andare via ha visto la signora intrattenersi con un altro paio di persone.»

«La butto lì, dottore. Magari un uomo si è fermato per la notte, e forse è per questo che Maddalena indossava ancora l'abito da sera. Magari è stata una notte speciale.»

«Se non lo sai tu, Alice... Dall'esame ti sono risultati rapporti sessuali recenti?»

«No. Ma non è mica necessario *quello* per trascorrere una notte speciale.»

Calligaris arrossisce. Nonostante il suo lavoro lo porti spesso a contatto con faccende scabrose, in materia di sesso s'inibisce come una clarissa.

«La lista degli invitati?»

«Ci sto risalendo. Dovrò interrogare tutti. Quello dev'essere Ermanno Vichi» dice poi, indicando un signore molto distinto che cammina poggiando una mano ossuta su un bastone con la testa d'avorio – ma non dovrebbe essere vietato? Forse è dente di facocero, in ogni caso ha l'aria d'essere un oggetto piuttosto prezioso. Accanto a lui una giovane signora bionda, che lui chiama Joséphine e che tratta con un po' d'insofferenza, come se non riuscisse a rassegnarsi ad aver bisogno di lei.

«Sediamoci in sala. Il sole mi dà fastidio» risponde lui al nostro garbato saluto.

«Certo, naturalmente» si affretta a dire Calligaris. L'ultranovantenne si dirige verso il divano con passo rapido, a dispetto della protesi all'anca.

«Non mettevo piede in questa casa da dieci anni. Già allora ero vecchio, ovviamente, ed ero convinto che sarebbe stata l'ultima. Invece eccomi ancora qui, mentre la mia unica figlia non c'è più.»

«Perché non tornava da così tanto tempo?»

«Perché questa casa mi ha portato soltanto disgrazie.»

«Come mai?»

«Le case hanno un'anima, non lo sa? E certe volte rifiutano chi decide di abitarci.»

«L'aveva acquistata o era un bene di famiglia?»

Ermanno diventa compiaciuto. «Nessuna delle due cose. È stato il pagamento di un debito.»

«Di gioco?»

«Diciamo così. È stato un buon affare, però mi ha portato sfortuna.»

«A cosa si riferisce?» chiede Calligaris.

«Una causa in tribunale con mio fratello, infinita. Poi subito dopo sono entrati i ladri e si sono portati via tutto – ma io l'ho capito che li aveva mandati lui! La cosa più assurda di tutte è che dopo lui è partito per il Sudamerica con la moglie lasciandoci Ada, e qui lei è sempre rimasta, perché quei due nullafacenti sono morti in un incidente aereo e a Buenos Aires non ci sono mai arrivati. Quando qui dentro è morta mia moglie, poi, ho deciso di andarmene. È stato allora che Maddalena mi ha chiesto se poteva venirci lei, che aveva quel marito che pareva tanto fine e invece era un traditore della peggiore specie. Infatti alla fine si sono lasciati.»

Prende fiato e si fa pensieroso per un istante. «E adesso, qui ci è morta anche lei, mia figlia. Ah... ma io lo dirò, a mia nipote Chloë: vendi questa casa! Anzi, regalala a Ada, che magari ce la leviamo di torno!» E scoppia a ridere, lasciandoci allibiti.

Altro che lucido, a me non pare proprio. Io ravviso tutti i segni della cosiddetta demenza frontale: si sembra normali ma poi si dicono cose sgradevoli che mettono a disagio le persone.

Mi sembra inutile chiedergli perché nutra tanto astio verso Ada, è chiaro che la sua capacità di critica è ormai ridotta al lumicino, eppure Calligaris si azzarda a farlo e la risposta è invece più lucida di quanto mi aspettassi. «Ma io non provo nessun astio per Ada. Scherzavo! È una ragazza senza qualità, ma non è cattiva. Maddalena lo sapeva, ecco perché l'ha sempre aiutata. Però... Ada avrebbe voluto essere al posto di mia figlia. Questo sì. Maddalena era bella, famosa. Aveva di fronte una carriera superlativa. Tutti la volevano, ma poi lei restò incinta di quel...» Ermanno si astiene con fatica dall'apostrofare il genero. «Scusatemi. Devo darmi una calmata.»

«Si prenda il suo tempo» replica Calligaris, rispettoso dell'età.

«Baggianate. Tempo ne ho poco. Stavo dicendo che poi mia figlia è rimasta incinta di quel francese in calzamaglia. Ora, secondo lei, un uomo che balla può mai essere affidabile?»

«Però magari amava molto sua figlia» ipotizzo, investita da una luce buonista di cui mi pento all'istante.

«Ah sì? E allora perché la picchiava? E per di più, la tradiva? È per questo che si sono lasciati, quando Chloë aveva cinque anni. Dopo che mia figlia aveva sacrificato per lui la sua carriera, mentre lui andava a ballare di qui e di là. Pure con le allieve di Maddalena, quel pervertito!»

«Ne è sicuro?» domanda Calligaris.

Il vecchio resta un po' in silenzio. «Sì. Lo sapevano tutti, tranne lei.»

Calligaris diventa impaziente. Già freme perché vorrebbe approfondire. E invece dovrà aspettare.

> *Ma ti levasti su quasi ribelle alla perplessità crepuscolare: «Scendiamo! È tardi: possono pensare che noi si faccia cose poco belle...»*
>
> Guido Gozzano

Superata l'età infantile, a un essere umano non può capitare nulla di più divertente, nella vita, dell'inizio di una storia d'amore. Si fanno promesse, follie, tutto sembra consentito in nome dell'eccezionalità, perché quei momenti presto finiranno.

Sempre più spesso resto a dormire da Claudio. Poi, la mattina, lui si alza e si prepara per recarsi in Istituto. Mi pesa molto non poterci andare anch'io. In realtà mi pesa da morire non avere un *posto* tutto mio.

Un giorno propongo: «La biblioteca dell'Istituto è aperta al pubblico, potrei frequentarla...» Ma sbianca quando aggiungo: «Posso venire con te?»

«...»

«Come non detto.» Ma poi ci ripenso. «Be', non è che per forza capirebbero che abbiamo passato la notte insieme. Potresti avermi incontrata al bar... E mi hai dato un passaggio.»

Lui sorride, in quella maniera un po' sorniona di chi pensa *non dirai sul serio?*

«Claudio, ma qual è il tuo problema? Hai una moglie segreta in soffitta?»

«Non ho una soffitta.»

«Ma hai una moglie?»

«Ovviamente no!»

«Allora spiegami perché non puoi darmi un passaggio. Ti sembra compromettente o quei dieci minuti in auto ti risultano intollerabili?»

«Non voglio mischiare le cose, non ci farebbe bene. In questo momento le voglio tenere separate e conoscerti come Alice. La Allevi la conosco già, meglio delle mie tasche.»

«Allora sei contento che non abbia vinto il concorso per il dottorato. Come avremmo fatto in quel caso?»

«Perché mi chiedi una cosa inutile?»

«Cosa?»

«A che serve pensare a cose che non sono successe?»

«Ho capito. Me ne torno a casa in autobus.»

Non ci voglio andare in biblioteca, a fingere di avere un senso quando invece non esiste più nessun legame con l'Istituto.

Tornerò a casa a riguardare le foto dell'autopsia di Maddalena. Lo faccio ogni giorno, metodicamente, cercando qualche altro segno di un'eventuale aggressione, ma Maddalena continua a serbare il suo segreto.

E poiché Claudio vuole conoscere Alice, evito di parlargli delle novità sul caso.

Tanto poi di sera, quando finisce di lavorare e si fa

vivo, il medico legale robotico si trasforma in un essere umano capace di provare sentimenti.

Più o meno.

A modo suo.

«Ho la lista completa di chi c'era quella sera, alla festa di Maddalena Vichi» esordisce radioso Calligaris al telefono.

«Sorprese particolari?»

«C'era la cugina Ada, è ovvio, e gente del mondo della danza, ma anche un politico – sebbene minore –, un'attrice in declino riportata in auge da una recente serie tv che io però non ho visto e non conosco.»

«Ispettore, qualcuno che possa essersi trattenuto per la notte?»

«Forse. Franz Lazzari.»

«E chi è?»

«Il suo compagno, pare. O qualcosa di simile.»

«Era una storia ufficiale o no?»

Proprio io faccio questa domanda! *Shame on me!*

Come se non fossi a conoscenza per esperienza diretta di quante variazioni sul tema possano esistere... La famigerata *relazione complicata* di Facebook si può declinare in una tale quantità di versioni che, subito dopo averlo chiesto, mi sento una che vive fuori dal tempo.

«Lo incontrerò oggi e ti saprò dire. Al momento, per quel che so, si tratta di un rapporto recente. Maddalena Vichi non è stata molto fortunata in amore. Il suo ex marito, Emmanuel, aveva un debole per la carne fresca, diciamo così.»

«È davvero stato con una delle allieve della scuola?»

«Tutte le ragazze che ho sentito sono unanimi nel descriverlo come un uomo molto galante. Stuzzicava un po', era parte del suo modo di fare. Ma in realtà sembra che non andasse oltre il flirt. Ogni anno Marchelier visitava la scuola della moglie ed esaminava le allieve personalmente. Ne ha prese alcune nella sua compagnia e sono tutte diventate delle stelle del balletto. Tutte tranne una, Ginevra Bley.»

È ovvio che è l'eccezione a incuriosirmi. «Perché? E dov'è adesso questa ragazza?»

«Ehm, sottoterra.»

«Dottore!»

«Ma è lì che si trova.»

«Come, scusi?»

«Si è uccisa dodici anni fa lanciandosi da un balcone al quinto piano. Era stata scelta da poco da Marchelier, avrebbe iniziato le prove a breve per poi debuttare dopo un paio di mesi.»

«Che brutta, questa coincidenza...» commento, pensosa.

«Forse non è nemmeno una coincidenza. È semplicemente un fatto.»

Le relazioni umane sono il vero mistero, più della morte. Ci illudiamo di poterle comprendere dando loro etichette banali, ma il più delle volte ci sbagliamo.

Ginevra Bley.

Morta in un'afosa notte d'estate, precipitata dal quinto piano di un edificio in via Spallanzani. Il web conserva ancora la memoria di quell'evento, di per sé passato quasi inosservato nell'agosto del 2005, perché, se certe vicende accadono quando il mondo è in vacanza, è facile che in pochi se ne accorgano. In rete scovo una sola foto di Ginevra: un viso spigoloso, non proprio aggraziato, però, chissà, magari dal vivo aveva un'espressione dolce, oppure seducente, e quei lineamenti insulsi si animavano di bellezza. Ma io questo non posso saperlo. Le scarne informazioni biografiche mi chiariscono che dopo quell'estate si sarebbe trasferita a Marsiglia, nella compagnia di Emmanuel Marchelier, direttore del Ballet National de Marseille. Un'opportunità molto prestigiosa che l'avrebbe obbligata a mesi di fatica e disciplina. Forse voleva godersi quei giorni di vacanza, e forse se li è goduti fin troppo. All'esame tossicologico è risultata ubriaca. Suicidio o tragico incidente nella pratica di uno stupido gioco, il *balconing*?

Abbasso lo schermo del Mac e mi accascio sul divano, su cui presto mi raggiunge mio fratello. Ha l'espressione trasognata e giura che non è dovuta a una sostanza illegale.

«Anche se forse, per me, l'amore lo è un po'» dice, in un accesso di ispirazione. «Ci vuole coraggio a innamorarsi quando a ventott'anni hai già un matrimonio fallito alle spalle» aggiunge, come a volersi spiegare.

Uh-uh! Voglio saperne di più!

«Chi è? Dove l'hai incontrata? Al parco o all'asilo?»

«Ma va. Fa la fotografa, anche lei. L'ho conosciuta a una mostra e mi piace da morire. Si chiama Sara. E tu, che combini? Quasi non torni più a casa a dormire...»

«Non credevo che te ne fossi accorto...»

«Certo che hai un'opinione bassissima di me. Sono tuo fratello, ti tengo d'occhio. Tra l'altro me lo ha chiesto mamma.»

«Non le avrai mica detto che...»

«Certo che no. Allora?»

«È la persona sbagliata. Lo so già.»

Marco assume un'aria pensosa. «Ne vuoi parlare?»

«Non c'è molto da dire. Magari poi sono troppo drastica» concludo con un'occhiata al telefono, nella speranza di trovare un messaggio della suddetta persona sbagliata.

Che arriva, ma più tardi, quando mi ero quasi addormentata sul divano con il telecomando in mano e un rivoletto di bava all'angolo della bocca.

CC: Disturbo? Sono sotto casa tua. Ho finito tardissimo un'autopsia. Non ti ho dimenticata.
AA: Sali.

Per fortuna non c'è l'ascensore, così ho il tempo di coprire al volo le occhiaie. Aperta la porta, lui mi si getta incontro abbracciandomi. È un tenerone, a volte, sono quasi sorpresa.

«Il mio ultimo articolo finirà sulla più prestigiosa rivista americana di medicina legale. Festeggiamo?»

«E come?»

«Nell'unico modo che veramente mi appaga» dice con un'occhiata lasciva, facendomi intuire di volermi sottoporre a pratiche sessuali molto sconvenienti. «Prima, però, devo mandare una mail. Posso usare il tuo computer?»

Glielo porgo direttamente e lui lo apre. Trova subito il file di word aperto su quella relazione sui falsi invalidi. «Uh-uh, ti hanno dato il compito di sgominare il traffico illecito di pannoloni.»

«Be', sai, non tutti hanno il titolo di principe della sala settoria.»

Lui però nel frattempo ha cambiato espressione. «Perché ti stai interessando a questo vecchio caso...?» domanda con voce incolore.

«Cosa?» chiedo avvicinandomi, e mi si ripresenta alla vista l'articolo su Ginevra Bley che stavo consultando prima del suo arrivo. «Dottor Conforti, non mi aveva detto di voler conoscere solo Alice e di non voler mischiare le cose?»

«Be', si può fare qualche eccezione...» obietta, togliendosi la giacca.

«Io stessa avrei tante cose da chiederti ma mi astengo per celebrare questa nuova forma di conoscenza in cui tu sei tu e io sono io, ed entrambi non siamo medici legali.»

Ci prendo gusto a dare al mio tono e ai miei gesti un tocco di malizia. Non so se mi riesce, magari sono molto goffa e non me ne rendo conto, ma lui in ogni caso non se ne cura. Continua a leggere quell'articolo e poi apre la schermata di Gmail in assetto *concentrazione e dovere* che, quando gli piglia, è irreversibile.

E la bugia gli venne naturale come offrire un dono a qualcuno che si stima

Tove Jansson

Dopo una mattina trascorsa in tribunale a distribuire a ogni magistrato presente in ufficio i miei biglietti da visita, decido di portare a Calligaris una razione dei dolcetti di cui lui è golosissimo per spettegolare un po' su Franz Lazzari.

«Che impressione le ha fatto?» gli chiedo, introducendo l'argomento solo dopo che si è sbafato due croissant alla Nutella, per rendere il suo umore un po' meno bisbetico.

«Un damerino! Tutto composto, controllato. Ho rimpianto la disinibizione del signor Ermanno.»

«Deduco che gli ha scucito poche informazioni.»

«Non proprio. Mi ha detto che sì, era alla festa di Maddalena ma no, non ha trascorso lì la notte. Quella con la Vichi era l'unione di due solitudini, così mi ha detto. Non l'ha definita la sua compagna bensì una buona amica.»

«Un poeta» osservo, scettica. «E cosa le ha detto di quella sera?»

«Be', durante le feste si sa com'è... Si chiacchiera con tutti un po'... Ma mi ha riferito che avevano in sospeso la decisione del prossimo viaggio insieme. Lazzari, a quanto pare, proponeva il Messico. Maddalena invece preferiva due settimane in Birmania. E questo è tutto.»

«La Birmania... Mi riempie di tristezza pensare che Maddalena non potrà mai vederla...»

Il bolscevico che è in Calligaris ha un moto di rivolta. «Ogni giorno la morte fa sfumare i sogni di molta gente, mia piccola Alice, anche quei desideri stupidi tipo 'stasera ho voglia di pizza', e ti dirò, è proprio la stroncatura dei piccoli sogni a farmi più tristezza.»

«E la mattina della dipartita di Maddalena, Lazzari dov'era? In agenzia di viaggi?»

«No. Al lavoro.»

«Che fa?»

«Il corniciaio. Ma non uno qualunque, eh. Un corniciaio doratore, con tecniche d'altri tempi. Gli ho chiesto se mi incorniciava una foto dei gemelli, mi ha guardato male e mi ha sparato un preventivo assurdo. Si tenesse le sue cornici.»

Oggi Calligaris è preda della rabbia sociale.

«Lazzari ha figli?»

«No, non si è mai sposato. Conosceva Maddalena da anni ma solo da poco il loro rapporto si era intensificato.»

«Lui avrebbe voluto qualcosa di più?»

«Non mi è parso. La mia sensazione è che gli bastasse così. È abituato alla libertà, superati i cinquanta non ci si può più addomesticare.» Molto interessante. Stando alla sua teoria, deduco quindi di avere poco più di dieci anni per provarci con CC, dopo di che dovrò definitivamente gettare la spugna.

«Ci sono notizie di Ada Vichi? Anche lei era lì quella sera e possiamo ipotizzare che la morte di Maddalena le tornasse comoda.»

«E perché?»

«Chissà. Forse mirava alla scuola di danza.»

«Mere supposizioni! In realtà Maddalena era il simbolo e il traino della scuola. Chi può dire se prospererà anche nelle mani di Ada?»

«Nessuno, ma forse questo era il suo sogno e ora ha l'occasione di dimostrare che è in gamba come sua cugina, se non di più.»

«Mi convince poco. Ho parlato personalmente con Ada Vichi, non ho raccolto elementi utili. È andata via prima ancora che la serata fosse finita, perché non si sentiva bene. E l'indomani mattina ha telefonato al suo medico di base che ha confermato di averla visitata a casa e che non stava affatto bene. Peraltro Ada non ha un'auto, si muove solo in taxi, in bicicletta o con i mezzi. Dunque, dovremmo ipotizzare che, pur ammalata, si sia messa in piedi, abbia preso un taxi – lì è difficile arrivarci in autobus –, si sia presentata a sorpresa a casa della cugina dove in qualche modo l'ha urtata senza crearle nessuna ferita esterna ma, comunque, con una violenza tale da causarle una lacerazione della carotide risultata fatale. E tutto questo con premeditazione, stando al tuo movente, quello della cupidigia verso la scuola di danza...»

«Be', sì, ci sono delle pecche.»

«Sotto le unghie della vittima non c'era niente, ne sei sicura?» chiede l'ispettore, senza sperarci.

«No... glielo giuro, sono stata molto meticolosa. Senta, dottore... mi stavo chiedendo... Che ne è di Emmanuel Marchelier, l'ex marito di Maddalena?»

«Si sentivano, ma non frequentemente. A volte per parlare di Chloë, altre volte di ballerine che la Vichi segnalava all'ex marito. Non era un rapporto assiduo né intenso, ma sicuramente molto civile. Non sono emersi fatti che mettano in relazione Marchelier con la morte di Maddalena.»

«Lì, in casa, è stato ritrovato qualcosa degno di nota?»

Calligaris scuote il capo, prostrato. «I rilievi non lasciano nemmeno sospettare che ci sia stata un'effrazione.»

«Mi scusi, dottore, ma il giardiniere?»

«Alice, è l'equivalente del maggiordomo – se fossimo in un romanzo giallo.»

«Perché no?»

«*Perché sì?* è la vera domanda!»

«Denaro? Ce ne sono, precedenti di questo tipo, non lo può negare. In un caso, è stato scoperto dopo vent'anni...»

«Ma in *questo* caso, a dispetto delle apparenze, Maddalena non era ricca. Sì, aveva la villa e aveva di che vivere più che decorosamente dalla scuola di danza, ma non possedeva gioielli e il suo conto in banca a malapena può coprire i costi del funerale. Nulla che giustifichi un delitto. Dimenticavo, l'appartamento che ospita Il filo di Tersicore non era di proprietà. Anzi, la scuola paga un affitto altissimo. Quin-

di perché il giardiniere avrebbe dovuto uccidere Maddalena? In casa non c'era nulla da poterle rubare.»
«Per quel che ne sappiamo» preciso io.
«Tu leggi troppi libri di Agatha Christie.»
«Mi divertono e sono istruttivi.»
«Io preferisco Montalbano.»
«No, dottore, Miss Marple tutta la vita!»

La pergamena della specializzazione l'ho ritirata in segreteria proprio ieri e, considerati gli sforzi profusi per diventare un medico legale, tributarle l'onore di una cornice deluxe mi pare il minimo.

Trovare il laboratorio di Franz Lazzari non è stato difficile, basta cercare le cornici top di gamma a Roma, dove vanno i ricchi a far incorniciare opere che comprano alle mostre o nelle gallerie. In realtà, non è solo un negozio di cornici, perché commercia in tutto ciò che riguarda le belle arti, quindi anche tempere, colori a olio, tele.

Lazzari è troppo magro, quasi consunto e ha un'aria un po' snob, ma le sue mani mi piacciono perché sono ruvide e sporche di colore, segno di un'attività artigianale, tratto verso cui simpatizzo istintivamente. Ed è anche segno che fa tutto da sé, non ha collaboratori. Oppure, più semplicemente, ha un dipendente che oggi è in ferie. Chissà cosa ne penserebbe Sherlock Holmes...

È un negozio piccolo, stipato di cornici, dipinti, lastre di vetro, colori. Ha una sua magia, il modo fitto con cui le cose sono collocate. La lucentezza delle foglie d'oro, l'insieme di paesaggi veneziani e di ritratti ottocenteschi, i vecchi specchi rovinati.

«Vado contro i miei interessi, ma le sconsiglio di incorniciare qui questo... Cos'è, un diplomino?» mi dice schifato, nemmeno gli stessi chiedendo di farlo gratis. «Può trovare delle cornici molto graziose e più adatte anche all'Ikea.»

«In realtà è un diploma di specializzazione» preciso, ferita nell'orgoglio.

«Oh» è la risposta del tutto priva di interesse, quindi in meno di cinque minuti ho già deciso di odiarlo. Per quanto mi riguarda potrebbe essere lui l'assassino di Maddalena.

Nel frattempo, un uomo che nonna Amalia avrebbe definito «un asparago con il vestito» è entrato facendo suonare il campanellino d'ottone sulla porta che fa tanto bottega d'altri tempi. Porta con sé un dipinto di grandi dimensioni raffigurante qualcosa che non si capisce cos'è neanche con tutta la fantasia del mondo.

«Franz! Che brutta notizia! Ho saputo di Maddalena, Dio santo!»

Lui si irrigidisce immediatamente e si dimentica della mia presenza, che a questo punto è in effetti superflua, a meno di non guardarmi attorno con la finta scusa di voler acquistare qualcosa per casa, il che è ovviamente impossibile perché dietro ogni cornice ci sono prezzi inaccessibili.

«Eh, già, che dire...»

«Così, all'improvviso... O era malata?»

«Una lunga malattia, sì» replica Lazzari, mentendo palesemente e per questo motivo riacquistando ai miei occhi immediato interesse.

«Ma pensa, non l'avrei mai detto, sembrava stare così bene...»

«Invece...» replica con una vaghezza compunta e un po' fasulla. Mi chiedo perché voglia lasciar credere a quest'uomo che la sua compagna è morta di un qualche infame cancro o roba simile, quando invece è deceduta per mano di un infame individuo. Per evitare pettegolezzi sgradevoli?

«Avrei voluto esserci, al funerale, ma ero via per una mostra... So che però Ofelia è venuta.»

«Sì, sì, lei c'era» prosegue Lazzari, che inizia a sembrarmi annoiato. «Cosa mi hai portato?»

«L'ultima meraviglia di Ofelia» risponde l'asparago, elettrizzato.

Lo guardo con più attenzione, sbirciando mentre sono dietro una scaffalatura di colori, e mi chiedo se quel dipinto sia un grosso maiale rosa a pancia in su oppure un tramonto.

«Anche Ofelia era sorpresa. Non sapeva niente della sua malattia» riprende quell'uomo, inarrestabile.

«Maddalena preferiva non parlarne» taglia corto Franz. «Ofelia si è superata! Quanta poesia, quanta luce! Lascia fare a me, mi è appena arrivato un legno intarsiato che è perfetto.»

«Eh, sì, ma non troppo, perché tu la perfezione la fai pagare molto cara... Ascolta, immagino che non sarai dell'umore, ma Ofelia aveva fissato una cena per questo sabato... mi ha detto di dirti che se vuoi... prepariamo qualcosa alla buona, è anche un modo per ricordare Maddalena.»

«Certo, come no. *The show must go on.*» Dal suo tono davvero non riesco a capire se concordi con quel tipo e stia accettando l'invito a cena o se sia sarcastico.

«Allora, ci vieni?»

«Non credo. Ho bisogno di starmene per conto mio.»

Tah-dah!

Un tonfo sordo annuncia la caduta di uno dei dipinti poggiati alla scaffalatura e che sto scorrendo rapidamente senza il minimo interesse.

«Non si è rotto niente!» esclamo, affrettandomi a mettere a posto, quattro occhi perplessi puntati su di me.

«È ancora qui?» chiede Lazzari, un po' irritato.

«Veramente... sì.» E a quel punto anche una come me è investita dalla vergogna, e non so quale opzione sia preferibile: comprare l'oggetto più economico presente in negozio oppure dileguarmi senza più farmi vedere nei paraggi per i prossimi vent'anni.

Alla fine, convinta di uscirne con più decoro rimpinguandogli le casse, ho comprato dei colori professionali, così letali per i vestiti che la varechina non può farci nulla.

«Alice... anche una confezione di pastelli...» commenta abbattuto mio fratello, la cui maglietta preferita, quella che gli avevano regalato per l'addio al celibato con contenuti irripetibili e che per ovvie ragioni dopo la separazione era stata riportata in voga, è ormai pronta per essere buttata via dopo essere finita nelle mani dell'artista che c'è in Camilla.

«Te la ricompro.»

«Aveva un valore affettivo...»

«Te ne regalo una nuova con un valore affettivo tutto nostro.»

«Lascia stare, piuttosto paga la bolletta della luce.»

Sei passato accanto, sei passato così vicino che ne rimane qualcosa

Antoine Laurain

La dottoressa Montechiaro mi ha convocata per un aggiornamento, con la sua voce priva di accenti, giovanile e gentile anche quando incalza.

«Non è mia intenzione metterle fretta, dottoressa, ma... Vorrei sapere se c'è qualche novità. Ho avuto da poco una notizia rilevante, che rende l'ipotesi di omicidio un po' più probabile... Può venire a parlarne di persona?»

In meno di un'ora sono seduta davanti alla sua scrivania, in attesa che lei termini una lunga telefonata. Nel frattempo, osservo una foto che ritrae una bambina di circa dieci anni, grandi occhi verdi e un dolce nasino a patatina, che dev'essere sua figlia, anche se le somiglia poco.

«Eccomi, sono tutta per lei» dice, riappendendo la cornetta con un gesto di impazienza, come se l'interlocutore l'avesse annoiata. Noto un ulteriore appianamento di quelle minime rughe attorno alle orbite, però niente che la faccia sembrare plasticosa. Una lunga gonna blu e un soffice golfino in tinta, i lunghissimi capelli scuri che fanno tanto Monica Bellucci, le unghie trasparenti e curate. «Mi perdoni se vado subito al sodo. Cosa può anticiparmi?»

Mi prende un minimo di soggezione, come se fossi la candidata a un esame. Forse perché temo che sia difficile spiegarle la possibile dinamica della morte in un linguaggio che non sia il *medichese*, ma faccio del mio meglio. Lei sembra aver capito, a grandi linee.

«Quindi, dottoressa, vuol dirmi che potrebbe essersi verificata una colluttazione e, a causa di un brusco movimento del collo, la vittima potrebbe essersi rotta un vaso sanguigno molto importante?»

«Sì, questa è la mia teoria.»

«Ma in linea teorica sarebbe possibile anche una caduta accidentale, o, più in generale, un fatto non violento?»

«Be', qualcosa dev'essere successo. L'assenza di segni sul corpo mi lascia ritenere improbabile una caduta.»

«Ma questo vale anche per una colluttazione...» obietta il pm.

«Non esattamente, perché una spinta può non lasciare segni. Non immagino per forza una brusca lite. Per intenderci, escludo che sia stata malmenata.»

«Almeno questo.»

«In linea meramente teorica, anche un colpo di tosse o un conato di vomito sono stati descritti come cause di lacerazione della carotide, in soggetti predisposti. Tuttavia nel nostro caso non c'è ragione per cui Maddalena dovesse tossire tanto violentemente, e non c'erano tracce di vomito. Ma le alterazioni microscopiche della carotide lasciano ritenere che Maddalena fosse un soggetto predisposto, il che ha fatto sì che un brusco movimento lacerasse il vaso. L'anatomopatologa che mi ha coadiuvata ha repertato delle piccole fissurazioni, indice di una meccanica violenta. Per di più, quando ho eseguito l'autopsia, mi è sembrato che la Vichi avesse un leggero rossore nella parte alta del petto... che mi insospettisce, come per una spinta.»

«Capisco. Vede, dottoressa, c'è qualcosa che la polizia ha trovato e che come minimo dà da riflettere.»

La Montechiaro mi mostra l'immagine di un biglietto di piccole dimensioni, bianco, come quelli che si allegano ai mazzi di fiori da recapitare.

So com'è andata veramente.

«La Scientifica lo sta analizzando, ma finora nessuna traccia.»

Il messaggio è scritto al computer, con un font elegante, ben proporzionato alla piccola superficie di carta.

«È stato rinvenuto contestualmente al cadavere, o in seguito?» chiedo, ricordando i plurimi sopralluoghi di Calligaris e della sua squadra.

«In uno dei successivi interventi.»

«Il che potrebbe significare che era già in casa e non l'avevano visto prima, oppure che qualcuno lo ha messo dopo. L'edificio aveva i sigilli?» chiedo.

«Non è stato trovato in casa, ma presso la scuola di danza. Era dentro la custodia di un cd dell'*Arabesque* di Debussy, in una delle sale, accanto allo stereo che a quanto pare è stato utilizzato il giorno prima della morte durante una lezione.»

«Le allieve hanno notato qualcosa?» chiedo.

«Le abbiamo sentite, sono cinque ragazze di età compresa tra i quattordici e i sedici anni. Una di loro si è accorta che quel venerdì, appunto, quando Madame ha aperto il cd, c'era un biglietto. Lo ha lasciato lì dentro ed è subito uscita dalla sala. Il vicequestore Calligaris ha chiesto all'assistente di Maddalena, sua cugina Ada Vichi, ma non ne sapeva nulla. Quel messaggio è stato messo lì prima della morte di Maddalena. Da chi? E soprattutto il vero quesito è: *cos'è* che è successo veramente?» Valentina ha dato voce ai miei stessi quesiti, ma io ne aggiungo un altro. «Questa *cosa* ha un legame con la morte di Maddalena?»

«Già. Adesso capisce la mia urgenza di determinare quanto sia probabile l'ipotesi di un omicidio.»

«In tutta sincerità dubito che possa trattarsi di omicidio volontario. L'assassino avrebbe dovuto immaginare di poter creare una lesione mortale inducendo quel movimento letale del capo. Il che non è escluso, se si pensa a esperti di arti marziali, però, signor giudice, mi sembra talmente inverosimile... Mi pare più probabile che la morte sia stata un effetto collaterale di una discussione molto accesa. Ciò non toglie che chi era con lei in quel momento è scappato omettendo di soccorrerla, il che non è meno grave di averla uccisa con le proprie mani. Anche perché non posso escludere che con le opportune cure – ma soprattutto tempestive – Maddalena Vichi avrebbe potuto salvarsi.»

«Mi è stata molto utile» conclude il pm, dopo un'occhiata all'orologio. «Devo andare in udienza... Ma naturalmente ci aggiorniamo su ogni novità. Nel frattempo, si aspetti un nuovo incarico a breve» sono le sue ultime parole, e l'autostima è a palla.

Che bella giornata! Prima i complimenti della pm, poi di sera CC mi ha invitato a cena fuori, il che significa uscire dal letto. E non mi ha portata in un locale di quelli in cui si va con donne impresentabili, no, no. Si è superato e mi ha accompagnato in un posticino niente male nei pressi di via Properzio, dove abbiamo fatto un'abbuffata di formaggi blu e bevuto parecchio buon vino e, udite udite, sembravamo quasi una coppia vera, di quelle in cui l'uomo non ha problemi a presentarti come «la mia compagna».

Ovviamente questo non succede, nel senso che CC incontra un avvocato che conosce e mi presenta con sobrietà come «una mia collega, Alice Allevi», rinnegando il fuoco del talamo. O forse, secondo la sua opinione, preservandolo.

«C'era qualcosa che volevi dirmi?»

Allude a stamattina, quando in preda all'entusiasmo l'ho chiamato per raccontargli dell'incontro con la Montechiaro, ma lui mi ha liquidato con un «non ora» così brusco che ancora mi fa male il cuore.

«Oh, sì... ma non è importante...»

«Sì che lo era, non fare la risentita solo perché ho dovuto chiudere.»

«Diciamo che il pm che mi ha dato l'incarico del caso Vichi è molto soddisfatto... Mi ha fatto i complimenti e mi ha annunciato nuovi incarichi.»

«È così che si comincia.»

Lui sembra un po' assente.

«Tutto bene?» gli chiedo.

«Giornataccia» risponde, laconico.

«Claudio, di tanto in tanto possiamo anche parlare, questo non ci marchia come coppia ma solo come esseri umani. E ho una notizia per te: tendenzialmente gli esseri umani parlano, anche senza passar prima dal letto.»

Ha lo sguardo impressionato di una mangusta del Kalahari che si è imbattuta in una vipera. «Mettiamola così: non sono un essere umano.»

Immagino che esplorare queste zone d'ombra sia necessario per conoscere Claudio, dato che il dottor Conforti lo conosco già. Tornano alla mente anche le paroline che mi diceva nonna Amalia quando ragionava senza défaillance: «Meriti qualcuno che ti meriti». Sembra un gioco di parole, ma oggi mi sembra così calzante...

Mentre sono sovrappensiero mi accorgo che CC con un dito sta sfiorando la mia mano, con tocco gentile, uno sguardo pulito. La comunicazione verbale è un disastro, ma è con i gesti che sa dire «mi dispiace».

Oppure, è nel riflesso dei suoi occhi che io lo posso immaginare. Ma mi resta il dubbio: tutto ciò esiste davvero?

C'è un tempo che non è né il passato né il presente: è un momento di transizione che la memoria suppone felice

Giovanna Gagliardo

Ciò che esiste davvero, e su questo non ho dubbi, è l'omissione di Calligaris.

Non che sia tenuto a rivelarmi ogni passaggio delle sue indagini, ma in genere ci divertiamo a confabulare. Non oserei mai chiedergli spiegazioni, mi sembrerebbe di pretendere qualcosa che mi è dovuto e non è così. Ma è lui a chiamarmi per dirmi che ha parlato con la dottoressa Montechiaro e adesso che i lati del triangolo sono tutti e tre a conoscenza degli stessi fatti, sente di voler approfondire il discorso.

«Non volevo confonderti. Raccontandoti di quel biglietto avrei innescato dei sospetti e volevo che la tua mente fosse libera da condizionamenti di alcun tipo. Mi capisci, Alice?»

«Sì, certo, dottore.»

«Avevo il timore che l'ipotesi di un omicidio ti mettesse addosso una pressione controproducente. Però non ho perso di vista un solo tuo passo, ho vigilato...» Sembra un po' a disagio, quando infine dice: «Volevo esserci, ma senza invadenza. Credevo che la cosa più giusta fosse comportarmi come se fosse la prima volta che lavoravamo insieme a un caso».

Ridanghete con questa storia del *far finta che...*

Non si può cancellare qualcosa che in passato ha lasciato tracce e ha portato frutti. E soprattutto, quale sarebbe l'utilità?

«Ispettore, se ritiene che fosse la cosa giusta... non mi deve delle spiegazioni.»

«Be', a ogni modo adesso sai.»

«E sono arrivata comunque all'ipotesi di una morte violenta.»

«Già.»

«Chi ha messo quel biglietto nel cd, secondo lei? Ada?»

«Al momento è impossibile dirlo. Quando le ho mostrato il biglietto, Ada Vichi è rimasta di sasso. Qualunque ipotesi sembra azzardata: lo ha messo lei e si è sentita scoperta, oppure anche lei 'sa com'è andata veramente'?» recita parafrasando il testo del messaggio.

«A proposito di quel 'com'è andata veramente', ha una vaga idea di cosa si tratti?»

«Nessuna. E nemmeno su questo Ada è stata d'aiuto. Il passato di Maddalena è sgombro da qualunque evento minimamente disonorevole. Ho pensato che il messaggio potesse riferirsi a qualcosa successo nella scuola, ma anche lì, nessun segreto. Una scuola dalla reputazione immacolata, frequentata solo da gente di un certo livello e da vere promesse della danza. Era molto ambita: tutti, nell'ambiente, sapevano che Emmanuel Marchelier era stato il marito di Maddalena. Questo, in qualche modo, accreditava la scuola perché lui ha attinto spesso dalle allieve della moglie per la sua compagnia. In qualche modo si riteneva che Maddalena facesse attività di scouting a favore dell'ex marito.»

«Be', è bello che tra loro continuasse un sodalizio professionale di questo tipo. Se pensa a come si lasciano certe coppie... Ricorda, Ermanno ha detto che la picchiava...»

«Questo è tutto da verificare. Quando gliel'ho chiesto, la figlia della Vichi l'ha escluso categoricamente. Marchelier ha la reputazione di dongiovanni, questo sì. Maddalena ha mostrato molto senso pratico e buon carattere, mantenendo un rapporto così sereno con l'ex marito.»

Calligaris allude evidentemente al fatto che l'indiretta egida di Marchelier sulla sua scuola comportasse un ritorno economico. Quali che fossero le ragioni, mi intristisce immaginare le lacrime che Maddalena deve aver versato per una carriera che non è mai decollata, per un uomo che la metteva da parte se c'era da cogliere l'opportunità di portarsi a letto un'avventura più eccitante, per quella scuola su cui ha investito tutta se stessa al punto di tollerare l'ingombrante ex marito. Un'esistenza fatta di seconde scelte, quella di Maddalena. Che sia stata una di queste, a costarle la vita?

Come certe coppie divorziate devono pianificare l'affido dei figli, io e Cordelia Malcomess, ex coinquilina ed ex potenziale cognata, dobbiamo autogestirci con il Cagnino. È una creatura molto dolce e molto scoreggiona, che entrambe abbiamo ereditato dalla mia coinquilina storica, una giapponesina di nome Yukino che adesso lavora a Kyoto, dove insegna storia dell'arte europea, e che io sogno di rincontrare, perché la nostalgia che ho di lei è qualcosa che negli anni non ho mai superato anche se cerchiamo di sentirci il più possibile.

Cordelia Malcomess, bipolare misconosciuta, attrice sconosciuta, amica della mia anima, ormai da più di due anni ha una storia con un farmacista che somiglia all'attore Ben Barnes, che le svuota la lavastoviglie e che la adora. Entrambi adesso si occupano del Cagnino a tempo pieno, ma quando sono via per vacanze, impegni di lavoro e simili, il Cagnino pezzato, che adesso soffre di coxartrosi e ama oziare sui tappeti e sui divani molto più che zompettare ai giardinetti, si trasferisce a casa mia, dove all'occorrenza si trasforma in cavallo a dondolo per Camilla.

«Stavo quasi per dimenticarmene: dagli il Dentarask per il tartaro, che ha un alito mortale e ti avvelena la bambina» dice Cordelia, finendo di preparare la borsa con tutto il necessario per il cane.

«L'ultima volta in effetti Camilla mi ha chiesto perché il Cagnino puzza.»

«Gli erano scoppiate quelle ghiandolette che i cani hanno nel didietro...»

«Non me lo voglio ricordare» la interrompo. Lei è un po' più florida – in tutti questi anni è sempre stata secca come un osso. Ha un'aria appagata e luminosa.

«Senti, lì dove saremo il telefono prenderà malissimo...»

«Be', dai, a meno di emergenze...»

«Che nostalgia, Alice...» mi blocca lei, cogliendomi di sorpresa. «Ancora non mi do pace che tu abbia lasciato questa casa.»

È stato quest'appartamento un po' hippy il palcoscenico su cui io e suo fratello, tante volte, ci siamo ritrovati. Confesso che ci metto piede con una certa malinconia.

«Anche tu mi manchi molto.»

«La tua stanza è ancora libera. Anche il Cagnino vorrebbe tanto che tu tornassi, eri l'unica a dargli i biscotti.»

«Prima o poi avrai una famiglia tutta tua, Cordelia... Più prima che poi, date le premesse. Il passo della nostra separazione andava compiuto, indipendentemente da com'è andata con tuo fratello.»

Lei si mette a sedere davanti al tavolo della cucina, lo stesso su cui ho consumato mille colazioni – e meno cene, perché adoro mangiare con le mani, sul divano, davanti alla televisione.

«Siediti anche tu» mi dice, in tono un po' greve.

Guardo l'ora. In realtà sono di corsa, Claudio mi aspetta e prima ha preteso che portassi il Cagnino a casa – non si amano, ed è una cosa reciproca. Al Cagnino, quando lo vede, si rizza il pelo sul dorso e lo stesso succederebbe a Claudio se non fosse glabro sulla schiena, come invece è, per fortuna.

«Cordy, in realtà io dovrei andare... Magari resto a

cena quando vengo domenica sera a riportarti il Cagnino...»

«Ho pensato molto se dirtelo o non dirtelo, dopotutto se non lo sai forse vivi meglio... Ma se lo sai puoi ricominciare...»

«Che cosa?» chiedo, un po' allarmata.

«Tu e Arthur vi sentite ancora?»

Al nome del fratello, non posso impedire alla pelle di rabbrividire.

«No. Mi ha chiamata tempo fa per sapere di mia nonna e le ha anche mandato dei fiori quando è stata male.»

La nonna era tutta uno spasimo, mentre mia madre mi ha rimproverata. *Anche a tuo padre, una volta, capitò una sbandata per una persona, ma come vedi siamo ancora qui. Potevi anche aspettare, prima di chiudere, se dopotutto lui voleva restare.*

Bel presupposto a un matrimonio, ho risposto. Lui innamorato di un'altra e io, per conto mio, con un perenne languore per CC. Quest'ultima precisazione, però, l'ho omessa, anche perché l'ho sempre negata pure a me stessa.

«Be', Arthur è sempre stato principesco, questo non lo si può negare» dice Cordelia, con orgoglio di sorella.

«No.»

«E poi non l'hai più sentito?»

«Ti ho già detto di no... Cosa c'è da dirsi, quando ci si lascia per sempre?»

«Si può rimanere amici» azzarda lei, ma la fulmino.

«Per favore!»

«Alice, ascolta. Forse te lo dirà anche lui, non lo so, ma credo che la cosa migliore è che tu sia preparata. Saadia aspetta un bambino che nascerà in aprile.»

Madonnina che botta.

Alla rivelazione segue un lungo e incolmabile silenzio, durante il quale, nella mia mente, i pensieri si mettono a furoreggiare. Per venirne a capo con una risposta di cui non dovermi pentire occorre una strenua mediazione.

«Hai fatto bene a dirmelo. Se mai mi avesse chiamato per darmi personalmente la bella notizia sarei rimasta... diciamo... sorpresa.»

«Lo immaginavo. E anche se non lo farà, forse per te è comunque importante saperlo.»

«Non è che io avessi tanti dubbi sul fatto che ci fosse una pietra sopra la nostra storia.»

«Be', a questo punto, più che una pietra, un macigno.»

«È la vita» mormoro, con un filo di voce spento dal brutto colpo. Perché pietre o macigni posti sulle storie possono anche chiuderle, ma quando i fatti sono tanto recenti e bruschi, i segni di quel passato comune continuano a rimanere, come il rossore sulla pelle dopo che una mano ti ha stretto forte.

«Credo che siano rimasti molto sorpresi pure loro due, non era una gravidanza programmata» aggiunge, come dettaglio non richiesto e anche un po' irritante.

«Che io mi ricordi, tuo fratello sapeva come prendere precauzioni.» Ecco il mio brutto carattere: alla fine, la risposta di cui dovermi pentire vien fuori mio malgrado.

Cordelia respira profondamente, come se dovesse farsi coraggio prima di dirmi: «Non ti inacidire... È pur sempre mio fratello... E Saadia, anche se in questa storia fa la parte della cattiva, non è la fallofila che credevamo all'inizio... E in fin dei conti, *Elis*, per me è in arrivo un nipotino, non posso che vedere la vita a cuoricini».

«Non parliamone più. Però dimmi quando nascerà, vorrei fargli i miei auguri e anche un regalo, alla creatura» ribatto, con esemplare senso di civiltà.

«Mmm, tipo Malefica alla piccola Aurora?» osa Cordelia, e non posso nemmeno risponderle perché la ferale notizia della prossima paternità del mio ex ha mandato in tilt anche il mio senso del tempo, e a quest'ora Claudio sarà già arrivato sotto casa mia.

«Devo proprio andare, altrimenti ti avrei risposto come meriti! Passa un buon weekend, Cordy...» le dico con un abbraccio, pronta subito dopo ad agganciare il guinzaglio al collare del riluttante Cagnino e a scappare via da lei, dall'appartamento e, soprattutto, dalla notizia.

«Anche tu, *Elis*. Domenica fermati a cena, così mi racconti cosa combini...» E poi aggiunge, maliziosa: «Tanta fretta... o è un morto, o è un uomo».

Di qualsiasi cosa siano fatte le nostre anime, la mia e la sua sono la medesima cosa

Emily Brontë

Non mi manca più nessun dato. La perizia su Maddalena Vichi è completa, la leggo, la rileggo, tutto mi sembra fatto al mio meglio. Non mi resta che depositarla. Valentina Montechiaro mi aveva concesso trenta giorni, ne ho impiegati ventisette.

Il pm mi accoglie con un amichevole sorriso e ha pronte delle nuove pratiche. «Vorrei nominarla, è pronta a giurare già oggi?»

Figurarsi, a me non sembra vero.

«Riguardo alla vicenda Vichi, immagino non ci siano novità rispetto a quanto mi ha già spiegato a voce, o sbaglio?»

«Niente di nuovo» le confermo.

Uno squillo del telefono ci interrompe. Sento il pm rispondere: «Capisco. La lasci entrare».

Poi si rivolge di nuovo a me.

«C'è Chloë Marchelier, vuole parlarmi. Direi *lupus in fabula*» dice, con tono incolore.

«Oh. Allora vado via.»

«Può aspettare fuori, spero di non averne per molto. Le ricordo che ha appena accettato dei nuovi incarichi e dovrà giurare.»

Appena fuori dalla stanza, incrocio Chloë. Sembra

più cordiale, ma sempre sulle sue. Indossa tacchi molto alti, con cui mi sovrasta – in verità con quella statura sovrasterebbe chiunque.

«Signorina... volevo ancora scusarmi per quell'incontro... lei mi sembrava così a disagio... mi dispiace, davvero» sento di dirle.

«Non deve scusarsi, stava facendo il suo lavoro. Non era un buon momento, ma del resto non avrebbe potuto sceglierne un altro, sicché...» Si interrompe. «Adesso però mi scusi, devo andare» conclude, salutandomi con una certa fretta.

Mi parcheggio in una saletta adiacente, in attesa che il tempo passi, anche se a ben pensarci non ho di meglio da fare che aspettare. E così inizio a cancellare le foto sul cellulare, dato che ogni volta WhatsApp mi tormenta segnalando che non ho più spazio. Lascio in vita una foto del Cagnino, un paio di Camilla e una foto fatta con CC, un orrido selfie in cui ho il doppio mento e si vede che avevo messo male l'eyeliner, ma che non riesco a cancellare perché è una traccia di noi, l'unica al di fuori dei ricordi. A distogliermi dalla contemplazione di quell'immagine è il tono di voce di Chloë, che è diventato più alto.

«È assurdo non voler mettere in relazione le due cose!»

Non riesco a sentire come la Montechiaro la rabbonisca, fatto sta che ci riesce perché la voce ritorna a un volume basso che mi impedisce di distinguere le parole. Tuttavia, l'espressione di Chloë, quando esce dall'ufficio del pm, mi sembra quanto meno nuvolosa; tanto è presa dai suoi pensieri che nemmeno nota il mio cenno di saluto.

Il volto di Valentina Montechiaro è a sua volta un po' crucciato, segno che è stata una conversazione sgradevole anche per lei.

«Oh, dottoressa. Mi scusi se l'ho fatta aspettare. Le dispiace se rinviamo a domani?»

«No, certo che no» replico, perché del resto non vedo alternative. Sicuramente non posso dirle «si tenga i suoi incarichi, ho di meglio da fare».

«Ritorni qui alle nove, la aspetto» dice, senza guardarmi, le guance un po' rosse.

«Okay...» mormoro, e sento appena il suo «buona giornata» pronunciato giusto per educazione.

«Dottoressa? Disturbo? Stava dormendo?»

La voce appartiene alla segretaria dell'Istituto. E sì, in effetti stavo dormendo perché non è suonata la sveglia.

«Devo chiederle di presentarsi subito, la professoressa Boschi deve darle una comunicazione molto importante.»

«Veramente io ho un'udienza in Procura...»

«La professoressa mi ha incaricato di dirle che la mancata presentazione equivale a una rinuncia e...»

Mancata presentazione? Rinuncia? Un momento, non è che...

«No, no, che rinuncia!» mi affretto a interromperla. Di qualunque cosa la Wally voglia parlarmi, l'Istituto è come un signore feudale che esercita lo *ius primae noctis* e io non sono che una povera serva della gleba che gli deve obbedienza. In verità non ho capito molto altro, perché poco dopo, quando la segretaria mette in sequenza le parole *posto, dottorato* e *firma*, il cervello mi parte per la tangente.

Provo a contattare CC, ma non risponde a tre chiamate di fila e io non voglio aggiungerne una quarta. Così mi precipito in Istituto mezza struccata e senza nemmeno aver fatto la doccia, pettinata per miracolo e recettiva solo grazie a un caffè doppio.

Di Claudio non c'è traccia, la stanza è vuota e nessuno sa dove sia. Bene. Ma questo non è importante, adesso. È di gran lunga più importante quello che Lara e Paolone mi dicono.

«Tutti, li abbiamo scoraggiati!» esclama lui.

«Siamo stati bravissimi. Quando venivano, a uno a uno, gli dicevamo 'non accettare, chi te lo fa fare, senza borsa, poi!'» aggiunge Lara.

«Troppo lavoro! Poi con quella *meggèra* della Wally e Conforti che *madonnuzza* quanto è sadico... fargli da scopa *aggratis*...»

Adesso mi è chiaro perché Lara dice che le viene il mal di testa dopo che sente Paolone parlare per più di cinque minuti.

«Un momento, perché gratis?»

«Ah, ma perché, non l'hai capito?» chiede Lara, una manina con le unghie laccate di nero poggiata sulle labbra.

«No, spiegami tu!»

«La Wally ha chiesto un altro posto di dottorato, da attingere alla graduatoria. Il suo scopo era portare in Istituto il terzo classificato che è nipote di un tizio... vabbe', lasciamo perdere. Fatto sta che l'ha ottenuto, il posto, ma senza borsa. Il che significa senza stipendio, allora lui ha rifiutato.»

«E quindi? A me è toccato un posto senza soldi?»

«Li hanno chiamati tutti, quelli prima di te» prosegue Lara, senza rispondere. «E prima di firmare, loro chiedevano a noi... e noi li abbiamo convinti che accettare era una pazzia. In realtà anche Conforti ci ha messo del suo; a uno che era lì lì per accettare lui ha fatto la paternale per una stronzata.»

«E quello se n'è scappato» conclude Paolone.

Dunque Claudio sapeva... e non mi ha detto niente. «Per tenere le cose separate», sono sicura che questa sarebbe la risposta laddove io osassi chiedere uno straccio di spiegazione.

«Be', ma tu accetterai, vero? Tanto tu sei già abituata...»

Non nego un po' di delusione al pensiero di sgobbare per tre anni solo per la gloria. Sgobbare non è mai stato il mio forte. E, inutile dirlo, di gloria neanche l'ombra. Ma la verità è che io sono felice di tornare qui, a qualunque prezzo – o, in questo caso, *non* prezzo.

Lara scambia la mia perplessità per indecisione. «Ascolta, Ali, puoi sempre accettare per il momento... farai in tempo, più in là, a piantarci tutti in asso se troverai di meglio. Al di là del compenso, il titolo del dottorato nel curriculum ha pur sempre un valore. »

« Ma certo che accetto » esclamo, ridestandomi dalla trance in cui ero caduta. « Sono pronta a firmare! »

« Evvai! Questa è l'Alice che conosco, che si lancia cieca come un pipistrello, ma volando! »

« Come sei poetica... » commenta Paolone, con gli occhi languidi.

« Sto citando Elizabeth Strout » aggiunge Lara, spazientita.

« Forse prima di accettare ufficialmente dovrei passare dalla Wally per il solito rito demoralizzatore. »

« Metti che poi ci riesce e tu ci ripensi... Non sia mai. »

La porta si apre e una voce attira i nostri sguardi.
« Allevi. »

« Buongiorno, dottor Conforti. »

« Hai saputo della bella sorpresa? » chiede, avanzando verso di noi.

« Sono stata informata, sì » rispondo scegliendo le parole.

« Sai già che faremo di te un uso indecente. » Sembra che anche lui le stia scegliendo.

« Non sarà peggio di quello che è stato fatto finora. »

Lara tira Paolone per un braccio. « Noi dobbiamo andare in laboratorio. »

CC fa un cenno con la mano, senza nemmeno guardarli ma continuando a fissare me.

« Perché me lo hai tenuto nascosto? Sapevi che ci tenevo da morire. »

La prevedibilissima domanda non ottiene una prevedibilissima risposta.

«Non volevo che ti illudessi.»

«Oh. Pensavo che fosse perché vuoi tenere le 'cose separate'.» Odio queste due parole messe l'una accanto all'altra. L'una la odio per la sua vaghezza, l'altra perché implica distanza e insieme le odio perché significano quello che io e lui continueremo a essere, a fare, a diventare.

«Certo. È così. In questo caso però prevaleva il volerti tutelare. Ma sono felice che tornerai. Mancavi.»

Lì, nei dintorni del cuore, qualcosa si infiamma.

Lui prende la sua borsa da lavoro ed estrae un camice doppio petto, nuovo ma senza involucro, accuratamente stirato. «Un regalo» dice, sbottonandolo ma continuando a guardarmi. All'interno, proprio sotto l'etichetta, il ricamo delle mie iniziali, in corsivo azzurro.

«Le ho fatte ricamare da mia madre.»

Lascio che mi aiuti a indossarlo.

Mi solleva i capelli. Un bacio sul collo a fior di labbra.

«Bentornata a casa.»

Ma le inezie sembrano così banali
Non appena arrivi tu

        Emily Dickinson

« Dottoressa, mi dispiace terribilmente di non essermi presentata stamattina » esordisco, nel pomeriggio, quando finalmente riesco a incontrare Valentina Montechiaro.

« Mi ha molto stupito la sua défaillance » ribatte lei, con una certa freddezza.

« È stato a causa di una ragione davvero improvvisa... »

« Ho rinviato l'udienza a lunedì prossimo » mi interrompe.

« La ringrazio. »

« Ieri, Chloë Marchelier ha portato uno strano biglietto che ha trovato in una borsa che le aveva prestato sua madre » prosegue poi il pm, mostrandomi una fotocopia. « Al contrario del precedente, questo era inserito in una busta. »

Soltanto tu sai cosa è successo a Ginevra.

« Oh » dico, con scarsa inventiva.

« È ovvio che chi ha fatto avere questo messaggio a Maddalena crea un collegamento tra lei e Ginevra Bley. Un vecchio caso... Era un'allieva della scuola della Vichi, morta suicida. Forse la Vichi era vittima di un ricatto. Altrimenti, se si trattasse di qualcuno che è a conoscenza di fatti rilevanti sulla morte della Bley, perché non andare dalla polizia? Anche in maniera anonima. Non sarebbe il primo caso. Mi chiedo, però, perché soltanto adesso? Quella storia risale a più di dieci anni fa. »

« Di cosa si trattava? »

« Un suicidio. È stato uno dei primi casi di cui mi sono occupata dopo aver vinto il concorso. Mi ha perseguitato giorno e notte, ma alla fine, tutti i dati portavano a escludere l'omicidio e non sono intenzionata a riaprire quel caso solo perché qualcuno che non ha niente di meglio da fare vuol smuovere un po' le acque. Per quanto mi riguarda, questo biglietto può essere stato scritto anche da un mitomane. O da qualcuno che voleva far del male a Maddalena Vichi. Forse la stessa mano che l'ha uccisa. Oppure da qualcuno vicino a Ginevra Bley che non ha mai accettato la verità e forse si aspettava qualcosa di più dalle indagini. Dietro questi biglietti possono esserci mille versioni plausibili. »

Valentina Montechiaro sembra irritata, ma non scossa.

« Era stata fatta un'autopsia, all'epoca? » domando.

« Esame esterno. Non c'era ragione di fare altro, i dati circostanziali erano inoppugnabili. Quella sera la Bley aveva organizzato una festa a casa. I genitori erano via per una vacanza. Sa come vanno queste feste tra giovani... Girava un po' troppo alcol e probabilmente non solo quello: tutti i ragazzi che parteciparono erano concordi nel dire che Ginevra era ubriaca. Alla fine restò solo una persona con lei, un ragazzo. Pare che lei fosse pazza di lui, ma non era ricambiata. Lei gli dichiarò i suoi sentimenti e, sentitasi respinta, e forse perché era anche tanto ubriaca, si lanciò dal balcone. L'esame esterno bastò a escludere la violenza carnale e qualunque tipo di contatto fisico con quel ragazzo o con chiunque altro. In casa non c'era alcun segno di effrazione e sul corpo alcun segno di aggressione. Non ho ragione di dubitare delle conclusioni di quelle indagini, anche se Chloë Marchelier adesso chiede chiarezza. Per non parlare dei legali della famiglia Bley, che non si è mai rassegnata all'idea del suicidio. Ma Calligaris insiste per un'esumazione di Ginevra Bley. Nel caso, lei sarebbe disponibile?»

«Per cosa?»

«L'esumazione, dottoressa» ribatte Valentina Montechiaro, debolmente.

Diciamo che i cadaveri stagionati non godono della mia predilezione, ed ecco che si realizza il vaticinio di CC, che lo diceva sempre, quando mi nascondevo in bagno per non assistere, che un giorno non avrei più potuto tirarmi indietro.

«Certo...» dico, cercando conforto nell'immagine allegra di quella bimbetta con qualcosa che mi è familiare, chissà, forse perché i bambini si assomigliano tutti davanti a occhi inesperti.

«Bene. Ora è tardi, ci vediamo lunedì. Stavolta non mi faccia scherzi, d'accordo?»

«Ricapitolando, avete tutti chiaro il vostro compito?» chiede CC, pronto a linciare chi abbia l'ardire di rispondere di no.

«Claudio, a me è toccata la ricerca sulle *Lucilia Caesar*, mi rifiuto» azzarda Lara, in uno scatto di coraggio.

In qualità di diretto superiore, CC ha distribuito ai dottorandi e agli specializzandi tre studi da condurre con finalità di pubblicazione entro l'anno, suscitando i soliti malcontenti.

«Lara, devi coordinare gli specializzandi e scrivere il lavoro in lingua inglese. Non dovrai sfamare tu i mosconi» precisa lui con insolita tolleranza.

«Non è questo il punto, è proprio la materia dello studio a non piacermi. Non ci vedo un potenziale scientifico.»

In prossimità di un ictus, CC le sorride con cattiveria.

«Grazie, Lara, per avermi detto in faccia che la mia idea ti fa schifo. Fai cambio con la Allevi che è l'ultima arrivata e l'ambizione non sa cos'è» ribatte, zittendomi con lo sguardo non appena la mia mandibola accenna una risposta. «Oggi pomeriggio andrai a parlare con l'entomologo, ho già fissato l'appuntamento.»

«Ho già un impegno» rispondo.

«Ah, sì? Più importante dei mosconi? Ma non mi dire.»

«È il compleanno di mia nipote, c'è la festa.»

«L'appuntamento non si disdice» afferma, senza contemplare l'ipotesi di essere contraddetto. Da me, poi.

«Elastico come il granito» mormora Lara, la bandiera della dissidenza. «Vabbe', le Lucilia se le accollerà Paolo, che ha un debole per l'entomologia forense.»

«Da quando in qua, Lara, decidi tu la distribuzione degli incarichi?»

«Non mi puoi trattare come quando ero specializzanda» replica lei, il mento alzato in aria di sfida.

«Infatti, se voglio, ti posso trattare anche peggio.»

«Dottor Conforti, a me le mosche interessano» s'inserisce coraggiosamente Paolone, che per Lara si butterebbe nel fuoco.

Ma Claudio non lo degna di uno sguardo, che è come se non avesse parlato. «No. Stanotte Lara ci rifletterà e capirà che non può desiderare di meglio. Sono sicuro che andrà così. E dall'entomologo questo pomeriggio ci andrà Erica Lastella» conclude, un'occhiata sdolcinata alla specializzanda più secchia mai nata, che non aspettava altro e accetta l'incarico come fosse la proposta di un viaggio in Polinesia.

«Io vado in laboratorio, ho da fare» dice allora Lara, in guerra aperta.

«Quella è la porta. E voi, che ci fate ancora qui?»

«Dottor Conforti, c'è un'idea che ho avuto per

una ricerca...» gli dice Erica, il cui cuore, al pensiero di conferire con lui, palpita così forte che anch'io riesco a sentirlo.

«Erica, vi ho visti a sufficienza per oggi. Se ne parla domani.»

«Domani lei parte...»

«Allora quando torno. Andate con Dio. Allevi, tu fermati, ti devo parlare.»

Mi sembra di aver preso parte a una recita che non mi piace.

«Non posso, Claudio... Devo proprio andare. Devo aiutare mio fratello e mia... cognata con gli addobbi per la festa.»

Nel frattempo gli altri sono andati via.

«E dov'è questa festa?» s'informa, aprendo un varco alla speranza che magari voglia andarci con me.

«In una ludoteca vicino all'Università Salesiana. Perché, vuoi venire?» gli chiedo.

«No, per capire se eri di strada per passare a ritirarmi alcuni esami dal tossicologo.»

Secondo me quest'uomo soffre di sdoppiamento di personalità. Oppure esistono due CC, non si spiega diversamente.

«Allora vado.»

«Ti liberi per stasera?» chiede con un'aria allusiva e a voce bassissima, quasi temesse la presenza di cimici sotto la scrivania.

«Non lo so.»

«Domani pomeriggio parto per San Francisco.»

Sì, la cosa mi era nota già da un po'. Gli ho chiesto:

«Posso venire con te? Giuro che non ti faccio vergognare» e subito dopo gli ho sorriso in maniera dolce e maliziosa, esattamente come erano i miei pensieri. Lui mi ha fatto una carezza che a ripensarci oggi ha un sapore compassionevole, e ha sfoderato una delle sue risposte più classiche: «Non è il caso». Mi è presa un'amarezza insostenibile. «Perché non è mai il caso di fare nulla?» ho protestato e lui, con una faccia impudente: «Non 'nulla'. Solo questo. È lavoro. Se hai voglia di una vacanza ti ci porto molto volentieri. Scegli dove». Al che la discussione si è chiusa da sé perché la mia mente ha iniziato a produrre le più svariate immagini di me e CC ai Tropici o di me e CC in tenuta da sci, sforzandosi di scegliere la più entusiasmante. Ma poi, passata l'eccitazione di sognare una vacanza insieme, si è ripresentata la stizza che ancora regna incontrastata e forse per questo ho rimosso la partenza dai miei pensieri.

In ogni caso, Claudio è molto diverso da Arthur, che si sapeva quando partiva e non era dato chiedergli quando pensava di tornare, che quasi quasi lo offendevi. Claudio è stanziale, uno che va ai congressi solo se ha tutto spesato e se l'albergo ha la colazione continentale. Se il viaggio comporta più di uno scalo è automaticamente cassato. Tutto questo per dire che nel giro di una settimana sarà di ritorno e che se non altro posso lasciarmi alle spalle, con lui, il rischio di dover aspettare interminabili giorni prima di scoprire che tornerà e che quando lo farà, tra l'altro, avrà il musone.

«Alla fine della festa...» prosegue, evitando di menzionare quello che è chiaramente l'obiettivo della giornata e lasciando a me l'ameno compito di immaginarlo.

«... ti mando un messaggio» gli dico, concludendo la frase. Lo guardo con disillusione, mentre lui annuisce.

«Okay» sussurra, l'accenno di un sorriso, come se avesse lasciato cadere la maschera e i suoi occhi adesso esprimessero un'autentica comunicazione diretta con la profondità della sua anima.

Ma è solo un momento, ci potrei scommettere, e come tale, svanirà senza lasciare traccia.

«Alice, si vede appena, ma ti si sono scuciti i pantaloni...»

Alessandra me lo comunica con voce costernata e anche se la soluzione in sé è banale – una qualunque sarta può rimetterli a posto – l'idea di mostrare gli slip bluette attraverso una fenditura sulle chiappe mi avvilisce.

Ma perché mi succedono queste cose?

Euforica per il mio nuovo status di *dottorandasenzaborsa*, ho comprato proprio oggi, uscita dall'Istituto – dunque il tempo di passare dal tossicologo per conto di CC in realtà c'era – dei pantaloni che avevo puntato da un mese, con l'alibi di aver bisogno di nuovi cambi per la mattina in Istituto. Ho provato la 42 – perché la speranza è l'ultima a morire – e la

44 – perché dopotutto sono una persona concreta. Naturalmente la taglia giusta era la 44, anche se la commessa ci ha tenuto a precisare che «vestono stretti». Ho portato alla cassa quelli che credevo essere di taglia 44 e ne sono rimasta convinta fino a quando li ho indossati, poco prima di uscire e dopo aver già rimosso l'etichetta, sentendomi subito strizzata nel tessuto più della porchetta nello spago. Avevo comprato la 42 per sbaglio e non mi restava molto da fare se non indossarli, anche se a questo punto credo che li butterò nella pattumiera, tanto è il nervoso.

«Sicura che si vede appena?» le chiedo.

«Be'...»

«Ho capito. Vado a casa a cambiarmi.»

«Ma sta per uscire la torta...»

«Allora prestami il tuo vestito da Elsa.»

Alessandra sembra molto riluttante, tuttavia, dopo aver dato un'altra occhiata alla scucitura sul mio didietro, ammette che non c'è alternativa. Ma non c'è il tempo di fare cambio.

«Alice, quello non è il tuo capo? È morto qualcuno?»

«Eh?»

Mi volto e, in un contesto costitutivamente incompatibile con lui – una platea di quattrenni in una sala adornata con affreschi murali a tema *Frozen*, Topolino e *Cars* –, sbiadita come un miraggio, vedo stagliarsi la figura di Claudio.

«Ciao» gli dico andandogli incontro ma poggiandomi cautamente alla parete.

«In Istituto non riesco a parlarti come vorrei» dice, come a voler giustificare la sua presenza.

«Non si può negare che lì ti trasformi. E non in meglio.»

«Devo trattarti come gli altri, Alice. Per proteggerti, prima di tutto» aggiunge, molto serio.

«Be', colgo l'occasione di dirti che in generale tratti da schifo i sottoposti e un po' di umanità non ti farebbe male. Con Lara, oggi, hai esagerato.»

«Lara va tenuta in riga.»

«Un re non è semplicemente un uomo con la corona; prima di tutto deve imparare a regnare.»

Lui sgrana gli occhi. «Non ho bisogno che tu mi insegni come devo comportarmi nel mio Istituto.»

«L'Istituto non appartiene a nessuno» dico e non vorrei, ma mi accorgo di essere stata gelida.

«Ecco, vedi? Ho sempre avuto ragione, le cose vanno tenute separate» mormora, ma non è arrabbiato, direi più dispiaciuto, e la situazione ha in sé dell'irreale. Forse perché si svolge sulle note di *Volevo un gatto nero* e nel frattempo un bambino gli si è piazzato davanti facendogli una pernacchia, chissà, forse per rimostranza a nome di Lara e di tutti gli specializzandi, cui lui risponde mettendolo in fuga con un'espressione terrorizzante.

Ma soprattutto, ha dell'incredibile che io sia tornata in Istituto da meno di una settimana e lui stia già sclerando, preda di una dicotomia schizofrenica nei miei confronti che chiaramente non sa controllare.

Gli dico allora: «Per farti un piacere posso andarmene anche domani. Ma devi avere il coraggio di chiedermelo ».

Lui solleva lo sguardo, ferito. « Non posso credere che tu lo abbia detto veramente. »

« Lo penso. Chiedimelo. »

« No che non te lo chiedo. È sbagliato. Non dovresti mai mettere in discussione la tua carriera. Io non sono una buona ragione, nessuno lo è. Quel posto che saresti pronta a lasciare domani è probabilmente quanto di meglio ti capiterà nei prossimi dieci anni » conclude, sprezzante, e vorrei tanto dirgli *chi ti credi di essere*, ma, alla fine, non è questa la cosa più importante.

« Ogni volta che ci parliamo così, nel cuore mi si apre una voragine. Ma devo fare attenzione, non posso dirtelo, devo sempre tenere il piede sul freno, e non è la mia natura, Claudio. La mia natura è legarmi, e se dovessi scegliere tra te e l'Istituto io non ci penserei due volte e sceglierei te, ma soprattutto io scelgo di dirtelo. »

« Aliceeee! Le candeline! » mi chiama mio fratello.

« Vai » risponde lui, che forse non ha ancora digerito quello che gli ho appena detto.

« Resta » gli dico, tendendogli la mano. Lui la prende e mi tira a sé, avvolgendomi in un abbraccio di quelli che tolgono il respiro.

« Io sono quello che sono » sussurra, ma senza sembrarne dispiaciuto. « Ti aspetto in auto, okay? »

Ozymandias Melancholia

« Respiriamo, per una settimana. Magari fosse di più » considera Lara, mentre sorseggia un caffè al ginseng. « Niente tensione, niente insulti solo perché sei nata. Un mondo senza Claudio è un mondo migliore. Ma forse certe cose in tua presenza non dovrei dirle... »

Anche perché la verità è che per me un mondo senza Claudio sarebbe vuoto da far paura, ma non lo ammetto di certo in pubblico. Ho già qualche difficoltà ad ammetterlo nel privato della mia immaginazione.

« Ci insegnano anche tanto » le rispondo, per placare un po' il suo animo riottoso.

« Tu hai la sindrome di Stoccolma. Chissà se con i neurolettici si può curare. Cosa ascolti? » chiede indicando le cuffiette che sto per indossare. Ho scoperto che la musica classica mi aiuta a concentrarmi.

« L'*Arabesque* di Debussy. »

La ascolto e nel frattempo mi chiedo se sia stata solo una casualità che qualcuno abbia infilato quel biglietto proprio lì.

Di certo c'è che qualcuno voleva suscitare qualcosa in Maddalena. Sensi di colpa? Angoscia? Paura? Qual è lo scopo di risvegliare dal sonno eterno il ricordo di

Ginevra? E soprattutto qual è la relazione tra queste due morti, ammesso che esista?

Nel frattempo, lancio uno sguardo al cellulare, in attesa di un segno di vita oltreoceano da parte di CC. Ho il sospetto che non abbia preso benissimo il fatto che poi, quella sera, io l'abbia lasciato in auto ad aspettare.

Non è stato premeditato.

Dapprima le candeline, poi le foto, poi i regali, poi il pensiero che dopotutto, se fosse rimasto, sarebbe stato un piccolo gesto di gentilezza verso di me, il mio mondo e la mia vita e m'è presa una rabbia impulsiva, una tormentosa voglia di stare lontana, di tenere le distanze per prendere le misure, di infliggergli una piccola, fastidiosa ferita, come i taglietti che fa la carta, impercettibili eppure quando poi li sfiori fanno male. Ma forse, adesso, è lui a volermi infliggere una ferita, e io mi chiedo che senso abbia una relazione del genere.

Quando ormai è quasi buio, tolgo le tende per tornarmene a casa, afflitta da un persistente senso di malinconia. Uscita dalle catacombe della metro, prima di attraversare l'incrocio, vengo attratta dalle vetrine di quell'agenzia immobiliare, la stessa che aveva contattato mio fratello, che vende immobili di lusso. La vetrina è rivestita di schede bollate con un bel «trattativa riservata», ma ciò che mi attrae non è una qualche antica dimora che certamente non potrei permettermi, bensì Villa Frondosa, messa in vendita. Invero la foto non le rende giustizia. Sarà per via della luce piatta e cupa di ottobre, o magari ci vorrebbe un professionista...

Aperta la porta di casa, mio fratello tutto pimpante mi avvisa di aver preso un nuovo lavoro grazie al quale – è lieto di annunciarmi – potrà pagare l'intero affitto.

« Queste sì che sono belle notizie » commento.

« Sorella, percepisco le vibrazioni di una depressione cosmica. È colpa di quell'impresa di pompe funebri in cui lavori. »

« Senti, a proposito di lavoro... Penso che dovresti rivalutare quell'offerta da parte dell'agenzia immobiliare deluxe. »

Lui assume un'espressione scettica. « Che c'è dietro? »

« Lo dico per te... »

« Chi ci crede... »

« Davvero, Marco. E poi c'è una villa ottocentesca con gli angioletti sul soffitto, appena messa in vendita a Tor Vergata... Ne varrebbe proprio la pena. »

« Adesso fai l'agente immobiliare? »

« No. Ma andiamo a sognare con un po' di ricchezza altrui. Dai. »

Mio fratello si rassegna. « Vabbe'. Domani mattina ci passo. Magari hanno ancora bisogno di un fotografo. »

L'auto è in panne e mi viene da piangere.

Per fortuna mio fratello si è abituato alle bizze della Golf bianca che un tempo era di mio padre e che gli ha ceduto per pietà; gli basta smanazzare dieci minuti sotto il cofano e la Golf riparte, dopo un borbottio che racchiude la promessa di incepparsi ancora. Arriviamo a Villa Frondosa con un bel ritardo e lì, molto spazientito, troviamo uno degli impiegati della Deluxe Real Estate, in tipico gessato nero.

« Era ora! » esclama, quando Marco gli va incontro con tutta la sua attrezzatura fotografica; a me il compito di tenergli il treppiede e una lampada pesantissima. Ma del resto me la sono cercata. « Andiamo, ti indico gli ambienti da fotografare. » Marco lo segue e io seguo Marco, sforzandomi di non pensare a quanto sia triste che la casa di Maddalena, che lei tanto amava, venga profanata in questo modo. « Cominciamo dal giardino, è il pezzo forte. Poi il camino e la volta della sala da pranzo. »

« Come mai la vendono? » domando, cercando con difficoltà di tenere il loro passo.

« Perché ti interessa, vuoi comprarla? » chiede quella iena dell'agente immobiliare con un sarcasmo intollerabile. Questo screanzato! Marco mi fulmina con lo sguardo prima che io abbia congegnato una risposta che lo riduca al silenzio.

« Eccoci qui. Cerca di cogliere questo scorcio, vedi? Questa villa potrebbe andar bene anche per farci un locale, ho già qualche richiesta di un posto così. »

Poco a poco, Marco fotografa tutti gli ambienti. Anche la camera da letto di Maddalena, che non avevo visto.

« Dunque la vendono ammobiliata? » domando, facendo adesso caso al fatto che ogni pezzo è ancora al suo posto. Alle pareti di questa stanza ci sono ancora appese le foto di una bambina dal viso paffuto e le guance rosee, la zazzera bionda che adesso si è scurita e gli occhi cangianti di Chloë.

Quanto dolore deve averla spinta a questo gesto così disfattista? Forse, vendendo tutto, vuole allontanare da sé il ricordo della madre e della sua morte? O forse ha bisogno di soldi, tanti soldi?

«Bella, ti sei imbambolata?» mi richiama la iena, battendo le mani.

«Alice, lascia la luce lì, in quell'angolo» interviene mio fratello, più mite.

«Fotografa i dettagli della volta del soffitto, il proprietario ci tiene particolarmente.»

«Ha detto *il* proprietario?» chiedo, istintivamente. A rigor di logica l'erede di Maddalena dovrebbe essere Chloë. Forse però la iena usa un maschile generico.

«Certo, il proprietario.»

«Il proprietario è un uomo?» insisto.

Lui cerca lo sguardo di mio fratello, che a sua volta si avvicina e gli spiega qualcosa a voce bassa, tipo che sono un caso umano, qualcosa di convincente perché la iena mi scruta un momento e poi dà una pacca sulla spalla a mio fratello. «Quando avrete finito qui, passiamo ai bagni.»

«Ispettore, ma non le sembra un po' strano?»

Sulla strada del ritorno la Golf si è impallata di

nuovo e, mentre mio fratello si rimbocca le maniche per la seconda volta, io chiamo Calligaris. «La casa è già in vendita e quello dell'agenzia parlava di *un* proprietario... E non di *una* proprietaria, mi segue?»

«Be', Alice, può darsi che Emmanuel Marchelier parli per la figlia. La trattativa di un immobile dal valore come minimo di un milione di euro non è roba per ragazzine.»

«Chloë ha venticinque anni.»

«Non sono molti.»

«Abbastanza, però, per decidere di vendere. Così di fretta, poi? A che le servono tutti quei soldi con tanta urgenza?»

«Qualcosa da fare lo troverà di sicuro. Oppure, la casa è tornata a Ermanno Vichi.»

«Ma non ha nessun senso, ispettore! La sua erede sarebbe comunque Chloë.»

«Però, se ricordi, lui stesso ha detto che avrebbe esortato la nipote a vendere.»

«Sì, per quella storia della casa maledetta, ma è impossibile che Chloë gli abbia dato retta.»

«E tu che ne sai? Mica la conosci.»

«Ma le case maledette non esistono! Solo nei film dell'orrore, che ormai peraltro non sono neanche più di moda.»

«C'è chi ci crede. Ma al di là degli anatemi, non mi sembra poi così assurdo che vogliano disfarsene. Bella è bella, non c'è che dire. Ma con un milione di euro Chloë Marchelier potrebbe garantirsi un futuro. Comunque, farò qualche verifica in questa direzione, okay? È giusto. La pista economica è un classico. »

« Be', allora spero che mi racconterà. »

« Alice, molla quel telefono e vieni ad accendere » chiama mio fratello, esasperato.

Ci provo e ci riprovo, ma la Golf ha deciso di morire oggi, ai margini di una strada polverosa e poco trafficata. Mio fratello è avvilito.

« Mi sa che con i soldi della Deluxe Real Estate dovrai comprare un'auto nuova » gli dico, guardandomi attorno fino al cielo, cercando l'ispirazione nel linguaggio segreto delle nuvole.

« Al massimo un paraurti, ci posso comprare. E che cazz... »

Il balletto è più di un lavoro – è un modo di vivere

Margot Fonteyn

La vita di Istituto mi ha ricondotta alle sane abitudini. Mi sveglio ogni mattina alle 7.19 e dopo un'ora sono già in Istituto. La Wally in genere è già lì pronta ad angariare il suo prossimo e, nonostante io sia la prima under trenta ad arrivare, trova sempre il modo di sgridarmi per qualcosa che dovrei aver fatto e tuttavia non ho fatto. Mi tratta da stupida e non so perché in sua presenza finisco sempre per comportarmi come se lo fossi davvero. Dopo tutto questo tempo ancora non mi capacito del suo accanimento. E infatti, non sono nemmeno le nove quando mi convoca nel suo studio per una ramanzina su un errore di cui in realtà ha colpa il becchino, il che la dice lunga sulla natura del problema e su come questa donna voglia esasperarmi. A peggiorare le cose, il mio telefono squilla: è il numero della Procura.

«Professoressa, le dispiace aspettare un momento? Dovrei rispondere.»

«Io non ho finito!»

«Ma la giustizia viene sempre prima di tutto, me lo ha insegnato lei...»

E poiché scopro che a chiamarmi è il cancelliere della Montechiaro per l'incarico di esumazione di

Ginevra Bley, mi ritrovo a fare il pari e dispari tra cosa in effetti sia peggio: la Wally a mitraglietta o un cadavere stagionato dieci anni?

Domanda oziosa, in ogni caso: non posso sottrarmi né all'una né all'altro.

La Montechiaro ha tutta l'aria di essere tesa.

«In confidenza, dottoressa, avrei potuto rifiutare l'istanza dell'avvocato dei Bley. Già una volta, mentre ero in maternità, il pm che mi sostituiva l'aveva respinta. Ma io ho deciso di acconsentire perché a questo punto mi preme escludere il legame che quei bigliettini suggeriscono tra la morte della Vichi e quella della Bley. Voglio mettere la parola fine a questa storia. E quindi... Ecco a lei questo incarico. Totalmente inutile. E proprio per questo, mi attendo i risultati entro la settimana.»

Quasi salto dalla sedia.

«Be', sarà impossibile...» rispondo d'impeto.

«Impossibile?» fa eco lei, con delusione.

«Certo, perché in un caso del genere sarò costretta a ripetere tutti gli esami e ci sono dei tempi tecnici da rispettare.»

«Capisco. In ogni caso, dottoressa, la pregherei di comunicarmi le sue prime impressioni subito dopo l'esame.» Io in realtà ho già una prima impressione, e cioè che la Montechiaro abbia più ansia di me. Il che è tutto dire. Inutile chiederle perché, la risposta è semplice: teme che, dodici anni fa, qualcosa le sia sfuggito. Quei biglietti e la morte di Maddalena le hanno messo la pulce nell'orecchio e adesso vuole andare a fondo perché non può farne a meno ma, al contempo, ha paura. «Ho preparato per lei il verbale del precedente esame e un incartamento con tutti gli atti relativi alle indagini» mi dice.

«Mi metto subito al lavoro.»

«Ho già emanato il provvedimento per l'estumulazione; mi è stato assicurato che entro quarantotto ore la cassa sarà trasportata in obitorio. Anche per rispetto verso i familiari della Bley, le chiedo di non temporeggiare.»

«Ma certo!»

«Bene. Allora, a presto, dottoressa.»

Sto per lasciare la stanza dopo averle calorosamente stretto la mano quando lei mi richiama al volo con tono quasi materno. «Dottoressa... E il fascicolo?»

Solo io potevo dimenticarmelo sul tavolo del pm. Lo raccatto premurosamente profondendomi in scuse che lei minimizza con un flebile cenno della mano.

Fremo dalla voglia di consultarlo, ma sull'autobus è pressoché impossibile. Così, aspetto di tornare in Istituto, per rintanarmi nella stanza cercando di evitare di incrociare ancora la Wally, che porrebbe fine alla mia sessione di studio per conferirmi un qualche incarico inutile e mortificante.

Sfoglio gli atti. Le indagini del 2005, come c'era da aspettarsi, si sono concentrate su tre ipotesi sostanziali.

Il gioco finito male: su di giri e confidando troppo

nel proprio fisico atletico, Ginevra ha provato a saltare da un balcone a un altro. *Balconing*, lo chiamano gli idioti che lo praticano. A sfavore dell'ipotesi: Ginevra era da sola e non si è filmata, cosa che generalmente fanno questi ragazzi che sentono di aver voglia di dimostrare qualcosa.

Interviene poi il girato di una videocamera di sorveglianza di un bancomat che mostra un giovane biondino, alto, prelevare cento euro. Il bancomat si trova alle spalle dell'edificio in cui abitava la Bley, l'orario corrisponde a circa dieci minuti dopo la morte di Ginevra.

Ed è così che entra in scena Alberto Maragnini, un amico di Ginevra. Quella sera è tra gli invitati alla festa e resta anche quando tutti sono andati via. Tecnicamente è l'ultimo ad averla vista viva. Su di lui, a quel punto, ricadono i principali sospetti. La pista del *balconing* viene recuperata: forse il gioco si è svolto in sua presenza? Ma a un esame tossicologico Alberto risulta pulito. Pare assurdo pensare che lui, del tutto lucido, abbia incoraggiato una bravata del genere. Non sembra proprio il tipo. E se davvero fosse implicato nella sua morte, a qualunque titolo, probabilmente si sarebbe allontanato, perché rimanere in zona?

Stando alla sua testimonianza, prende piede la seconda ipotesi: il suicidio. Ginevra era profondamente innamorata di Alberto, che aveva la sua stessa età e che però non aveva mai dato segno di ricambiarla. Un giovane riservato, di buona famiglia, concentrato sugli studi di Giurisprudenza, estraneo al consumo di droghe. Rimasti da soli, quando la festa è finita, Ginevra gli confessa il suo amore appassionato. Alberto, anziché approfittarsene, la respinge signorilmente. Quando va via lei è molto triste. Ma lui non avrebbe mai pensato che si sarebbe suicidata, mai. Dopo averla salutata dice di essersi rimesso in auto e di essersi ricordato soltanto dopo di aver bisogno di prelevare.

A sfavore di questa ipotesi: nessun messaggio di addio, nessun precedente proposito autodistruttivo. Le amiche di Ginevra sono tutte concordi: lei ha sempre sofferto per lui, da anni, eppure non ha mai pensato di farla finita. Aspettava che le passasse e, anzi, cercava avventure proprio per dimenticarlo. Soltanto che non ci riusciva mai. Pare tuttavia che quella sera Ginevra avesse inviato messaggi a un'amica proclamandosi letteralmente disperata.

La dinamica dei fatti chiama in causa anche un'ultima ipotesi: l'omicidio. Ma risalta subito la mancanza di un movente. Sul piano delle indagini, non figurano amanti rifiutati, ex fidanzati stalker, rivali nel mondo della danza. Lo stesso Alberto, perché avrebbe dovuto uccidere Ginevra? Sì, forse lei era un po' ossessiva, ma gli inquirenti concludono che la pista è improbabile.

E qui entra in gioco l'esame esterno.

Strana prassi, in un caso del genere. Quando te lo ritrovi sul tavolo settorio, tanto vale aprire. Ma la Montechiaro dispone solo l'ispezione del cadavere, acconsente all'esame tossicologico e, *ça va sans dire*, all'esame ginecologico.

Nessun materiale epidermico sotto le unghie, leggo sui referti, il che tende a escludere l'ipotesi dell'aggressione. Il cadavere mostra ecchimosi e lesioni tipiche della precipitazione, inclusa la frattura della base cranica con otorragia. Per di più, Ginevra è stata particolarmente sfortunata: cadendo riversa, ha urtato collo e cranio contro un'aiuola ornamentale fatta di sassi. Su quella regione corporea, quindi, le lesioni esterne sono particolarmente deturpanti. Il dato circostanziale della completa assenza nell'appartamento di tracce di sangue esclude che quelle lesioni siano state provocate da qualcuno che l'abbia aggredita lì in casa.

Insomma, un lavoro fatto a regola d'arte, quello delle indagini. Tutto torna. La Montechiaro sembra aver ragione, nulla è stato trascurato. E tra l'altro, resta inspiegabile il legame tra la morte di Ginevra e quella di Maddalena, pur se invocato a gran voce da quei biglietti e dalle famiglie.

L'incarico sembra davvero essermi stato affidato solo per arginare le pressioni.

Anche perché, che dubbi si possono mai avere? Nessuno, nella maniera più assoluta.

L'esame esterno lo aveva fatto il miglior medico legale che io conosca. Uno che morirebbe, anziché sbagliare.

Quella volta, l'esame esterno è stato eseguito da Claudio Conforti.

Sarei pronta a dare un po' della mia vita per permetterti di ballare per sempre

Subito dopo aver riconosciuto la sua firma in calce alla relazione ho provato a chiamarlo. Poi mi sono resa conto che a San Francisco è notte, e non ho insistito.

Ventiquattro ore dopo non mi ha ancora richiamato, e sia stramaledetto chi ha inventato la doppia spunta blu di WhatsApp, che mi dà la prova che si è collegato, è sveglio, ma volutamente mi ha scagato.

Una parte di me dice all'altra che per correttezza deve metterlo al corrente della riapertura di un suo vecchio caso. Quella stessa parte se la fa sotto al pensiero di trovarsi sul tavolo anatomico un cadavere che lui ha già esaminato, senza di lui.

Ma l'altra parte, quella spericolata, è certa di non avere niente da temere. Lui sa fare il suo lavoro, non troverò niente di nuovo, confermerò la sua diagnosi e, cosa che non guasta mai, saranno pure soldi facili. Con un pizzico di acrimonia mi dico che se proprio non vuol sentirmi, perché il suo ego è ammaccato da quella sera in cui l'ho rispedito a casa in bianco, non imporrò la mia presenza. Farò le cose da me. Ne sono capace.

Forse.

Lascio la mia stanza per manifestarmi in cucina. Di spalle, rivolta verso la finestra, vedo Alessandra. C'è un mesto silenzio. Mio fratello sta spignattando e Camilla, in sala, sta guardando l'episodio di *Peppa Pig* in cui Peppa e famiglia vanno in gita a Patata City. Mi viene da ridere. «Patata City! Ma chi può inventare una cosa del genere?»

Alessandra si volta e annuisce assente. Marco resta chino sui fornelli, intento a rimestare una pastina nel pentolino. «Ci facciamo portare una pizza?» propongo, ma me ne pento subito, perché mi rendo conto che sono molto tesi e pare che abbiano voglia di pensare a tutto fuorché alla cena.

«Grazie, Alice, ma io torno a casa con Camilla non appena avrà finito di mangiare.»

«Capisco.»

Mio fratello continua a non partecipare alla conversazione. Risuona strano, il suo silenzio, in un'altra serata non si sarebbe di certo tirato indietro. Le avrebbe detto «ma dai, fermati qui con noi». È evidente che è in corso una lite, senza armistizio in vista. Quale sia il motivo della contesa, lo ignoro. So solo che mi piomba addosso un'ondata di tristezza nel percepire gli strascichi della loro rottura e spero che Camilla non li stia sentendo. Quella stessa ondata di tristezza si trasforma in una specie di sconfortante punto a favore di Claudio e delle sue teorie a proposito della morte dei sentimenti e della necessità di tutelarli attraverso la distanza. Non gli ho mai raccontato del naufragio del matrimonio di mio fratello, under trenta e già con una causa di separazione consensuale in mano agli avvocati ma, soprattutto, con una pena nel cuore che solo a volte sembra rischiarata dalla fiducia verso un nuovo futuro. Se lo avessi fatto gli avrei offerto un assist per innescare uno dei suoi soliti monologhi sul celibato che in genere mi sembrano farneticanti. Ma a conti fatti, l'angoscia che è negli occhi di Marco e Alessandra gli dà piena ragione.

Che io abbia lottato, finora, in difesa di qualcosa che non esiste?

Sto perdendo anche io la speranza? Proprio io? L'ultima partigiana dell'amore romantico in una metropoli che impone l'interscambiabilità dei corpi?

In ogni caso, tra me e CC mancano le basi anche della più elementare educazione.

Poiché la parte amabile di me (forse in definitiva quella più fifona) ha avuto il sopravvento, gli ho inviato un WhatsApp.

AA: Devo parlarti di lavoro.
CC: Prometto, ti chiamo appena posso.

Non ho protratto la conversazione e lui non ha più richiamato, né risposto.

Per giustificarlo dovrei apprendere che è rimasto vittima di un attentato terroristico, o di un uragano, oppure è andato a visitare Alcatraz, tappa d'obbligo per chi va a San Francisco, e l'hanno trattenuto lì per il reato di crimini contro i sentimenti delle donne.

E così ho fatto da me.

Ho convocato le parti, ho rinunciato alla colazione, ho tirato un grosso respiro e ho dato inizio all'esumazione.

Quei resti sul tavolo d'acciaio sono tragicamente orribili, proprio come mi sarei aspettata.

Devo esortare Mezzasalma a trattarli con riguardo.

«Dottoressa, c'è una busta. Gliela apro o la mettiamo da parte per quelli della polizia?»

Sto studiando il corpo, l'abitino con i papaveri che indossa doveva essere delizioso quando la vita lo animava. Guardo quel che resta dei suoi lunghi capelli che tante volte avrà annodato in uno chignon. La collana con un piccolo cuore e le sue iniziali.

«Me la faccia vedere» rispondo.

La busta è già aperta; difficile dire se fosse chiusa e la colla si è scollata per la permanenza nella cassa, o se sia stata lasciata così dal mittente.

È un'esca troppo ghiotta per la mia curiosità; estraggo la lettera e la leggo: è un breve messaggio affidato alla morte da parte di una certa Veronica.

Sarei pronta a dare un po' della mia vita per permetterti di ballare per sempre.

Veronica

La grafia è quella di una mano giovane, un po' infantile.

Ripiego quel biglietto e dico a Mezzasalma di averne cura. È giusto che, quando Ginevra sarà riposta nella sua cassa, quel messaggio torni a farle compagnia.

L'esame di un cadavere decomposto non è una passeggiata. Il sentimento dominante è l'impotenza, perché il più delle volte ciò che di visibile può indirizzare verso la causa della morte è già svanito, e solo gli esami svolti in laboratorio potranno dare delle risposte.

«Armiamoci di coraggio, Mezzasalma, e iniziamo» gli dico, ma è come se volessi far forza a me stessa.

«Vuole un po' di musica, dottoressa? Il dottor Conforti ce la mette sempre. Dice che si concentra meglio.»

Sarebbe come la vaga illusione di averlo qui. «Okay, Mezzasalma, magari ci aiuta.»

«Io stavolta però devo tornare a casa per pranzo, mia moglie ha fatto le lasagne.»

«Lei riesce a mangiare dopo un'esumazione?» Io ho la nausea già prima di iniziare.

Lui risponde con una risata che più che altro è un grugnito prima di accendere un vecchio stereo, il cui tasto play è macchiato di qualcosa che voglio ben sperare non sia sangue rappreso. Parte *Pink Moon* di Nick Drake. Per un momento vorrei che non fosse un'illusione, che lui ci fosse davvero, e non solo fisicamente. Non soltanto qui e ora, per dare una mano, bensì nel senso più completo.

Dapprima sembra tutto facile, quasi routinario. Prelievo dei campioni, fotografie, trascrizione degli appunti. Ma le cose semplici non fanno per me. Deve esserci la fregatura, l'insidia, da qualche parte. È alla sezione degli organi del collo che arriva il *coup de théâtre*, dunque abbastanza presto; in tempo per guidare il resto dell'esame verso una direzione ben precisa.

Mi sfilo i guanti e compongo al telefono l'interno di Beatrice.

«Non saprei davvero a chi altro rivolgermi...» concludo, dopo averle chiesto di raggiungermi in sala settoria.

«Questo non è molto lusinghiero» ribatte lei. Ma non dev'essersi offesa davvero, perché dieci minuti dopo è già arrivata.

Mette i guanti e inizia a studiare quel collo martoriato.

«Mi hai detto che secondo la ricostruzione degli inquirenti, quando è caduta è precipitata battendo il capo contro una fioriera di sasso. È possibile che tutte queste lesioni siano state determinate dall'impatto.»

«Ma anche la frattura della cartilagine cricoidea? Io ho letto un articolo, mentre studiavo per prepararmi per il dottorato, che molto spesso la rottura della cartilagine cricoidea è marker di strangolamento.»

«Quindi, tu ipotizzi una morte per asfissia» afferma, un po' scettica.

«Be', sto dicendo che questo reperto mi insospettisce» replico, chiudendomi in difesa.

«L'immunoistochimica sui tessuti dell'apparato

respiratorio ci aiuterà a capire se hai ragione. Chi aveva fatto l'esame esterno?»

«Conforti» mormoro, a bassa voce, intimidita, quasi fosse una parolaccia.

Lei sembra sollevata. «Ma è escluso che lui non si fosse accorto di una cosa banale come un'asfissia.»

«Lui si era limitato all'esame esterno.»

«D'accordo, ma il cadavere sarebbe stato cianotico e pieno di petecchie nelle mucose. Questo non poteva sfuggirgli.»

«Dimentichi che il volto era sfigurato dall'effetto della caduta sul sasso. Ho visto le foto. Proprio quel quadro complessivo avrebbe potuto distrarlo dalla reale causa di morte. Hai presente quando tutto ti sembra chiaro e non vai a cercare? Come diceva sempre il Supremo, si trova quello che si cerca, si cerca quello che si sa.»

«Bene. Io so che se Conforti ha davvero sbagliato e tra tutti te ne sei accorta proprio tu... Be', dovrai prepararti un parafulmini. Non gli piacerà, neanche un po'.»

«Ma sbagliare è umano! Io sbaglio continuamente!»

«Lui no. Non è umano, intendo. Fammi avere i vetrini al più presto. In bocca al lupo.»

Esce. Torno a guardare i resti di Ginevra, a chiedermi se davvero volesse buttare dal quinto piano la sua giovinezza, quando Beatrice fa di nuovo capolino in sala.

«Alice, se fossi in te, gliene parlerei. Subito.»

«Non mi risponde» dico, d'istinto, perché se avessi riflettuto, certamente avrei tenuto la cosa per me.

«D'accordo. Quando tornerà. Non manca molto. Prima di fare qualunque passo, parlane con lui.»

Fosse facile.

Gli scrivo, di nuovo, senza rispetto della dignità, in nome della lealtà.

AA: *È per lavoro. È importante.*
CC: *Scusami. Ma torno dopodomani. Puoi aspettare?*

È frustrante.

Mentre medito se rispondergli o meno, il telefono tra le mie mani squilla ed è la Montechiaro in persona.

«Alice, mi aspettavo di sentirla dopo l'autopsia.»

Ecco, appunto. Come faccio a spiegarle che volevo chiamarla, ma se l'avessi fatto avrei dovuto mentirle? Sono senza scampo.

Perché avrei dovuto dirle che l'esame non rivela niente di apparentemente sospetto che si discosti dalle conclusioni del precedente esame esterno. E non è così, perché lo sfacelo di quel collo mi ha fatto supporre l'evenienza di uno strangolamento o di uno strozzamento, il che forse potrebbe anche essere supportato da quei bigliettini anonimi. Ma come fare a confessarlo senza mettere in dubbio l'operato precedente di Claudio?

E così provo a dire e non dire, materia in cui dovrei essere abile dato che ho fondato su questa tecnica parte della mia resa agli esami universitari più rognosi.

«Allora, dottoressa. Che impressione si è fatta?»

«Be'... è presto per dirlo...»

«Sì, lo so che deve aspettare degli esami complementari. Ma da quello che ha visto oggi, le sembra di potersi orientare sul suicidio?»

«Dottoressa, ecco, prima di sbilanciarmi preferirei avere tutti gli elementi. Non vorrei darle informazioni sbagliate.»

«Solo in veste confidenziale!»

Madonnina, quanto è stressante questa donna. Ora capisco come sa usare le tenaglie per far parlare i delinquenti.

«In verità, ho rintracciato nuovi elementi che ritengo vadano approfonditi.»

Ammutolita, la Montechiaro resta in linea – continuo a sentire i rumori di sottofondo.

«Non è stato un suicidio, secondo lei?» insiste.

«Non saprei dirlo, adesso. C'è qualcosa che non mi convince ma, sa, il corpo era talmente deteriorato che potrei sbagliarmi. Però potrebbe non essere stato un suicidio. Ma le chiedo di lasciarmi il tempo di compiere tutti gli esami necessari.»

La Montechiaro sembra incassare la mia risposta,

che ho pronunciato con una determinazione per me quasi inedita.

«Capisco. Aspetto sue notizie non appena avrà dati più certi.»

Impiego una buona mezz'ora per rintracciare l'identità della Veronica che ha scritto a Ginevra. È di grande utilità che Google reperisca ancora il link ai necrologi apparsi più di dieci anni fa. Se si ha tempo libero e anche una buona dose di ossessività, si può riuscire a recuperare quasi qualunque informazione.

Tra i necrologi figura quello di Guglielmo e Marinella Bardari che, con Veronica e Lisa, piangono la triste perdita di Ginevra Bley.

Veronica Bardari, apprendo dalla sua pagina su Wikipedia, è stata anche lei allieva della scuola Il filo di Tersicore fino al 2003, anno in cui è stata selezionata dal direttore del Ballet National de Marseille, Emmanuel Marchelier, che cercava una giovane nuova promessa per la messa in scena della sua *Coppélia*. Da quel momento, Veronica vive e lavora a Marsiglia.

Ecco la conferma, quindi, che Maddalena aveva mantenuto ottimi rapporti professionali con Marchelier, cui segnalava le sue allieve migliori. Fin qui nulla di strano, se non fosse l'ennesimo punto di contatto tra Maddalena e la vicenda di Ginevra Bley.

Del resto, chi ha inviato quei messaggi aveva proprio l'obiettivo di mettere in relazione le due cose. Se soltanto avesse detto qualcosa in più...

Your heart is as black as night

Alessandra è partita per un congresso a Padova e starà via due giorni.

Camilla, il suo cane immaginario Mocot, un bidone di Lego e un branco di Little Pony si sono così trasferiti a casa nostra, e tocca a me accompagnarla questo pomeriggio al Filo di Tersicore, dove alla fine è stata iscritta da un'entusiasta Alessandra.

La bimba appare un po' meno entusiasta e in tutù rosa sembra una cupcake alla fragola.

Ma la sua insegnante ci tiene a precisare che, a dispetto dell'iniziale riluttanza, Camilla si lascia coinvolgere e mostra vero interesse verso la danza.

«In ogni caso, bisogna darle tempo» conclude. È una biondina longilinea con un severo chignon, molto dolce con i bambini. Ha l'età che avrebbe oggi Ginevra, e mi chiedo se le due si conoscessero, ma non ho il coraggio di domandarglielo. Saluto Camilla e mi dico che potrei utilizzare l'ora della lezione per sbrigare qualche commissione per conto mio, quando sono colpita da una locandina affissa alla bacheca in segreteria che comunica un ciclo di stage con l'étoile del Ballet National de Marseille Veronica Bardari, tutti i primi weekend del mese fino a marzo.

L'attività è quindi iniziata da tempo ma io non ci ho fatto caso nel corso delle mie precedenti visite perché, fino a ora, quel nome non mi diceva niente. Mi avvicino alla segreteria per chiedere qualche informazione in più.

«Lo stage è riservato solo alle allieve della scuola, signorina» mi dice la solita ragazza alla scrivania. «E Camilla è troppo piccola, ovviamente.»

«Certo, lo capisco bene! Ma, vede, sono una grande ammiratrice di Veronica Bardari, sarei davvero troppo felice di incontrarla e chiederle un autografo.»

«Oh» è la risposta della segretaria, che sembra un po' in imbarazzo, come se non fosse proprio abituata a certe richieste. Nel frattempo, una mamma in trench firmato dietro di me si produce in un rumoroso sbuffo, così da non farmi sfuggire che sta aspettando che la smetta con le mie richieste un po' sciocchine, perché lei ha cose più importanti da fare.

«Facciamo così. Ne parlo subito con la signora Ada e quando torna a prendere Camilla le faccio sapere, okay? Sono certa che riusciremo a combinare.»

Questa ragazza è sempre di una gentilezza che riconcilia con il genere umano.

Dopo tre quarti d'ora trascorsi girovagando tra i negozi della zona, con la testa un po' annebbiata dal polverone sollevato da una corsa di pensieri, con un certo anticipo torno al Filo di Tersicore. La giovane segretaria sta proprio parlando con Ada Vichi del mio desiderio di incontrare Veronica Bardari.

«Eccola, per l'appunto» conclude, con un sorriso tirato.

«Mi ricordo di lei» dice Ada, con flebile gentilezza e con l'aria distesa di chi è appena tornato da una rigenerante e costosa vacanza in località subequatoriali. O forse si è solo chiusa per un weekend in una SPA.

«Lo stage è fissato per domani, può raggiungerci durante la pausa pranzo. Ma la prego di essere rapida. Veronica è molto riservata. Niente selfie, o quella roba lì, perché la stressano.»

«Non sono il tipo!» esclamo di rimando, ma chissà perché sembro tutto il contrario.

Riporto Camilla a casa interrogandomi sul senso dell'incontro che ho appena combinato, oltre al fine ultimo di aggiungere l'ennesima figura del cavolo alla mia lunga collezione. Non vedo che tipo di utilità potrei mai ricavarne, a parte soddisfare per un momento quell'oscuro istinto che mi spinge a essere curiosa di tutti i casi in cui mi imbatto, a voler circondare di nomi, volti e storie quei corpi spogli e inerti, forse per illudermi che la loro vita, finché non si è interrotta, sia stata felice. Come volessi consolarmi, pensando che la morte recide solo all'apparenza, che la gente non ti dimentica.

In ogni caso, tanto vale stringere la mano a questa étoile, dirle che è eccezionale anche se non l'ho mai vista muovere un passo, e figurarmi che lei stia danzando per entrambe, per se stessa e per Ginevra, che il sogno dell'una riviva nel successo dell'altra, in un equilibrio di fortuna e sfortuna che fa parte del ciclo della vita.

Veronica Bardari si sta asciugando la fronte con un fazzoletto di cotone, quando Ada Vichi mi porta da lei. Indossa una canottiera di lycra nera e dei pantacollant dello stesso colore; sembra potersi rompere da un momento all'altro, tanto è esile. Ma sotto la pelle la sua muscolatura sembra, al contempo, d'acciaio e flessibile. Veronica è una specie di scultura vivente, inserita in questa enorme sala dalle rifiniture Belle Époque, con il biondo parquet illuminato dal sole che prepotentemente dilaga dalla finestra, con l'odore di cera d'api e sudore di corpi giovani e puliti. I suoi capelli sono chiari e contrastano con le sopracciglia, che al contrario sono molto scure e marcate.

«Ecco, Veronica, ti presento la mamma di una nostra piccola allieva.»

Sono un po' intimidita quando le dico: «In verità, sono la zia, io non ho ancora figli. Molto piacere, Alice Allevi».

Il volto di Veronica si rabbuia mentre mi stringe la mano. «Il suo nome mi dice qualcosa» mormora allora, ma poi rischiara quelle ombre: «Deve trattarsi certamente di un'omonimia».

«Probabile, è un nome abbastanza comune. Qualcuno che conosce?» le chiedo.

«Le raccomando, solo pochi minuti. Veronica, ci

vediamo al buffet» si inserisce Ada, con voce cordiale ma molto ferma.

«Certamente mi confondo. Lei mi sembra troppo giovane e poi sarebbe una coincidenza davvero assurda» prosegue Veronica, ansiosa di tagliare corto.

Me la gioco. «In effetti è un po' difficile che lei conosca un medico legale, non frequentiamo proprio gli stessi ambienti!»

Veronica sgrana gli occhi. «È lei il medico legale?»

«Sì, in persona» confermo con un piccolo moto di orgoglio. Difficilmente posso andarne fiera con qualcuno, i più vedono in me una specie di becchina.

«Ginevra.» Pronuncia soltanto il suo nome, in maniera solenne come se non ci fosse ragione di aggiungere altro, perché tutto è sufficientemente chiaro. Ma non lo è. «Non può essere una coincidenza che lei sia venuta qui» afferma, un po' pallida.

«Una coincidenza un po' forzata» ammetto.

«Non so perché lei abbia voluto incontrarmi, ma io, davvero, non so cosa dirle.»

«Non voglio chiederle niente.»

Lei è sollevata, ma al contempo non appare ansiosa di liberarsi di me. «Ha trovato il mio messaggio? L'ho messo prima che chiudessero la cassa, al cimitero.»

«Era ancora lì, e io l'ho rimesso al suo posto.»

«Ho saputo dai genitori di Ginny che l'indagine è stata riaperta ed è per questo che conoscevo il suo nome. Le nostre famiglie sono da sempre molto unite, Ginevra e io abbiamo fatto tutto insieme. Siamo nate a due settimane di distanza, festeggiavamo anche il compleanno insieme. Per me è stato come perdere una sorella, anzi, una gemella.»

«Anche lei dubita che sia stato un suicidio?» mi azzardo a chiederle.

«Ho dei dubbi, sì. Emmanuel l'aveva scelta per entrare nel nostro corpo di ballo, e non c'era niente che Ginny desiderasse di più. In realtà era stata presa anche da Dimitri Gazdanov, se avesse accettato sarebbe andata con lui a New York... e quella è una grande opportunità» aggiunge, come particolare del tutto nuovo. «Insomma, aveva l'imbarazzo della scelta. Quella teoria, poi, che si sia suicidata per la delusione di Alberto, non regge. Sì, lei ci stava male e lo so che quella sera era a pezzi, ma era una che sapeva incassare e guardare avanti. Alberto poi, per dirla tutta, era troppo diverso da lei. Ginny era un'artista, lui così serioso e pragmatico... E lei ne era consapevole» precisa con incrollabile certezza, e sembra che non abbia più niente da dire ma alla fine soggiunge: «Sono disposta a credere all'ipotesi di quel gioco stupido di passare da un balcone all'altro, ma non al suicidio. E se vuol saperlo, anche quella storia è di una stupidità incredibile. Ginny non avrebbe mai rischiato di procurarsi un infortunio. Quindi è ovvio che qualcosa è sfuggito e siamo tutti felici che finalmente il caso sia stato riaperto».

Ada torna a farsi viva. «Veronica, è tardi» le ricorda, un'occhiata severa rivolta verso di me.

«Grazie per il tempo che mi ha dedicato» dico allora. «E grazie anche a lei, Ada, è stata gentilissima, come sempre» aggiungo.

Ada Vichi annuisce compiaciuta, prima di cingere le spalle di Veronica e condurla a pranzo.

In ascensore sto già googlando Dimitri Gazdanov, una leggenda vivente del balletto classico. È morto proprio l'anno scorso, per una brutta polmonite. Era sieropositivo. Certo che essere stata presa da Marchelier era già un bel traguardo, ma tra lui e Gazdanov non c'era proprio da soffermarsi troppo prima di scegliere.

Non mi resta che prendere l'autobus per rientrare a casa, dove Marco a quest'ora starà giocando con Camilla. Un raggio di sole rischiara il lato dove sono seduta, l'azzurro puro e caldo del cielo sembra quello di un giorno d'estate rubato all'autunno. Mentre guardo fuori, una ragazza sdraiata sull'erba attrae la mia attenzione, le cuffie alle orecchie e gli occhiali da sole. Sembra godersi il tepore, la giovinezza, il suo tempo.

Controllo il display del telefono, speranzosa in un messaggio o una chiamata che continua a non arrivare. Le porte stanno per richiudersi quando scendo al volo, senza sapere neanche bene in che punto della città mi trovo e quanto distante da casa. Raggiungo quel prato e mi sdraio anch'io, lasciando che l'erba mi solletichi. E per un attimo, mi sento in pace.

Non con un bastone, il cuore si spezza, né con una pietra. Una frusta tanto sottile da non poterla vedere ho sentito

Emily Dickinson

Due giorni sono trascorsi dal mio incontro con Veronica e il terzo, di buon mattino, Claudio ha fatto il suo ingresso trionfale in Istituto. Per colpa dell'attesa sono sveglia dalle cinque. Mi posiziono in un'ubicazione utile a intercettarlo quasi per caso, così da non fare la figura di quella che lo aspettava al varco. Il suo sguardo è talmente freddo da sembrare un'altra persona.

«Ciao, Alice. Bentrovata» dice, ma è un saluto tagliente. Non si ferma e si dirige verso la sua stanza costringendomi a andargli dietro.

«Hai un momento, finalmente?» gli chiedo, acida.

«Un po' nervosetta. Come mai?»

«In effetti, non ho ragione di esserlo. Mi hai semplicemente ignorata per un'intera settimana, nonostante ti avessi spiegato che era importante parlarti.»

«Non ti passa per la testa che non avessi voglia di sentirti?» butta lì, sollevando appena lo sguardo dalla scrivania dietro la quale si è appena seduto. Sono stordita dalla sua risposta, un po' come quando dimentichi aperta l'anta di un pensile della cucina e ci sbatti in pieno la faccia.

«Addirittura? Solo perché per una volta non ho fatto quello che volevi tu?»

Lui replica con un sorrisetto odioso e un'espressione di finta accondiscendenza. «Hai ragione. Non è abbastanza. E in effetti all'inizio volevo solo starmene sulle mie per evitare di dirti qualcosa di molto spiacevole che certamente avrebbe ferito la tua ipersensibilità, perché non puoi neanche immaginare quanto mi girassero per essere stato piantato senza una spiegazione. Volevo che quei giorni in America mi dessero modo di pensare a quello che è successo negli ultimi tempi, con calma, senza essere influenzato dalla rabbia. Ma non sapevo ancora che per la stizza di esserti sentita scaricata tu fossi capace di demolire una mia perizia di dieci anni fa, per il solo piacere di vendicarti. Cosa volevi dimostrare? Che sei più brava di me?»

Mi sento avvampare. È panico. E anche un po' rabbia. «Ma come puoi pensare una cosa del genere?»

«Qual è, allora, la verità? Perché mettere in dubbio il mio lavoro senza neanche parlarne con me?»

«Ma se ti ho inseguito giorno e notte per poterti parlare!» sbotto, al culmine dell'indignazione.

«Ecco, lo vedi? Lo hai fatto perché io non ti rispondevo. Avresti potuto aspettare il mio ritorno.»

«Claudio, io non ho fatto proprio niente!»

«Davvero? E allora com'è che io già lo so?»

Già. Su questo ha ragione. Com'è? Non può essere stata che Beatrice a spifferargli tutto. Che diabolica stronza.

«Con lei ne ho soltanto accennato... io non volevo causarti guai. Anzi, non riesco proprio a capire che tipo di guai» mormoro, imbarazzata. «Non volevo accusarti di aver sbagliato. E comunque non capisco perché tu te la stia prendendo così tanto. È solo una questione di orgoglio! Tutti possiamo sbagliare!»

«Accennato? Alice, sei anche bugiarda. E per i guai, tu hai mai sentito parlare di colpa grave? Lo sai che può essere punita, esattamente come il dolo?»

«C'erano dei dati circostanziali, accanto alla tua perizia. Se veramente non è stato un suicidio, bensì un omicidio, non avresti sbagliato soltanto tu, ma anche gli inquirenti» cerco di dirgli con il massimo della calma di cui sono capace in una situazione del genere.

«Meno male che è arrivata la dottoressa Allevi a stanare l'assassino.» Il suo sarcasmo è insopportabile.

«Non pretenderai davvero che finga di non essermi accorta di qualcosa solo per non mettere in discussione il tuo lavoro? Questo non è etico e non è quello che mi è stato insegnato qui.»

«Ma allora sei veramente cretina. Certo che no. Certo che non devi coprire un mio errore – sempre ipotizzando che tu abbia ragione. Ma del resto, se uno cerca sempre l'omicidio perché ha la convinzione di essere la protagonista di un romanzo giallo, prima o poi un caso lo trova.»

«Stai esagerando.»

«No che non esagero. E se me lo merito, se ho sbagliato, io me ne assumerò ogni responsabilità. Ma che tu sia andata a spifferarlo senza neanche aspettare di saperlo per certo, e senza parlarne con me, è oltre i limiti di quello che personalmente sono disposto ad accettare. Non è perché mi hai lasciato lì davanti alla ludoteca senza nemmeno avvisarmi che ti stavo aspettando inutilmente, ti dai veramente troppa importanza, Allevi. Se di te non voglio più saperne è perché sei precipitosa e irrazionale. E quel che è peggio, anche sleale. Adesso, fuori da questa stanza» conclude, con uno sguardo rapido alla porta.

Non vorrei mai uscire, vorrei che mi desse l'opportunità di spiegare, di capire cosa è successo, cosa esattamente ha saputo, ma mi sembra evidente che è del tutto inutile parlargli ora. Ho l'impressione che, esattamente come me, lui stesse aspettando con ansia il momento in cui ci saremmo rivisti, ma con quella furia cieca di quando si vuole rompere una porcellana o dare un pugno contro un sacco da boxe solo per sfogarsi. Lo so perché la provavo anche io, solo che a quanto pare lui aveva ragioni più valide delle mie.

Prendere qualunque tipo di decisione in un momento del genere sarebbe quanto mai sbagliato.

D'impulso vorrei lasciare il dottorato. L'idea di rivedere Claudio ogni giorno è impossibile anche solo da immaginare, impensabile da sopportare. Dubito che le plurime fratture di questa storia che è partita con il piede storto siano sanabili.

Non sono neanche le nove, ma sto preparando le

mie cose per tornarmene a casa. Mi do malata. Dopotutto, non sono nemmeno pagata e se oggi la Wally avrà qualcosa da ridire sarò pronta a dare il peggio di me.

«Ali... Ho sentito Conforti che strillava. Che gli è preso, è tornato dagli States isterico?» mi chiede Lara, appena arrivata.

«Probabile» rispondo con tono incolore, ma gli occhi lucidi. Mi accorgo che adesso che avrei l'opportunità di parlarne sono vicina allo sciogliermi in lacrime.

«Ehi... che ti ha fatto?»

«Ho l'influenza, non farci caso. Mi prendo qualche giorno di riposo, okay? Se la Wally dovesse chiederti di me dille che forse sono morta.»

Accanto all'uscita, lo incrocio di nuovo. Ci fissiamo per un istante, prima che io apra la porta e poi me la chiuda dietro come se stessi scappando.

Ne sono sicura, e l'esserne certa fa quasi male. Forse in realtà l'ho sempre saputo. La consapevolezza mi assale proprio mentre mi sta voltando le spalle e non mi resta che sperare che non sia proprio *perché* mi sta voltando le spalle, giacché questo indicherebbe qualcosa di definitivamente sbagliato nella mia natura.

Io lo amo.

The past is a candle at great distance: too close to let you quit, too far to comfort you

Amy Bloom

Sono sepolta viva in casa da una settimana, durante la quale ho perso quattro chili, nemmeno avessi contratto una di quelle gastroenteriti sfibranti che Camilla porta dalla materna. In realtà, quella che ho preso io si chiama confortite acuta, e temo sia inguaribile e mortale.

Un giorno dopo l'altro è trascorso senza che lui si facesse vivo con un contrito segnale di pentimento. In realtà, non si è fatto vivo per nulla.

Non so se mi affligga di più la sua assenza, il senso di vuoto nel sapere che lui non fa più fisicamente parte delle ore che compongono i miei giorni, oppure il fatto che, troppo preso dal proprio smisurato ego, non mi abbia riconosciuto la capacità di far qualcosa da sola. La consapevolezza che a suo giudizio io non sia in grado di fare un passo avanti a lui, ma debba sempre rimanere un passo indietro. Come se io non dovessi crescere, mai. Restare la sua allieva, sempre.

Quando finalmente mi decido a uscire dalla clausura e ricominciare a vivere – perché a questo punto è chiaro che non posso certo aspettare che lui faccia un cenno di apertura al dialogo, rischio di invecchiare nutrendomi di speranza – è per andare a prendermi una maxiporzione di Sachertorte.

Ma neanche questo gesto d'amore verso me stessa mi è dato di godermi in pace. Il telefono squilla, ed è Beatrice. Bel coraggio a chiamarmi.

«Ehi, bellezza. Ti sei data alla macchia. Come mai?»

«Una brutta influenza» ribatto, molto seccamente, indicando al cameriere che voglio più panna di fianco alla torta.

«Hai parlato con Conforti?» chiede, la sfacciata.

«Certo» mi limito a dire evitando un improperio, memore del monito di mia nonna, che quando era un dispenser automatico di perle di saggezza mi diceva: «Tu comandi le parole, ma una volta che le hai pronunciate, loro comandano te».

«Come l'ha presa?»

«Ehm. Così.»

«Immagino. E non è tutto. Per quello che posso dirti, anche i miei esami confermano la probabilità di una morte per asfissia. Forse è stata strozzata o strangolata e, solo dopo, gettata dal quinto piano.»

«Non ne sono molto sorpresa.»

«Ah, be'. Ormai è chiaro che sai il fatto tuo. Conforti può essere incazzato per aver sbagliato, ma fiero di aver cresciuto nel suo vivaio una brava allieva.» Ha parlato con disinteressata gentilezza, stento a credere che possa essere tanto ipocrita. Ma non vedo soluzioni alternative. Se non lei, chi può aver spifferato il mio sospetto al medico legale più suscettibile e collerico del creato?

«Tu ci hai parlato? Con Conforti, intendo.»

«Ti ho fatto un complimento, eh!»

«Scusami. Non sono mai brava a rispondere, quando ne ricevo, perché non sono abituata, accade troppo raramente.»

«Puoi partire da un grazie, o da un po' di falsa modestia, che funziona sempre.»

«Okay. Grazie. Hai parlato anche tu con Claudio?» ripeto, quindi, un po' impaziente.

«Certo che no. Mi sono fatta gli affari miei. E poi lui per adesso è inavvicinabile. Appena ti rimetti in forma ci vediamo in Istituto, così ti consegno la mia consulenza.»

«Grazie, Beatrice.»

«Figurati. Abbi cura di te.»

Dopo aver chiuso, mi resta addosso una sensazione di amarezza che gli zuccheri complessi della mia razione di torta non riescono in alcun modo a mitigare.

Dovrei avvisare la Montechiaro, che non aspettava altro, ma non ne ho nessuna voglia. Ed è mentre raccatto le ultime briciole ai margini del piattino che la consapevolezza mi raggiunge come una freccia scoccata da un campione mondiale di tiro con l'arco.

Non è stata Beatrice. È stata lei, la Montechiaro, a dire dei miei sospetti a Claudio.

Non so come, non so perché. Forse vaneggio. E forse, a dirla tutta, era anche l'ipotesi più ovvia.

Cammino a lungo, senza fretta e senza meta, mentre il vento piega le cime degli alberi ai margini della strada e il buio via via stende il suo velo sulla città, ogni giorno un po' prima.

Spero che la tranquillità mi piova dal cielo. Ma c'è poco da fare. Devo trovarla dentro di me.

Rientrata a casa, trovo mio fratello intento a infilarsi un piercing su quello che in anatomia si chiama tubercolo di Darwin.

«Dove vai?» gli chiedo, lasciando cadere la mia borsa sul divano, pessima abitudine che non riesco a correggere.

«A un festival di birre artigianali e street food.»

«Da solo?»

«In realtà... no.»

«Con Sara, la fotografa che ti piace?»

«No.»

«Non hai voglia di parlarne?»

«Esatto.»

«Okay, lo capisco. Be', buon divertimento. E cerca di non fare troppi danni al fegato.»

Prima di uscire si ferma davanti allo specchio per un selfie.

«Guarda che è una malattia, la dipendenza da Instagram. C'è gente che piazza quattro foto sbiancate e si sente 'sto cazzo. E poi si deve disintossicare!» gli strillo, la porta già aperta.

«Vabbe', siamo all'abbrutimento. Buona serata con Netflix, sorella, quella sì che è una dipendenza...»

Non ha tutti i torti. Un'ora dopo ho già consumato la pizza con l'avocado che mi sono fatta portare e sono al secondo episodio di *Master of None*, quando sento strani rumori dal balcone. Sopra lo stendino su cui giace il mio bucato si è appena posizionato un gatto ciccione dotato di molto buon gusto, dato che ha deciso di poggiare le sue zampette felpate proprio su un cardigan che ho lavato a mano non senza difficoltà.

«Micio! Scendi! Subito!» gli sibilo, ma lui fa finta di non sentirmi, con arroganza.

«Jon Snow. Scendi. Ora.» Il gatto si volta e ascolta il richiamo, che proviene dal balcone adiacente al mio. «Scusaci.»

Chiunque tu sia, hai chiamato il tuo gatto come il mio personaggio preferito del Trono di Spade. *Ti perdono qualunque cosa. E non sei neanche male.*

«Abbiamo traslocato da una settimana. Piacere, Alessio Junker.»

«Piacere, Alice» ribatto.

«In casa, gattaccio» prosegue, mentre il gatto si sta strusciando sulle sue gambe avvolte in jeans scoloriti.

«E quindi, hai preso l'appartamento della signora Meucci?» gli domando.

«Sì, anche se è un po' piccolo. Ma per noi va bene, almeno per adesso.»

A questo punto mi chiedo se il plurale che adotta si riferisca a se stesso e al gatto oppure anche a una terza persona.

«Ti troverai bene, è un condominio tranquillo e

silenzioso. Io ci abito da dieci anni, con un'interruzione di un biennio, ma come vedi poi ci sono tornata.»

«Oh. Convivenza finita male?» chiede lui, grigio in viso. Perché poi dovrebbe essere la prima opzione? Non potrei, per esempio, essere stata all'estero per lavoro?

«Non esattamente» replico, perché del resto è troppo personale spiegargli tutte le ragioni per cui tornare in questo buco con i termosifoni in ghisa che si riscaldano due ore dopo l'accensione è stata la cosa migliore da fare. «Seguo anche io *Il Trono di Spade*. Sono forse la massima esegeta italiana della serie» millanto, sottolineando la frase con una risatina un po' scema che vorrei poter cancellare seduta stante. Ma si sa che del resto io faccio battute di merda, specie in presenza di ragazzi carini.

Lui replica con un sorriso comprensivo. «Ascolta, qui stiamo dando una piccola festa. Se vuoi unirti...» butta lì, con gentilezza. Magari si aspetta un rifiuto, ma io stasera voglio vivere, e non stare a guardare.

«Ne sarei contenta. Grazie. Be', il tempo di mettere le scarpe» gli dico, con una risatina sempre più ebete.

«Ti aspettiamo.»

Mi presento con una piantina di basilico che cura Alessandra quando viene qui da noi. Mi sembra un pensiero utile e garbato, può sempre servire.

«Non dovevi» mi dice Alessio, portandola in cucina.

L'appartamentino della vecchia signora Meucci ha cambiato volto; adesso ha un aspetto di ispirazione nordeuropea. Alessio tiene in mano una birra e mi presenta la sua fidanzata, Angela. Fuori mercato. Vabbe', non ci avevo sperato davvero.

«Spero che Jon Snow non abbia fatto danni alla tua roba» mi dice lei, ma non appare davvero preoccupata.

«Niente di grave. Avete fatto un gran bel lavoro, la casa sembra molto più grande!» commento, guardandomi attorno con sincera ammirazione, invogliata a fare anch'io qualche miglioria nel mio piccolo nido.

Angela sorride graziosamente. «Sono contenta di conoscerti, la signora Meucci ci aveva avvisati che avremmo avuto una vicina molto simpatica.»

«Che cara» commento, dubbiosa se potrò chiedere anche a loro il sale quando finisce all'improvviso.

«Vivi da sola?» mi domanda, versandomi in un bicchiere di vetro dalla forma di un bicchiere di plastica un analcolico rosa a base di fragole che, ci tiene a dirmi, ha preparato lei.

«No. Con mio fratello. Ma è una situazione provvisoria» preciso, anche se in realtà non so nemmeno se sia vero. Provvisoria perché spero che lui se ne vada? Certamente no. Freud direbbe che quest'uscita cela e forse sublima il desiderio, ignoto anche a me, che sia io a andare via.

Su un iPhone inserito in un pezzo di legno che fa da amplificatore hanno messo una playlist con le musiche dai film di Woody Allen. L'atmosfera è molto gradevole e ancor di più i dolcetti a base di farina di mandorle – anche questi, preparati dall'infallibile Angela.

Una persona di buoni sentimenti sarebbe felice per questa giovane coppia così splendida splendente, ma non io. Non a causa loro, s'intende, ma perché questa loro affiatata serenità domestica è lo specchio della mia incapacità di ottenere dalla vita qualcosa di simile. L'immaginazione corre all'appartamento di Claudio, a come sarebbe stato bello poter agganciare all'appendino dietro la porta del bagno il mio accappatoio, mettere nella dispensa in cucina un pacco dei miei biscotti preferiti, in altri termini, sentirmi a casa.

Sogni, Alice, sogni a occhi aperti. Finirò come una vecchia zitella matta, di quelle che girano in città con la molletta in testa e le buste di plastica in cui raccolgono cianfrusaglie e viene trovata dai vicini quando è troppo tardi, solo perché sentono la puzza. Concentrata su questi miserabili pensieri, stavo per perdermi l'uscita di scena di una guest star d'eccezione, l'ultima che mi sarei aspettata di trovare in questo intimo party d'inaugurazione: Chloë Marchelier.

Sta indossando il cappotto, da cui tira fuori i capelli rimasti infilati all'altezza del collo. Porta grandi orecchini, due sottili cerchi dorati, tacchi alti su cui si muove con dimestichezza. Saluta Angela con un bacio sulla guancia e varca la soglia con un ultimo rapido cenno con la mano rivolto al resto dei presenti.

Non credo che mi abbia vista.

«Povera Chloë!» intona una vocina pietosa non appena il portoncino si è chiuso alle sue spalle.

«Non credevo che venisse. È di umore tremendo» commenta Angela, raccogliendo dal tavolino al centro del salotto una sfilza di bicchieri vuoti.

«In effetti non mi aspettavo che la prendesse così male. Non è che poi con sua madre andasse tanto d'accordo» prosegue la proprietaria di quella voce compassionevole, pronta a farsi una sguazzata nel chiacchiericcio.

«No, ma era pur sempre sua madre» asserisce Angela, prosaica. «Ve la ricordate, ai tempi della scuola? Sembrava un'attrice, tanto era bella.»

«Sì, ma era una strega. Per anni sono andata in quella sua scuola di danza. Era sadica! Ci pungeva le gambe con gli spilli se non ci mettevamo nella posizione corretta. Oggi come oggi finirebbe sui giornali con un bello scandalo, dico io, altro che la miglior scuola di danza di Roma.»

«In effetti era sempre o troppo assente, o troppo dura con Chloë. Ale! Tira fuori altra acqua dal frigo.»

«Quando tornerà a Monaco?» s'informa un'altra delle ragazze presenti.

«Non lo ha ancora deciso» replica Angela, che risolve infine di andar a prendere lei l'acqua nel frigo Smeg con la Union Jack. «Da quanto ho capito, ha avuto qualche problemino con quelle brutte cose amministrative che si devono sbrigare dopo la morte di una persona» aggiunge, riemergendo dalla cucina. Nel frattempo, Jon Snow sta facendo la ronda per raccogliere carezze e complimenti dagli amici dei suoi proprietari, ma continua a fissare me con profonda diffidenza. Con la scusa di una sigaretta esco in balcone, non quello attiguo al mio, sulla corte interna, bensì quello affacciato su via Dionigi – costerà un bel po', l'affitto. Il vento si è quietato. Sulla strada, c'è ancora Chloë che parla fittamente al telefono. Un taxi arriva e lei vi sale, con grazia.

« Com'è stata la tua serata? » chiedo a mio fratello, appena rientrato.

« Discreta. E come vedi, nessun danno al mio fegato. La tua? »

« Sono stata a una festa. »

Lui sgrana gli occhi. « Dicevo che avevi qualcosa di diverso. Ti sei truccata! Ah-ah! E dove sei andata? »

« Dai vicini. »

« Una festa a casa di quella vecchietta che odora di armadio chiuso? »

« No. Lei si è trasferita in campagna e ha affittato il suo appartamento a dei ragazzi molto carini. Senti, Marco, hai più saputo attraverso quell'agenzia immobiliare con cui collabori se la villa a Tor Vergata è stata venduta? »

« Non ne ho idea. »

« Potresti informarti? »

« Se proprio devo... » replica mio fratello, con riluttanza. Ma ne mostra ancora di più alla mia richiesta successiva: « Potresti anche chiedere il nome del proprietario? »

« E poi quello strano in famiglia sarei io. »

Sempre e mai sono quasi la stessa cosa
                                    Elizabeth Jane Howard

È tempo di tornare in Istituto.

Se non altro, per incontrare Beatrice e farmi consegnare la sua consulenza, in modo da scrivere le conclusioni di quest'estenuante perizia su Ginevra Bley.

La buona notizia è che CC è in tribunale, quindi almeno per oggi sono esentata dall'elaborare una strategia di sopravvivenza.

«L'hai presa in forma brutta, quest'influenza» asserisce Beatrice, con un'occhiata critica.

«Che vuoi farci. Certi virus, in alcuni momenti, sono letali.»

«Ecco la consulenza» dice, dopo averla firmata con un elegante scarabocchio. «Come ti ho accennato al telefono, ho utilizzato vari indicatori abbastanza certi di asfissia meccanica, per esempio gli anticorpi anti HIF-α nella parete dei vasi polmonari. In considerazione delle lesioni delle cartilagini laringee, credo di poter confermare la tua ipotesi iniziale. Una morte per asfissia è molto più probabile di una morte per precipitazione, se vuoi il mio parere. Sono stati proprio bravi, i legali dei familiari di questa ragazza, a insistere per l'esumazione.»

«Non avevano mai accettato l'idea del suicidio.

Credi che Conforti verrà chiamato per dare chiarimenti?»

«Non è da escludere. Ma sono abbastanza sicura che a uscirne male sarà solo la sua autostima, senza ripercussioni sulla sua carriera.»

«Lo spero tanto.»

«Be', ma tu non potevi fare diversamente. Non potevi continuare a sbagliare solo per non pestargli i piedi. Chi è il pm che ti ha dato quest'incarico?»

«Valentina Montechiaro.»

«È un tipo un po' precisino...»

«Un po' ansiosa.»

«Parecchio. Ha dato anche a me la stessa impressione, quelle volte in cui ho lavorato con lei.»

«Collabora spesso con Conforti?» le chiedo, con aria casuale.

«In realtà no.»

«E... come mai?»

«Forse lei preferisce conferire incarichi a gente che non conosce, per mantenere le distanze.»

«Si conoscono?»

«Direi.»

«Cioè?»

«Alice, non dovrei essere io a raccontare certe cose.»

«Ma quali cose!?» esclamo e domando insieme, più agitata di quanto vorrei apparire.

«Non voglio mettermi a fare gossip su Claudio.» Quest'impulso di devozione capita del tutto a sproposito. «E comunque, non ha nessuna importanza.»

Questo breve scambio tuttavia instilla nella mia mente il martellante sospetto di qualcosa che in realtà io bramerei conoscere nei più reconditi dettagli. Gossip su Claudio e la Montechiaro non può che preludere a qualche tresca, e lei è decisamente il suo tipo. Bella, sicura di sé, in carriera. Questo, peraltro, giustificherebbe in pieno il collegamento tra i due alla base di quell'aver immediatamente riferito a CC i miei sospetti sulla morte di Ginevra Bley, mentre lui era sulla West Coast. Non trovava il tempo di rispondere a me, ma a lei, sì.

Il punto è che non potrò mai avere una risposta a questa mia focosa curiosità; giammai dalla Montechiaro e ancor meno da lui. Non mi resta che fare il mio lavoro, estrarre i dati dalla consulenza di Beatrice e scrivere le conclusioni della perizia. Mi rintano nella stanza dei dottorandi, alla mia scrivania, riscaldata dalla sicurezza dei miei oggetti: il vasetto di terracotta di uno yogurt francese in cui tengo gli evidenziatori, un disegno di Camilla che mi rappresenterebbe nel pieno del mio splendore, un volume del Puccini, il libro su cui ho studiato medicina legale quand'ero ancora una studentessa di medicina, che conservo più per un legame affettivo. Mi ricorda un po' Claudio. Segnava con la sua penna costosa i capitoli da utilizzare per la bibliografia della mia tesi, di cui era relatore e per cui mi ha fatto morire alternativamente di stress – *fa schifo, riscrivi da capo* –, di spavento – *io non la firmo* –, di sconforto – *okay, la firmo solo per toglierti di torno*.

Tiro fuori dalla borsa il mio Mac e inizio a lavorare, con un senso di responsabilità che sento forte quanto mai. Qualcuno ha ucciso Ginevra e il punto di partenza saranno queste parole, che sono mie e che devo saper scegliere.

Mia madre è sempre stata restia ad accettare il senso della mia professione. Salvare vite le appare di gran lunga più nobile. Ma, mi chiedo, ricostruire il motivo di una morte, che è parte della vita, non ha altrettanto valore?

Scorro tutte le immagini del sopralluogo allegate da CC alla sua perizia. Guardo con attenzione le fioriere sulla corte interna dell'isolato e mi domando se chi ha fatto precipitare dal quinto piano Ginevra sperasse proprio di centrare quei vasi fioriti di buganvillea per recarle il maggior danno possibile, o se sia stato soltanto fortunato. Scrivo per molte ore di fila, avvisata del loro trascorrere da un senso di malessere che altro non è che appetito. Sono le quattro e io non ho nemmeno pranzato, tanto ero presa dalla perizia.

Ma non è solo la fame a darmi un morso: ancor più forte è l'idea che mi è venuta mentre sfogliavo le pagine della perizia di Claudio. Mangio un wrap raggrinzito al solito bar accanto all'Istituto e corro a prendere la metro, per scendere alla fermata Policlinico. Da lì raggiungo a piedi via Spallanzani accarezzata dallo scrosciare lieve delle foglie degli alberi di Villa Torlonia. Mi sarei aspettata che dopo l'accaduto i Bley avessero cambiato casa. Invece non hanno voluto – o potuto – farlo. Vivono ancora qui, come è indicato chiaramente dal nome accanto al campanello.

Come sempre, quando mi lancio in queste imprese che hanno senso solo in una nebulosa e personale visione del mio lavoro, mi sento esitante. Ottenere ascolto si rivela tuttavia più semplice del previsto: spiego alla signora Bley che sono il medico legale incaricato del nuovo esame su Ginevra e che ho bisogno di ispezionare il balcone e la corte. Marta Bley mi accoglie con una lusinghiera gentilezza, come se vedesse in me l'unica persona in grado di esaudire il suo attuale e impellente desiderio: non potendo riportare in vita sua figlia, per lo meno scoprire la verità sulla sua fine.

È una donna di costituzione fragile, con un'imponente zazzera di capelli crespi grigi che le conferisce un tocco di gradevole esuberanza. Indossa una maglia a collo alto di sottile lana nera che mi fa venire prurito al collo al solo guardarla e una gonna lunga dello stesso colore. Mi spiega che sono fortunata a trovarla, perché in genere di pomeriggio a quest'ora si dedica al volontariato presso un istituto che accoglie le madri in difficoltà e i loro bambini; ma oggi aveva mal di gola, ha preferito rimanere a casa. Il marito, originario di Oviedo, è funzionario presso la filiale di una banca spagnola ubicata all'altro lato della città e impiega quasi un'ora a rientrare. Ginevra era la loro unica figlia. Questa sala con le finestre coperte da pesanti tende beige e l'aria alterata da quei diffusori elettrici di fragranze artificiali è un piccolo mausoleo dedicato a lei, pieno di foto scattate mentre danzava, stampate a colori o con effetto seppia, incorniciate, appese alle pareti o poggiate su qualunque ripiano si presti all'uso. L'insieme è un po' opprimente, ma forse chi abita queste stanze ne trae conforto, ed è questo che conta.

«Non sa quanto sia importante, per noi, aver ottenuto la riapertura del caso. Ho molta fiducia che questa volta sarà chiarito che Ginevra non si sarebbe mai suicidata» dice Marta Bley, mentre afferra il cordone della tenda per mostrarmi il balcone.

È stretto, poco adorno. C'è un bidoncino per la spazzatura, qualche vaso spoglio, una scopa. La ringhiera è in ferro battuto dipinto di bianco, scrostata in alcuni punti. Dalle foto ho visto che, proprio nel punto in cui mi trovo adesso, c'era una sedia disposta, a quanto sembra, per agevolare la caduta. Ma da quel che vedo, essendo la ringhiera poggiata su un muretto di cemento armato e considerata anche l'altezza di Ginevra – sul metro e settanta –, in realtà non sarebbe stata necessaria. Affacciandomi, provo un senso di vertigine. Anzi no, un vero e proprio brivido, anche se adesso so che quando è precipitata Ginevra era già morta. Chissà dov'è successo, in quale delle stanze di quest'appartamento triste, che magari però dieci anni fa così triste non era, ma anzi, come la sua inquilina, era traboccante di vita e di energia. Da quassù vedo già che non ci sono più le fioriere dell'epoca dei fatti. La corte è decorata diversamente, in maniera ordinata, immemore del sangue che ha sporcato le mattonelle.

L'angoscia di questo luogo mi pervade per osmosi. Marta Bley mi offre del tè, ma le chiedo un caffè.

«A quest'ora? Riuscirà a dormire, poi?» mi chiede, con un po' di apprensione, come se poi insonne dovesse rimanere lei, che ha tutta l'aria di averne una conoscenza ben consolidata. Per conto mio, grazie a CC, non ho bisogno di caffè per non dormire la notte.

«È il mio limite massimo» le spiego, guardando l'orologio.

«Dottoressa, ho apprezzato che lei sia venuta qui, oggi. So che non era tenuta a farlo. Il nostro avvocato ci avrebbe avvisati se lei avesse ottenuto un mandato da parte del pm» asserisce la signora Bley, mentre in cucina prepara la caffettiera.

Mi sento avvampare, come colta in fallo, ma è una sensazione che non lascia scaturire ansia, perché da parte sua è accompagnata da una completa approvazione.

«Mi sento coinvolta dalla storia di Ginevra» affermo con timidezza, in un maldestro tentativo di rispondere a una domanda che non è neanche stata posta. «Mi capita spesso, in realtà. È un po' un mio problema.»

«Perché un problema? Non dovrebbe essere una cosa naturale? Non è il suo lavoro?»

«Non fino a questo punto. In tutti i miei anni da allieva non hanno fatto altro che insegnarmi il distacco. Mi sa che non ci sono riusciti.»

«Se posso dire la mia, penso che il distacco non sia

un bene. Quel corpo che vedete era una vita. C'era gente che amava quella vita. Questo ha un valore. »

La voce di Marta Bley è spezzata da un grumo di sofferenza che le si è bloccato in gola.

« Signora, dal suo punto di vista... lei si sarà pur fatta una sua ricostruzione... cos'è successo, quella sera? »

« È il mio tormento. L'unica cosa di cui sono certa è che qualcuno sta mentendo. Qualcuno di quei ragazzi che era qui. Deve essere successo qualcosa tra loro. Tutti negano. Come negano, però, che Ginevra fosse incline al suicidio, triste, depressa o quant'altro. E su questo siamo tutti d'accordo. Me lo spieghi lei, dottoressa, perché una ragazza che ha appena realizzato il suo sogno dopo anni di vera fatica dovrebbe farla finita. Proprio quando ha ottenuto una proposta di unirsi alla compagnia di balletto di cui ha sempre desiderato far parte, soprattutto dopo che quella strega della sua insegnante l'aveva ostacolata in tutti i modi. »

Incuriosita dall'accenno a Maddalena non resisto e le chiedo: « In che senso la ostacolava? »

« Non soltanto la ostacolava. La tormentava. Diceva che non aveva il fisico, che era sovrappeso, che non aveva quello stramaledetto collo del piede sufficientemente sviluppato e che era per questo motivo che una volta si era fratturata la base del secondo metatarso. La sfiniva. Neanche fosse stata alla Vaganova di San Pietroburgo. Ada, la cugina di Maddalena... lei l'ha conosciuta? »

« Sì, certo » ribatto, attenta.

« Ecco, Ada, invece, era di tutt'altra pasta. Io avevo fiducia soltanto in lei, lì dentro. Era la parte buona, credo che alla fine sia merito suo se la scuola è ancora in piedi. Perché Maddalena Vichi era un'arpia, mentre Ada era quella che consolava e motivava le ragazze.»

«Però Maddalena è stata capace di crescere delle autentiche promesse della danza...» obietto.

«Che fosse brava, non c'è dubbio. Che fosse odiosa, nemmeno.»

«Se riteneva che Ginevra non fosse adatta alla danza classica, perché ha continuato a farle da insegnante?» le domando.

«Io quella donna non l'ho mai capita. Alla fine però mi ero fatta una mia idea. Sbagliata, probabilmente, ma ci credo. Vede, io penso che Maddalena Vichi si rivedesse in Ginevra. Con la differenza che mia figlia aveva ancora tutta la vita davanti. La gioventù, le possibilità. Mentre la sua carriera, che era tanto promettente, a un certo momento si era bloccata. Per lei la scuola era un ripiego. Era gelosa di Ginevra. Era come se detestasse il pensiero che lei potesse farcela. Voleva tarparle le ali. Perché questo le avrebbe dato conforto per le opportunità che lei stessa aveva perso.»

«Mi scusi, ma in realtà il successo di Ginevra sarebbe stato un modo per rivivere un po' di gloria e per far ottenere visibilità alla sua scuola.» Mi sembra davvero il punto di vista più logico. Ma non sempre le persone sono logiche.

«Questo era già successo grazie a Veronica Bardari,

che era un'amica di Ginevra. Maddalena provava a mettere zizzania anche tra loro, che erano sempre state inseparabili. Le aizzava l'una contro l'altra, stimolava una competizione che secondo me era malsana. Tante volte, dopo che Veronica è partita per Marsiglia, ho insistito perché Ginevra lasciasse la scuola. Ne ho parlato a lungo, anche con Ada, che, pur a malincuore, era d'accordo con me. Una volta, dopo uno stage con Marit Bech, Ginevra si era quasi convinta a lasciare quella scuola e suo padre e io eravamo disposti a finanziarle altri stage e anche a farla trasferire a Milano. Ma alla fine non ne ha voluto sapere. Diceva che avrebbe dimostrato a Maddalena il suo valore. Era il suo obiettivo, ma anche un'ossessione. Se non altro ci è riuscita, prima di morire. Perché poi è stata presa nella stessa compagnia di Veronica, una delle migliori d'Europa. E non soltanto: nello stesso mese era stata chiamata anche da Gazdanov. Lo sa chi è Gazdanov? Forse uno dei migliori coreografi della storia. Proprio Ginevra, quella in cui nessuno credeva.»

«E chi avrebbe scelto tra i due? Tra la compagnia di Marsiglia e quella di Gazdanov?»

«Era molto indecisa. Cambiava idea ogni giorno.»

«Be', in ogni caso sarà stata una grande, vera soddisfazione per Ginevra» osservo.

«E qui torniamo al punto di partenza. Perché uccidersi in un momento del genere?»

E io, che già so bene che infatti non si tratta di suicidio, ammutolisco mordendomi la lingua e vietandomi di lasciarmi scappare quella parola in più che, come dice nonna Amalia, è sempre meglio non dire.

Rientrata a casa, l'appartamento è invaso dalle note di *Gypsy* dei Fleetwood Mac, che proviene dal pc su cui mio fratello sta lavorando al *processing* del servizio di un matrimonio. Attualmente è la sua principale fonte di sostentamento.

«Che bella sposa» commento, un po' malinconica, dando un'occhiata allo schermo.

«Non sai quanto ho mangiato. Sono pesanti, i matrimoni. Ma perché, poi?»

«Be', anche al tuo non si scherzava.»

«Se mai dovessi risposarmi, farei scelte completamente diverse.»

«A partire dalla sposa» mi ritrovo a rispondere d'istinto, un po' provocatoria, ma me ne pento subito. «Scusami. Ho sbagliato. Senza Alessandra non avremmo Camilla.»

«Non sono pentito di quel matrimonio, anche se forse è stata una follia. Troppo giovani, impreparati. L'abbiamo fatto solo perché Alessandra era incinta. Una scelta borghese. Ma una volta fatta, e anche se lei dopo mi ha preferito quel pediatra che ha vent'anni più di me, io non guardo indietro. Solo avanti.»

«Quanto sei zen. Ma come fai? Io vivo in uno stato di perenne rimpianto.»

«Il tuo lavoro non ti aiuta ad avere una prospettiva più positiva.»

«Dai sempre la colpa al mio lavoro.»

«Se preferisci, la do al tuo capo» ribatte quindi, con un'occhiata tagliente. «Tu come lo vorresti il tuo matrimonio?» chiede poi.

«Nemmeno ci penso. Non mi sposerò mai.»

Lui mi rivolge l'occhiata di chi la sa lunga. «Ma se da bambini mi facevi sempre fare la parte dello sposo? Ti mettevi il velo di mamma e io dovevo aspettarti di fronte al camino, che era tipo l'altare. E Silvia faceva la tua damigella. Odiavo quel gioco.»

«Ho cambiato idea. Non è più il mio sogno.»

Marco distoglie lo sguardo dal computer. È intristito. Ma non più di me.

«Dimenticavo. Ho quell'informazione che mi hai chiesto» mi dice, mettendosi in piedi per andare a farsi un caffè. «A proposito della villa di Tor Vergata. È in corso una trattativa, la vogliono comprare dei tedeschi in pensione.»

«Oh, capisco.»

«Cifra a sei zeri.»

«Be', quella casa li vale. Dei proprietari, hai saputo niente?»

«Certo. Servizio completo. Antonio Serralunga d'Alba.»

«E chi cavolo è?» dico, saltando sulla sedia. Mi aspettavo Ermanno Vichi, o Chloë Marchelier.

La parte zen di mio fratello si sente aggredita dalla

mia meraviglia. «Alice, relax. Cosa vuoi che ne sappia.»

«Devo googlarlo *subito*!» dico scattando per recuperare l'iPhone.

Il suo profilo su Linkedin mi è d'aiuto: Antonio Serralunga d'Alba è l'amministratore delegato di una società per azioni svizzera. È nato a Roma, dove ha vissuto fino ai vent'anni. Da allora in poi, studio ed esperienze di lavoro solo all'estero, dove peraltro pare risiedere anche adesso. Gli anni sono trascorsi, i capelli non sono più quei ricci neri, sono diventati un po' brizzolati sulle tempie. Ma quelle sopracciglia ad ala di falco sono inconfondibili. È l'uomo in smoking della foto con Maddalena, con vent'anni in più.

Per quale assurdo giro è proprietario di quella villa? Certamente la cosa non è nota a Ermanno Vichi. Mi chiedo se lo sia a Calligaris. E quindi, senza esitazioni, lo chiamo.

«Dottore? La disturbo?»

«In realtà stavo proprio per...»

«Okay, sarò rapida. Lei sa chi è Antonio Serralunga d'Alba?»

«Ne riparliamo, Alice, d'accordo?» e riattacca sbrigativamente. Delusione.

Stanca per le troppe emozioni della giornata, la sera mi metto a letto presto.

Sento una musica ambient provenire dall'appartamento di Alessio e Angela. Danno sempre feste, quei due? Mi copro la testa con il cuscino.

Vorrei svegliarmi tra un anno.

Mi è sempre piaciuto andare per strade traverse e ho sempre vissuto nell'errore con l'unico conforto di sapere che mi ci trovavo

Giacomo Casanova

La mattina seguente diserto l'Istituto. Mi sono informata preventivamente: ci sarebbe CC, e io non sono pronta a rivederlo. Non sono stata capace di prendere nessuna decisione valida. Perché, è chiaro, l'idea di mollare tutto è sbagliata. Sto pensando di contattare un altro ateneo d'Italia, uno qualunque, purché mi accetti, e andare a terminare altrove il mio dottorato. A volte mi sembra di non avere nessuna ragione per rimanere a Roma, se non l'ostinazione. E l'incapacità di allontanarmi definitivamente da mia nonna. Tutto il resto posso portarlo con me, nel mio cuore. Non è poi molto. Non ho concluso granché, in questi anni.

È con questo stato d'animo che ho imboccato la strada della Questura. Se Maometto non va alla montagna, la montagna va da Maometto. Ho raggiunto Calligaris per un po' di sano confronto sul caso Bley e sul caso Vichi.

Il ViQuEi (VQA), lo ha ribattezzato ironicamente CC, perché da quando è stato promosso sembra che le intere sorti della giustizia italiana gravino sulle sue spalle. Chissà come la vive la signora Clementina, sua moglie, che alle cinque di pomeriggio in punto lo voleva a casa, e guai a tardare! Però devo smetterla di ricordarmi di Claudio a ogni piè sospinto. Tra un po' dovrò evitare anche gli scomparti dei cereali al supermercato, perché rischio di vedere i suoi preferiti e provare un dolore straziante. Non va bene.

Calligaris mi porge una caramellina gommosa ai mirtilli.

«Qual è, dunque, la tua nuova scoperta? Sentiamo.»

«Innanzitutto le anticipo, in gran segreto perché non ho ancora consegnato la perizia alla dottoressa Montechiaro, che Ginevra Bley è stata uccisa. La precipitazione non è stata che un depistaggio. Evidentemente ben riuscito.»

Calligaris si incupisce. «Un bel colpo di scena. Alice, ne sei proprio sicura?»

«Assolutamente sì, dottore.» E mi lancio in una spiegazione dettagliatissima e molto lunga di tutti i dati scientifici a disposizione a sostegno della mia ipotesi.

«Ma tu lo sai che l'esame esterno l'aveva fatto Conforti, dieci anni fa, vero?» Non riesco a produrre una risposta intelligibile. «Interessante. Dopo tanti anni ho scoperto il modo di farti star zitta: nominare Conforti!» Sghignazza, e io sento già il fuoco uscire dalle mie narici.

Ho un moto di orgoglio. Claudio mi ha tolto molte cose, ma non l'imprudenza. «Dottore, sì che lo so. E proprio per questo, se ho il coraggio di confutare la sua perizia, è perché sono certa dei miei risultati.»

«Bene. Allora aspetterò il mandato dalla Montechiaro per aprire ufficialmente le indagini.»

«Da cosa partirete?» gli chiedo, attenta.

«Dalla scuola di danza, prima di tutto. Esiste molto probabilmente un legame tra la morte della Bley e quella di Maddalena Vichi, o così vogliono farci credere. In ogni caso scandaglierò quella pista. Dovrò andare a parlare con Ada Vichi e a questo punto anche con Emmanuel Marchelier.»

«A proposito. Lui e Maddalena sono separati?»

«No, no. Regolarmente divorziati.»

«Okay. Quindi l'erede di Maddalena doveva essere la figlia, no?»

«Teoricamente.»

«Ma anche praticamente. E allora perché quella super casa appartiene adesso a un tale Antonio Serralunga d'Alba?» gli chiedo, certa di sconvolgerlo con un colpo di scena, ma resto delusa quando lui, tutto orgoglioso, risponde: «C'ero arrivato, signorinella. La casa apparteneva già a lui. Non l'ha ereditata».

«Ma com'è possibile? E chi è?»

«Per l'esattezza, lui è il proprietario e Maddalena aveva l'usufrutto vita natural durante.»

«Scusi, se lei aveva l'usufrutto, questo gli impediva di farne quello che voleva. Era casa sua ma al contempo era come se non lo fosse. Mi segue? Tant'è che l'ha messa in vendita subito. Che pessimo gusto!»

«In linea di principio non è un ragionamento sbagliato. Anche perché il passaggio di proprietà da lei a lui era avvenuto meno di un anno fa, tramite donazione.»

«Dottore! Del valore di un milione di euro! Un bel regalo! Ma perché?»

«Me lo farò spiegare, non temere» risponde, sarcastico. Si è abituato al fatto che sembra quasi che io voglia insegnargli il mestiere.

Giuro che non è così, è che mi lascio trasportare dall'entusiasmo.

Nella cassetta della posta, che controllo solo a giorni alterni per il timore che arrivi l'estratto conto e mi rovini la giornata, trovo un pacchettino. Una busta bianca che sembra, dalla forma, avvolgere un libro. Mittente: Faber&Faber, Bloomsbury House, London.

Lo poggio sul tavolo; prima di aprirlo devo necessariamente togliermi le scarpe nuove che mi hanno devastato i piedi. Ho però ancora indosso il cappotto quando sento suonare il campanello.

Sono Lara e Paolone, tutti in tiro.

«Be'?»

«Te lo sei dimenticato?» chiede Lara, gli occhi bistrati, un nuovo taglio di capelli, insolitamente graziosa.

«È il tuo compleanno?» le chiedo, perplessa.

«Ma no! È l'annuale party di beneficenza organizzato da quelli di pediatria!»

«Adesso capisco. Non ci vengo nemmeno dietro minaccia fisica.»

«Ma io non ci sono mai stato!» obietta Paolone.

«Non sai che ti perdi!» esclamo.

«Infatti! Per questo siamo venuti a prenderti.»

«Paolone, ero sarcastica.»

«Dai, Ali. Ogni anno la stessa storia. Non ci vuoi venire, ma poi alla fine ti diverti. Avrai sicuramente qualche vestito nuovo che hai comprato mandando in rosso il conto in banca e che si adatta all'occasione. Forza» conclude Lara, perentoria, ma non posso spiegarle tutte le ragioni che mi scoraggiano all'idea di presentarmi alla festa.

«Ho mal di testa» invento.

«Ho un Oki, se vuoi» ribatte, instancabile.

Coraggio, Alice. Esci dalla comfort zone. Affronta la vita.

«Va bene, Lara» dico, con uno sprint motivazionale. «Almeno quest'anno non è in maschera.»

C'è una delle ultime canzoni dei Coldplay in sala, a volume così alto che non si riesce a parlare. E considerato che Paolone era nel pieno della spiegazione su come sua madre prepara le sarde a beccafico, non è neanche un vero problema.

Sono seduta su un divanetto foderato di ecopelle che mi fa sudare le cosce. Il locale, a parte questo e una temperatura equatoriale, è molto carino. Il tono della serata è davvero easy, osservo sollevata, perché ho indossato la prima cosa che ho trovato nell'armadio. Bevo e ascolto, ascolto e bevo. E aspetto l'ora di chiamare un taxi e tornare a casa.

C'è anche Conforti. Secondo Lara, è ubriaco.

Lo incrocio mentre sto andando in bagno. È scarmigliato, incazzoso e sgarbato come Richard Ashcroft nel video di *Bitter Sweet Symphony*.

«Ciao» dico. Lui sbatte le palpebre molto lentamente. Forse Lara ha ragione. Il suo sguardo è come annacquato.

«Ciao. Strano rivederti.»

«Già.»

La conversazione langue.

Bene. Mi lamentavo di non saper fare niente. Invece sono stata capace di distruggere la relazione insana che mi lega a quest'uomo. Solo che non capisco se la cosa mi fa stare bene o solo disastrosamente male.

«Come stai?» gli chiedo, molto distaccata.

«Difficile dirlo. Non lo so. Tu?»

«Uguale.» Dopo qualche altro istante di silenzio intollerabile, lo interrompo nel peggiore dei modi, ovvero dicendo cose ad alto potenziale di pentimento. «Sto pensando di chiedere alla Wally di mandarmi fuori. Per un periodo, almeno. Credo che lei ne sarà sollevata, non mi ha mai potuto vedere. E per me è la cosa migliore.»

L'idea era informe, ma rivedendolo è diventata imperativa.

Lui aggrotta per un momento la fronte e non risponde subito. Infine annuisce, come se ne convenisse. «Ci sono varie buone possibilità. Posso aiutarti.»

Ora, posso giurare che questo suo proporsi per agevolare la mia idea è la cosa che più mi ha ferito in trent'anni di onorata carriera di sfigata in amore.

Oscura quasi Saadia Sabir. Sono sicura che lo faccia per mantenere una parvenza di cordialità in questo sfacelo che è il nostro rapporto. Del resto cosa mi aspettavo, che mi dicesse «no, ti prego, resta»?

«Ti ringrazio» ribatto, in una gara di freddezza che tuttavia credo di perdere.

«Sei brava. Sei la mia migliore allieva» aggiunge però, alla fine, con una specie di espressione inorgoglita. Mi sento sorpresa. Sono un tipo che si innamora delle parole e, in particolare, di quelle parole speciali che ti vengono dette quando meno te l'aspetti, quelle che aprono un varco su una delle tante vite parallele che non viviamo.

«Tu sei stato un buon maestro» riesco a dirgli, un po' confusa, già nostalgica, certa di dovermi fermare prima che arrivi a dirgli «cosa stiamo facendo?»

Il dj annuncia una canzone che ho sentito in *Drive*. In molti si mettono a ballare vicini, e per me il clima si fa sempre più angosciante.

«Be', allora... ci vediamo in Istituto» gli dico, con un cenno della mano.

Ma lui la prende, quasi con timidezza. Mi mette un braccio attorno alla vita con uno sguardo che mi leva il respiro e ci ritroviamo così vicini che sento il suo profumo di Déclaration e mentine, il suo odore così familiare. Muoio dalla voglia di abbracciarlo davvero, se c'è un momento per farlo forse è proprio questo, e sono i quattro minuti e ventisette secondi più lunghi di tutta la mia vita, per tutti i pensieri che si sono rincorsi e perché in questa battaglia tra cuore e ragione ho lasciato vincere quest'ultima e adesso ne sono pentita, proprio quando è lui ad allontanarsi.

«Sì, ci vediamo in Istituto» dice con un cenno, recuperando la sua giacca da uno sgabello. E va via.

Quando la porta di casa si chiude alle mie spalle, il mio stato d'animo è un enigma anche per me stessa. Evito di pensarci. Mi verso dell'acqua fresca, sono accaldata. Toh, il pacchettino sul tavolo. Me l'ero completamente dimenticato.

Lo apro e resto di pietra. È una copia del libro di Arthur, quello sull'Isis che aveva iniziato a scrivere quando stavamo ancora insieme. Non avevo idea che lo avesse finito e che avesse già trovato un editore. Del resto di tutte le sconvolgenti novità della sua vita so poco e niente. Sulla prima pagina una dedica, vergata con la sua bella grafia.

Grazie, Elis, tu sai perché.
A.

La regola de' costumi contro le false massime della morale mondana – opera utilissima a chi desidera fruttuosamente ricevere il santo sacramento della penitenza

Uno dei primi acquazzoni dell'autunno mi travolge in pieno mentre raggiungo ad ampie falcate la Procura. Sembra quasi piovere in orizzontale e i miei pantaloni sotto il cappotto sono zuppi, per tacere delle scarpe.

Raggiungo la cancelleria di Valentina Montechiaro e spero di uscirne con una rapida consegna, ma difficilmente i miei desideri vengono esauditi. Quando questo accade è perché devo pagarne grosse conseguenze, quindi forse, tutto sommato, è meglio quando il destino mi si oppone.

«Oh, dottoressa Allevi. Il pm mi aveva avvisata. Alla consegna voleva anche incontrarla» mi spiega la segretaria.

Ecco. Appunto. «Conosco la strada» rispondo quindi, dopo aver apposto l'ultima firma.

Busso alla porta della Montechiaro e dopo il suo «avanti!» la trovo in piedi di fronte alla libreria, intenta a consultare il codice di procedura penale. Di profilo ha una linea magnifica, non posso fare a meno di notare. E di avere un sussulto di gelosia.

«Oh, dottoressa. Benvenuta. Si accomodi.» Prendo posto di fronte alla sua scrivania. «Ha depositato?»

«Sì, tutto fatto.»

«E?» chiede, con modi gentili ancorché vagamente perentori.

Le anticipo tutto quello che troverà sulla perizia, chiarendole con pazienza tutto ciò che mi chiede più volte di ripeterle, ai limiti dello sfinimento, tant'è che un'ora dopo sono ancora intenta a descriverle in termini di fisiopatologia via via più approfonditi il meccanismo dello strangolamento, dello strozzamento e del soffocamento, e tutte le possibili differenze tra i tre. Neanche la Wally mi stressa così.

«Bene. Credo di aver capito» afferma infine, ma appare sconsolata, anziché soddisfatta.

Si riserva un istante di silenzio per riflettere e forse dirsi *che stronzata che ho fatto dieci anni fa.*

«Lei crede che sia stata la stessa mano a uccidere queste due donne?» mi chiede a tradimento, proprio quando il mio sguardo si era nuovamente poggiato sulla fotografia di quella bambina, colpito ancora una volta dal senso di familiarità. Difficile formulare una risposta accettabile, quando la mia mente ha appena partorito l'ignominioso sospetto, degno di una telenovela brasiliana, che la piccola sia figlia di Claudio.

Ma no, Alice. Che vai a pensare? La vita non è una soap opera.

Metto le mani avanti, con un certo sforzo di concentrazione. «Lei ha ragione di crederlo, sul piano delle indagini?»

«Be', c'è indubbiamente più di un punto di contatto. In verità, quello che è emerso dalle testimonianze delle compagne di Ginevra ci suggerisce un rapporto un po' ambivalente.»

Sono molto curiosa. «Può spiegarmi meglio?»

«Maddalena Vichi era un'insegnante molto, molto dura. Specie con le allieve che reputava più talentuose. Per quanto riguarda Ginevra, le aveva spianato la strada per uno stage a Montecarlo, quando aveva quattordici anni. L'aveva convinta che la danza fosse la sua strada, aveva parlato con i genitori insistendo sull'importanza di appoggiare il percorso della figlia. Poi, come ogni anno, Maddalena ospitò un coreografo molto importante, direttore di un corpo di ballo prestigioso in Francia che, per inciso, era anche il suo ex marito.»

«Emmanuel Marchelier?» chiedo.

La Montechiaro mi fissa intensamente. «Sì» risponde, senza chiedermi come faccia a saperlo. «Lui visitò la scuola di Maddalena, come faceva ogni anno. Stando a quanto lui stesso ha riferito, era indeciso tra Ginevra e un'altra ragazza. Sorprendentemente, Maddalena lo distoglie dalla sua allieva prediletta. Per ragioni caratteriali, pare. Dice che non ha abbastanza spirito di sacrificio e che è arrogante. E così è un'altra ragazza a essere scelta e a partire per quella tournée, cosa che, a quanto sembra, Ginevra Bley non ha mai accettato.» Il che collima in linea di massima con il resoconto di Marta Bley.

«Secondo lei, dottoressa, dopo una delusione del genere, perché rimanere lì, alla mercé di un'insegnante che non la stimava?»

«Era come se Ginevra volesse dimostrare qualcosa a Maddalena. Come una sfida tra loro due. Andando via, avrebbe perso quella sfida in partenza. Quando molliamo un luogo, un lavoro, per disillusione o per sfinimento, non è un po' come darla vinta a chi non crede in noi?»

Le sue parole mi colpiscono ma senza intaccare la solidità del progetto di andar via che continua a sembrarmi l'unica soluzione possibile per i miei guai.

«Lei voleva rimanere lì per dimostrare a Maddalena quanto si era sbagliata nel giudicarla. E così è stato. Marchelier, due anni dopo, confidando che fosse migliorata in termini di autodisciplina, si ripresenta a Roma. Vuole rivederla e stavolta le offre di unirsi al suo balletto. Arriviamo così all'estate della morte di Ginevra, che era quindi in procinto di partire per Marsiglia alla fine di agosto.»

Ho bisogno di metabolizzare il suo racconto.

Perché impedire a Ginevra di realizzare il suo sogno, quando Marchelier l'aveva scelta la prima volta? È evidente che aveva invece voluto favorire Veronica Bardari. Perché era davvero più brava di Ginevra? O ha ragione Marta Bley, era solo il desiderio malato di tarparle le ali?

«Però, dottoressa, mi risulta che Ginevra fosse stata scelta anche da un altro coreografo, anche più prestigioso di Marchelier, e che fosse indecisa su chi scegliere dei due.»

«In realtà, sembra che la sua scelta l'avesse già fatta. Marchelier era il suo pallino, diciamo così. E poi non voleva allontanarsi troppo dall'Italia.»

«Come ne è così sicura?»

«Lo aveva detto lei stessa alla Bardari, perché avrebbero potuto tornare a vivere vicine. Erano davvero molto unite. Allora, Alice, ritiene fondata la possibilità che sia stata la stessa mano ad agire? Anche Maddalena, stando a quello che ho capito, è morta per un trauma al collo. Una casualità?»

«In realtà, sembrerebbe trattarsi di due modalità molto diverse» rispondo. «Maddalena non ha subito un insulto asfittico. In altri termini, il suo aggressore non ha provato a strangolarla.»

«Magari voleva provarci. La colluttazione si svolge tuttavia in maniera tale che Maddalena, reagendo, piega di scatto il collo all'indietro e subisce la lacerazione della carotide con conseguente emorragia. Però non possiamo escludere che l'atteggiamento dell'aggressore fosse, tendenzialmente, lo stesso.»

Dovrei avere la sfera di cristallo per rispondere con certezza. Ma la sua teoria non è affatto bislacca. Anzi.

«Potrebbe spiegarmi meglio, Allevi?»

È una fortuna che la Wally non abbia il potere di rimpicciolire con lo sguardo. Ma se non è capace di rimpicciolire il corpo, certamente ha un effetto annichilente sull'autostima. Mi fissa con quei suoi occhi inquietanti, un po' da aliena, e come sempre quando sono in sua presenza il suo volto diventa l'astro, la stanza la galassia e io un'astronave in panne che chiama Houston.

E siccome il mio secondo tentativo di spiegarle che vorrei dileguarmi dall'Istituto per un tempo indeterminato è più disastroso del primo – sotto pressione ho qualche difficoltà con la consecutio temporum – alla fine le somme le tira lei.

«Vuol dirmi che intende trascorrere un certo periodo ospite di un altro Istituto?»

«Esattamente questo.»

«Ma se ha iniziato da qualche settimana» obietta, e non comprendo il nesso. Trascorsi pochi mesi o un anno, qual è la differenza?

«Per l'esattezza sono quasi due mesi...»

«E dove vorrebbe andare?»

Ovunque purché lontana da Conforti. No che non l'ho detto, ovviamente. «Sto proprio stringendo il campo, ma prima di andare a fondo vorrei capire quale sarebbe la sua posizione al riguardo...»

«Certo che lei, Allevi, ha davvero una capacità logica sotto lo zero. Ma se non so qual è l'ateneo, se non sono a conoscenza del progetto che vorrebbe sviluppare, mi dice come faccio a darle anche solo in linea teorica la mia approvazione?» Ehm. Io non ho nessun progetto. Oltre alla fuga, s'intende. «Allora? Ha già in mente un progetto da sottopormi? Se vuol andar via, è certamente perché ha identificato un centro adatto» incalza, e io inizio a sentirmi più scema del solito. «Non spererà che io le dia l'autorizzazione senza valide premesse.»

Le mie sono speranze semplici. Tipo non avere la muffa quest'inverno dopo che in agosto ho steso personalmente la vernice termoisolante. Altre cose non oso sperarle.

«Ecco, professoressa, le metterò per iscritto una proposta concreta.»

«Mi sembra il minimo! Quanti anni ha, dottoressa?» chiede poi, in un subdolo sussurro.

«Trenta... il mese prossimo» rispondo, senza capire il perché della domanda.

«Ha idea di cosa facevo io a trent'anni? O di com'era il dottor Conforti, a quell'età? Una furia! Non finivamo una ricerca che già avevamo pronta l'idea per la successiva. Io lavoravo giorno e notte, i morti arrivavano a fiotti – erano altri tempi, lo ammetto –, non avevo tempo nemmeno per mangiare. Però avevo un obiettivo. Mi dice qual è il suo, di obiettivo? Lei mi sembra sempre confusa, con la testa tra le nuvole. Sembra quasi che ci onori della sua presenza. Cara dottoressa, non è proprio così che funziona!»

Va bene. Me lo sono meritato. Credevo che fosse più semplice, alla Wally è sempre piaciuta l'intraprendenza.

Mi converrà studiare un progetto. Magari prima potrei individuare la città. Parigi! In cosa sono al top, i colleghi di Parigi?

Sono scappata dalla sua stanza filando nella mia

per evitare di incrociare Claudio, ma è lui che viene a cercarmi, con aria indifferente, come se non fossimo altro che un superiore e una dottoranda di recente acquisizione. Quello che in effetti siamo, scorporando tutto il resto. Ma quanto pesa, quel resto!

«Tutto bene?» chiede, con una tale freddezza che è peggio di una lama di ghiaccio inferta nella carne.

«Sì, grazie.»

«Ho pensato alla tua fellowship presso un altro Istituto.»

«Gentile, da parte tua» replico e sono certa di essere stata sufficientemente acida da non poter essere fraintesa; ma lui va dritto al punto.

«Credo che Foggia potrebbe essere una buona idea.»

«*Foggiaaaaaa???*» sbotto, con tono di voce un po' troppo alto.

Finalmente riconosco sul suo viso granitico il lampo di una delle sue espressioni più tipiche, quella di quando si compiace per un dispetto che ha colpito nel segno.

«È uno degli Istituti più all'avanguardia d'Italia. Fanno ricerca ad altissimo livello. Cose che tu neanche immagini. C'è anche il mare a mezz'ora di strada. Meglio di così?»

«Ci penserò» rispondo, piena di dignità.

«Fammi sapere» e si dilegua prima che io possa ribattere alcunché, dissolvendo tutte le ombre delle domande sospese tra cui, giusto per esempio, *c'è stato qualcosa tra te e Valentina Montechiaro? È per questo che ti rode tanto non aver riconosciuto l'asfissia di Ginevra Bley? O è solo orgoglio?*

Torno a casa riservandomi un lungo tratto a piedi. Camminare mi fa da ansiolitico e mi aiuta a non rimuginare e a non chiedermi, ossessivamente, perché sono sempre quella cui capita il tizio con l'ascella sudata sul sedile di fianco, quando prende il treno; perché sono quella che insegue per anni il presunto grande amore e alla fine lui s'innamora di un'altra e ci fa pure un figlio, il tutto nel giro di tre mesi; perché sono quella che se chiede di più a un uomo per tutta risposta viene spedita a Foggia. Forse quest'ultimo è un sillogismo un po' forzato, perché annulla tutto quello che c'è stato nel mezzo, ma partenza e arrivo sono abbastanza emblematici.

Passo dal negozietto di alimentari per comprare una busta d'insalata già lavata e delle mozzarelle per cena. Alla cassa, mentre Harry Styles canta *Sign of the Times*, incontro la mia vicina Angela.

«Volevo preparare un dolce ma mi sono accorta di non avere la panna. Questa bottega è la mia salvezza!» cinguetta come una cinciallegra. «A proposito, hai impegni per questa sera?»

Cara Angela, io non ho mai impegni. Chissà perché si crede che una single a Roma abbia un'entusiasmante e affollata vita sociale. Certo, per i miei vicini sembra sia proprio così.

«Un party tra sole girls, Ale stasera va a vedere la Roma» chiosa, come se l'invito fosse dunque più appetibile. Poi mi viene in mente che potrebbe esserci anche Chloë Marchelier.

«Riporta la panna al banco frigo, porto io il dolce.»

Dolce che non ho di certo preparato con le mie manine. Era tutto premeditato. Tornata a casa, ho messo al lavoro Camilla e Alessandra. Mio fratello già pregustava la crostata – Alessandra in cucina è il top – ma io l'ho avvolta in una carta velina rosa a pallini in un mood da casalinga perfetta e ho suonato il campanello della mia vicina, spacciandola per una mia creazione.

C'è la solita playlist da serata newyorkese e le amiche di Angela sono ragazze graziose e modaiole, un po' pettegole ma non in maniera sprezzante. Specie perché a un certo momento l'oggetto delle chiacchiere diventa Chloë Marchelier, nella miglior dimostrazione che l'assenza è presenza.

«Quindi, è partita?» chiede una delle ragazze ad Angela.

«Non vedeva l'ora. Adesso inizierà un nuovo lavoro.»

«Sempre a Monaco?»

«Sì, ma questo è diverso, e sarà strapagata.»

«Be', lei è in gamba» osserva un'altra.

«E anche fortunata» aggiunge la prima, quella che l'ha tirata in ballo.

Angela corre subito in soccorso dell'onore dell'amica contumace. «Fortunata? Non direi proprio.

Le hanno ucciso la madre e non si sa ancora chi sia stato. In più la madre era una specie di pazza ossessionata dall'aspetto fisico e dal successo, che aveva ceduto tutto quello che aveva al suo fidanzato di quando aveva vent'anni. Senza curarsi della figlia, che ha scoperto tutto dal notaio. Ma ci pensate, avere per madre una così?»

La detrattrice di Chloë non può che convenirne.

«Ma basta parlare della povera Chloë, o Alice si sentirà esclusa.»

Vorrei tanto rispondere *prego, continuate*. Quest'argomento mi interessa molto di più dei saldi da Prada di cui parlavano fino a cinque minuti prima, il che è tutto dire. In ogni caso, anche se hanno cambiato discorso, io non faccio che pensare a questa inattesa rivelazione.

Antonio Serralunga d'Alba è dunque il grande amore di Maddalena. Quello snob imbalsamato di Franz Lazzari le corna se le meritava tutte, ma volendo andare più in profondità, cosa ostacolava l'ufficializzazione del rapporto con un uomo cui Maddalena ha donato una costosissima villa? Sarei davvero troppo strana se lo chiedessi ad Angela, azzardando un «a proposito di quella tua amica...»?

«Hai ragione, Angie. Scusaci, Alice. Però una cosa la devo dire» incalza l'amica detrattrice, che è l'eroina della mia serata. «Questa storia dell'amore giovanile è squallidissima.»

«Già. Anche perché sua madre è stata davvero plagiata da quest'uomo. Credo che anche la polizia stia indagando.»

«Magari l'ha uccisa lui» butta lì un'altra amica.

«Appunto. Altro che Fox Crime» ribatte Angela.

«Come mai, plagiata?» domando. Del resto è normale volermi inserire nella conversazione. Non mi restava che un colpo di tosse oppure andare al bagno. Tanto vale curiosare.

Angela e le altre però si guardano negli occhi, come pentite di aver detto troppo.

«Non farci caso, Alice. Abbiamo esagerato.»

Scende un silenzio sepolcrale. L'amica detrattrice attacca a parlare di vacuità che ascolto distratta, dispiaciuta solo che sia troppo tardi per chiamare Calligaris.

E ricordati che cercare e pensare son due cose diverse. Ed io ti penso ma non ti cerco

Charles Bukowski

Di ritorno a casa, trovo Marco affondato sul divano, musica indie a palla, sguardo perso nel vuoto.

«Passata bene la serata?» mi chiede.

«Sorprendentemente sì. Mi sa che però lo stesso non può dirsi di te. Hai una faccia...»

Ultimamente lui e Alessandra litigano molto. Quel loro rapporto così corretto, improntato all'insegna della pace e serenità per il bene di Camilla, sembra essersi sgretolato come pasta frolla. Su mio fratello è ricaduta una nebbia spessa che lo avvolge, sbiadendo i suoi veri colori. «Che succede con Alessandra?» chiedo, posando nell'acquaio la teglia della crostata che le ragazze hanno spazzolato, in barba alla dieta.

«Questo pomeriggio, quando Alessandra e la bimba hanno finito il dolce, siamo usciti per una passeggiata. È così caldo oggi, è l'estate di San Martino, e abbiamo preso le bici. Abbiamo lasciato Camilla a quella dannata scuola di danza dove l'hai fatta iscrivere e io e Alessandra siamo rimasti da soli. Eravamo sulla pista ciclabile quando mi sono accorto che un altro tipo in bici la stava fissando come se non avesse mai visto una ragazza in gonna su due ruote.»

Senti un po'. Mio fratello è stato pervaso dal sacro fuoco della gelosia. Tutto qui?

«Le fissava le gambe, per tutto il tempo. Non so come ha fatto a non cadere dalla bici. Tu capisci, non potevo lasciar correre. È la madre di mia figlia. E quindi l'ho guardato male, molto male.»

«Fammi vedere come» gli chiedo, divertita.

«Non c'è niente da ridere! Comunque non è finita qui, perché quando si è sentito colto in flagrante lo sai cosa ha detto, quell'animale?»

«No.»

«'Manco fosse bella. È una racchia.'»

«Nooo!»

«St'impunito. Ho frenato e sono sceso dalla bici. Il resto te lo puoi immaginare.»

«Oh, mio Dio! Marco, ma sei impazzito? Non sai mai chi c'è dall'altra parte. E se trovi uno di quei pazzi che ti stende e poi ti pesta? Li leggi i giornali?»

«Ecco, tutte uguali. Alessandra ha detto la stessa cosa, e alla fine abbiamo litigato di brutto. È andata a prendere Camilla da sola e non l'ho più sentita.»

«Perché Alessandra è una persona intelligente. Non gliene importa niente se il primo tamarro che passa le guarda le gambe e poi le dice che è racchia. Evidentemente le importa molto di più che sua figlia non resti orfana per una scemenza del genere.»

«Eh, certo. Del resto è solo questo che sono, il padre di sua figlia.»

«Modalità depressione, *on*.»

«Non sono un uomo» prosegue lui, al culmine

dell'autocommiserazione. «Sono solo il produttore di quello spermatozoo più fortunato e più forte degli altri.»

«Marco, che ne è di Sara la fotografa?»

«Non la vedo più.»

«Ho capito. Forse passare troppo tempo con Alessandra non ti fa bene.»

«È per il bene di Camilla.»

«No. A Camilla fa bene avere due genitori che stanno bene con loro stessi, prima di tutto. Tu credi di averla superata, ma non è così. Ci stai di merda. È evidente. Domani ce ne andiamo a Sacrofano e te ne stai un po' per conto tuo.»

«Che poi, non è vero che è racchia. È bellissima. Per me.»

È talmente desolato che gli occhi mi si fanno lucidi. Non c'è altro che io possa dirgli. Mi accoccolo sulla sua spalla e lo abbraccio forte, questo mio fratello fragile che odora di foglie umide e di tristezza. Un sottile fiotto di invidia per Alessandra serpeggia in me, quando penso che non so proprio come ci si senta, a ricevere tanto amore.

Mentre Marco ancora dorme, seduta al tavolo della cucina di fronte a una tazza di caffè, aspetto che arrivi un orario decente per chiamare Calligaris. Non appena l'orologio segna le nove, faccio partire la chiamata.

«Alice! Che succede? Tutto bene?»

«Mi scusi, dottore, non vorrei disturbare.»

«L'importante è che sia tutto a posto» replica il ViQuEi. «Per il resto, tu non mi disturbi mai, ero sveglio da un pezzo e stavo mettendo in ordine il garage.»

«Meglio così... ho chiamato per chiederle... ha scoperto qualcosa sul nesso tra Maddalena Vichi e Antonio Serralunga d'Alba?»

«Alice mia, e che ci doveva essere secondo te...? Faccende di letto... quello che move il sole e l'altre stelle.»

«Dottore, credo che Dante intendesse l'amore...»

«Scusami se non vado tanto per il sottile...»

«Però un uccellino mi ha detto che in realtà la vicenda tra Maddalena e Antonio è molto più poetica di quanto non possa sembrare.»

«Ci sono in ballo un milione di euro e tu mi vieni a parlare di poesia?»

«Detta così, ispettore...»

«Senti, Clementina oggi prepara il pasticcio di lasagne. Vieni a pranzo e ne parliamo, okay?»

Mi presento con un'orchidea per la signora Calligaris e tanta voglia di approfondire.

Il ViQuEi non sembra da meno e finisce che ci sediamo a tavola al secondo richiamo, quando la povera Clementina non è riuscita a placare la foga dei gemelli mangioni di Calligaris che hanno già fatto fuori mezza razione.

Esattamente come era emerso da quel consesso di pettegole a casa di Angela, Antonio Serralunga d'Alba era sì l'amore della sedicenne Maddalena. Ma non era solo questo. Era il figlio del socio storico di Ermanno Vichi. I due ragazzi sono praticamente cresciuti insieme, e quella confidenza infantile si è presto trasformata in qualcosa di più forte. Una storia romantica senza nubi all'orizzonte perché, d'altra parte, le famiglie erano ben contente di appoggiare uno di quei matrimoni che rende durature le alleanze d'affari. Poi, però, qualcosa va storto. Ermanno Vichi si accorge che il suo socio – con cui è proprietario di una impresa di costruzioni – non ha i conti in regola, rileva la sua quota prendendolo per la gola, salda l'ipoteca che Serralunga d'Alba ha messo sulla villa di Tor Vergata e ne diventa proprietario. Antonio, conseguita la laurea in economia, parte per l'estero e nessuno lo rivede più. Neanche Maddalena. Si dissolve nel nulla.

« E poi? » ho chiesto a Calligaris, dopo il caffè e l'Amaro del Capo che nel freezer di casa Calligaris non manca mai.

« Penso proprio che si siano riavvicinati. Altrimenti non saprei motivare una donazione così importante, a distanza di tanti anni. Bisogna capire lo scopo. Per amore, come dici tu? O magari c'è di mezzo qualche brutta storia di soldi? La prossima settimana, al ritorno da un viaggio d'affari, Antonio Serralunga d'Alba verrà a raccontarmelo. »

« Dottore, non voglio perdermela. »

« E io non te la faccio perdere. Tanta applicazione

va premiata. Ma ti raccomando il silenzio, devi essere una presenza quasi invisibile, direi evanescente. Intesi? Clementina, c'è un'altra porzione di tiramisù o se lo sono scofanato tutto le nostre belve?»

Me ne andavo con un cuore cui mancava qualcosa, senza sapere cosa fosse

La vita di Adele

Le pesanti coltri rosse si aprono. La sala è immersa nel silenzio, interrotto solo da un piccolo colpo di tosse di qualcuno in fondo alla platea.
 Le luci ritagliano nell'oscurità il direttore d'orchestra. Alza la bacchetta. I violinisti poggiano gli archetti sulle corde. La musica disvela un laboratorio, dove il dottor Coppélius sta mettendo a punto una bellissima bambola con fattezze umane. Le porge un libro e la fa accomodare a un balcone. Sembra vera, non c'è che dire. Swanilda, in tulle giallo e corpetto nero, a passeggio nella piazza su cui si affaccia il balcone della casa di Coppélius, scorge la creatura. Che sia la figlia del giocattolaio, Coppélia, che nessuno ha mai visto? Cerca di attirare la sua attenzione ma poi scorge il giovane Frantz, di cui è innamorata, e si nasconde per fargli una sorpresa. Ma la sorpresa la fa lui a lei: Frantz contempla estasiato la bambola e le manda un bacio.
 Swanilda è Veronica Bardari. La coreografia è di Emmanuel Marchelier. L'unico biglietto rimasto costava centoventicinque euro; e sono stata fortunata che non era la prima, altrimenti di euro ce ne sarebbero voluti centosessanta. Alla cassa ho avuto un mo-

mento di smarrimento, da quel che avevo letto su internet avevo pensato di potermela cavare con meno. Gli uomini sono tutti in smoking e le donne in lungo. Io indosso lo Schiaparelli, che è l'unica cosa veramente elegante che possiedo. La cerniera è stata rimessa a posto; il mio cuore un po' meno, ma altro che una sarta, ci vorrebbe. Infilarmelo è stato come infliggermi un piccolo supplizio, perché non può che ricordarmi il matrimonio di Beatrice. Ovviamente finisco sempre con l'infossarmi a ricordare quella parentesi della mia vita che neanche può definirsi una vera storia d'amore. E nel frattempo, Swanilda ha trovato la chiave della casa di Coppélius che lui stesso non si è accorto di aver perso, e insieme alle sue amiche sta per introdursi alla scoperta di chi sia davvero la misteriosa Coppélia. Il volto di Veronica si colora delle mutevoli espressioni di questa ragazzetta un po' troppo curiosa. I suoi passi sono leggeri, come se non le costassero alcuno sforzo. Il sipario si chiude, tutto è pronto per il secondo atto.

Swanilda entra furtiva in casa di Coppélius e le amiche reggono il gioco. Swanilda vorrebbe tirarsi indietro, le amiche però vogliono andare fino in fondo. Ma non ci sono che bambole! Anche Coppélia è una bambola, non c'è nulla da temere, non potrà rubarle il cuore di Frantz. Tanta gelosia per un manichino! Non può godersi la sorpresa, perché nel frattempo Coppélius è tornato e scaccia via le ragazze. Swanilda si rifugia sul balcone, al posto di Coppélia. Un momento, ma sulla scena c'è anche Frantz? Forse mentre pensavo ai fatti miei non mi sono accorta che è arrivato anche lui, o magari c'era da prima. Frantz dichiara il suo amore per Coppélia. Il giocattolaio gli offre del vino che in realtà è avvelenato. Cosa vuol fare? Una magia, per far passare la vita da Frantz alla sua bambola inanimata. Swanilda sta al gioco. Veronica, lo sguardo fisso, con piccoli passi meccanici, gli fa credere che ciò sia possibile. La scena diventa quasi buffa mentre quella furbetta di Swanilda ripete le mosse del giocattolaio. Coppélius è felice, la sua bambola è viva! Sembra un po' come Geppetto, ma più morboso. Swanilda lo ha incantato, ma anche beffato. Sveglia Frantz, gli racconta l'accaduto e insieme scappano dal laboratorio di Coppélius. Toh, Swanilda, e tu te lo riprendi dopo che lui era pronto a rimpiazzarti con un manichino? C'è ben da riflettere. È tutto un tripudio di amore e rinnovate promesse e a Coppélius non resta che consolarsi con il suo manichino inanimato.

Segue una Danza delle Ore in cui quattro file di ballerine in tutù gialli, rosa, glicine e neri dimostrano che la perfezione può essere di questo mondo. Poi il finale, tutto di Swanilda/Veronica, sulle cui braccia alzate e sul cui volto felice si chiude il sipario. Ma attraverso la lama aperta delle tende, per un istante, intravedo quelle braccia che si afflosciano, il volto che perde qualunque sembianza di vita. Frantz la sorregge per evitare che cada, e poi il sipario si chiude del tutto.

Non può esser parte dello spettacolo.

La gente acclama i danzatori, vogliono gli inchini, ma le tende restano chiuse. Qualche fischio – hai voglia a metterti lo smoking, ma se sei tamarro... – sottolinea che il pubblico reclama Veronica. Le tende si riaprono. Il corpo di ballo si presenta per accettare l'entusiasmo schiamazzante degli spettatori. Poi Coppélius, poi Frantz. A gran voce da un palco accanto al mio chiamano Veronica. Alla fine arriva anche lei, tirando il viso in un sorriso opaco, un inchino visibilmente esausto, ma si allontana subito, come una rapida visione. Qualcuno è scontento, aspettava il momento in cui l'artista dismette i panni di scena e comunica con il pubblico, volevano venerarla, divorare un po' di lei. L'entusiasmo si affievolisce. Il corpo di ballo concede svolazzi extra per distrarre dall'assenza di Veronica. In parte ci riesce.

E dunque, lo spettacolo è finito. Mi attende una fila al guardaroba per recuperare il cappottino di Zara che in confronto alle pellicce delle dame presenti sembra manto di topo.

O magari posso intrufolarmi dietro le quinte.

«Dove sta andando?» mi blocca un tecnico vestito di nero che ovviamente fa il suo mestiere.

«Sono un medico. Mi sono accorta che Veronica Bardari si è sentita male. Volevo offrire il mio aiuto.» In genere sugli aerei e nei centri commerciali, quando chiedono se è presente un dottore, mi rimpicciolisco e spero che qualche medico *vero* si offra prima di essere costretta da Ippocrate a manifestarmi. Stavolta è tutto l'opposto.

«Ah. Un momento. Non si muova da qui» specifica, indeciso che io sia davvero chi dico di essere o piuttosto una mitomane. Ma l'una non esclude l'altra...

Fa ritorno accompagnato da una tipa tutta vestita Repetto, il volto segnato dalla montatura di occhiali in celluloide nera e uno chignon mezzo sfatto di capelli color miele. Non si presenta e ha modi molto spicci. Le mostro il mio tesserino dell'ordine dei medici, che lei esamina con diffidenza.

«La ringrazio, ma non abbiamo bisogno di aiuto.»

Ha parlato con accento francese e con una certa scortesia.

Attorno a noi intanto, uno sfarfallio di ballerine finalmente libere dalle grinfie del pubblico. La tipa urla loro qualcosa in francese, prima di essere raggiunta da un uomo elegante, dalla folta chioma grigia e dall'espressione appuntita, anche lui interamente vestito di nero, che cammina con un passo talmente leggero da sembrare quasi pronto a spiccare il volo. Si parlano nella loro lingua madre, di cui io non capisco assolutamente niente. Ecco perché nonna Amalia mi chiamava *la mia ciucciariella*. Rimpiango di essermi così poco applicata in francese ai tempi della scuola, magari adesso mi tornerebbe utile. Capto solo il nome di Veronica e vedo che la donna mi sta indicando con una malagrazia un po' nervosa.

L'uomo leggiadro mi guarda. Ha occhi così chiari da mettere a disagio, il suo sguardo probabilmente risulterebbe gelido anche se rivolto con familiarità e simpatia. E comunque non è questo il caso.

«Venga con me» dice infine.

«*Mais... Emmanuel!*»

L'uomo in nero ignora le proteste e mi accompagna fino a un camerino. Apre la porta. Su un divanetto chiaro giace sdraiata Veronica. Ma è addormentata.

«*Oh. Elle dort*» mormora lui tra sé e sé. Poi prosegue, a voce bassa e in italiano: «Be', la ringrazio. Come ha visto, la nostra prima ballerina non è stata bene ma era solo stanca».

Sentendolo, Veronica cambia posizione, restando con gli occhi chiusi. «*Emmanuel, viens là, ma puce*» dice con voce languida, come stesse parlando in dormiveglia.

Lui sorride intenerito. «Sa trovare l'uscita?» mi chiede, e io sono un po' esterrefatta ma d'altra parte me la sono anche un po' cercata. Sono io che mi metto nelle situazioni più strane.

Non l'avrei detto, eppure un teatro è un vero labirinto. Devo fermare almeno tre persone per farmi indicare l'uscita.

Rinuncio al taxi e me ne torno a casa in metro, dalla fermata Repubblica fino alla Lepanto. Stretta nel mio cappottino sintetico sento freddo e durante tutto il tragitto a piedi fino all'ultimo gradino prima del mio pianerottolo maledico le ristrettezze economiche che mi costringono a un perenne angoscioso risparmio. Se potessero, le mie caviglie lacrimerebbero.

«Ehi, ciao. Sembri a pezzi.»

È il mio simpatico vicino Alessio a parlare, mentre

chiude il portoncino con una mano e nell'altra tiene il sacchetto dell'umido, molto probabilmente i resti dell'ennesimo party boho chic organizzato da Angela.

«E invece sono tutta intera» rispondo, credendo di essere spiritosa, ma lui non ride.

«Scusa. Non volevo essere indelicato.»

Un ragazzo che utilizza in maniera critica verso se stesso la parola «indelicato» per quanto mi riguarda ha guadagnato mille punti, che vanno ad assommarsi al gatto Jon Snow. In più è veramente carino in maniera incredibile. Con ogni probabilità ha qualche anno meno di me e se io a mia volta avessi la sua età avrei di certo perso la testa per lui, raccogliendo l'ennesima mazzata, né più né meno.

«Non ti preoccu...» ma non riesco a finire di rassicurarlo. È successo, ho preso una storta nel salire l'ultimo gradino su cui ero rimasta impalata.

«Merda» mormora lui, poggiando il sacchetto sul pavimento. «Vieni, ti accompagno fino a casa.»

Mi sorregge con premura e odora di deodorante appena spruzzato. Sono mezza stordita da questo contatto imprevisto, sono i sintomi dell'astinenza. Apro il portoncino, l'appartamento è deserto.

«Sdraiati, ti controllo la caviglia» dice lui, con fare sicuro di sé.

«Sei un medico?» gli chiedo, molto sorpresa.

«No. Tennista professionista. Gomiti e caviglie sono il mio forte, ne so quanto un ortopedico.»

Il mio unico timore a questo punto è l'olezzo del

piede dopo la camminata, anche perché in tutta onestà non mi fa già più male.

«È tutto a posto» dice, dopo avermi flesso un paio di volte la caviglia. Mi sono sentita in dovere di emettere un lamentino ogni tanto, ma l'unica cura di cui il mio piede ha bisogno è la pantofola sformata. Adesso mi aspetto che molli la presa, ma sta continuando a massaggiare la caviglia, con un tocco che via via diventa sempre un po' più sensuale e meno professionale.

Madonnina. Che sia questo vestito a farmi diventare all'improvviso una specie di *femme fatale*? Mi sento a disagio come poche volte nella mia vita.

«Angela?» chiedo, perplessa.

«È da sua madre.»

«Ah.»

Lui mi fissa in maniera interrogativa e un po' complice. È quel momento di mezzo in cui può succedere tutto o niente, basta solo che mandi un segnale in una direzione o nell'altra. Ed è qui che mi appare, nella sua solenne enormità, l'impossibilità di lasciarmi andare.

«Va già meglio. Sei stato molto gentile» gli dico, tenendo lo sguardo basso mentre ritraggo la gamba. Mi metto dritta a piedi scalzi, senza incertezza. Lui resta solo un momento in più seduto sul mio divano, bello, atletico, possibile. Ma è solo un istante, ha capito le mie intenzioni e chissà, forse neanche a lui andava più di tanto. Certa gente fa sesso come diversivo, senza che la voglia sia davvero scalpitante e indomabile come dovrebbe essere.

«Be', allora buonanotte» dice, neutrale.

«Grazie ancora» gli dico, ma non faccio a tempo a finire la frase, che ha già chiuso la porta.

È un vento che si placa in un momento ma lascia dentro tanto freddo

« Tennista professionista? Mai sentito » commenta sospettosa Silvia. « Al massimo darà qualche lezione all'Aniene. Ma poi com'è che acchiappi sempre questi tipi già impegnati, potenzialmente devastanti, assolutamente cinici e inequivocabilmente inaffidabili? »

« Sarò io ad avere qualche problema. A volte mi sento in un episodio di *Sex and the City*, ma mentre da vedere in tv è tanto divertente, viverlo è scoraggiante. »

« Alice, all'alba dei trent'anni hai finalmente colto la differenza fondamentale tra realtà e fantasia! Buon per te! »

Mi ha portata in un locale alla moda, perché a lei non sfugge mai una nuova apertura cool. *L'amie d'un italien* in filodiffusione, croissant al burro che non hanno conosciuto il congelatore, carte da parati glamour. Il cappuccino è un po' annacquato, ma l'importante è avere zuccheri a sufficienza nel sangue prima di incontrare Valentina Montechiaro. Mi ha convocato per ulteriori chiarimenti e io mi sento avvilita dalla sua ossessiva meticolosità.

Silvia controlla l'ora. « Sbrigati, sono in ritardo. »

«La verità è che non ho tutta questa voglia di andare dal pm.»

«Non ti puoi sottrarre.» Ha già preso la mia borsa dalla sedia, per mettermi ancora più fretta. Ingurgito il cappuccino e, bypassando il traffico grazie al suo motorino, venti minuti dopo sono già sulla solita sedia scomoda di fronte alla scrivania della Montechiaro. Quella che per me è indubbiamente la figlia segreta di Claudio mi fissa attraverso la solita immagine rubata a una qualche vacanza.

«Mi scusi, Alice, se l'ho fatta riconvocare.»

«Sono sempre a disposizione» preciso, con atteggiamento formale. Valentina Montechiaro oggi è più luminosa del solito, ma probabilmente è la mia gelosia a farmela sembrare più bella.

«Leggendo la sua consulenza mi è sorto un dubbio. Quella frattura della cartilagine cricoide che ha indicato come marker di morte mediante strozzamento o strangolamento... Non potrebbe essersi realizzata con un meccanismo differente, semplicemente traumatico, per via della caduta sulla fioriera?»

«Lo trovo altamente improbabile.»

«Mi chiedo, dottoressa, come sia possibile che all'epoca dell'esame esterno non sia stato trovato materiale sotto le unghie della Bley. Intendo, se qualcuno le mettesse le mani al collo, lei non proverebbe disperatamente a liberarsi? Graffiando, anche?»

«Ginevra però era ubriaca e i suoi riflessi probabilmente erano compromessi. O forse si era addormentata ed è stata colta di sorpresa. Oppure, la persona che l'ha aggredita era molto più forte di lei fisicamente e l'ha bloccata con il suo stesso corpo, chessò, con le ginocchia.»

«Dottoressa... lei crede che il medico legale che ha svolto il primo esame sia stato superficiale?» domanda, con tono così incolore da essere al di sopra di ogni sospetto. Non ci casco, bella mia.

«Il suo mandato era limitato all'esame esterno, non avrebbe potuto accorgersi di quella lesione» replico, scegliendo con cura le parole.

«Avrebbe dovuto chiedermi di estendere l'esame esterno a un esame autoptico?»

«Non aveva elementi di sospetto.»

La Montechiaro sospira, in un frammento di minuto che sembra durare a lungo. «Quindi, la colpa è di chi ha chiesto solo l'esame esterno. In altri termini, è mia la responsabilità.»

In effetti, cosa le cambiava? Perché non dare mandato per l'esame autoptico, che avrebbe svelato l'omicidio più di dieci anni fa? Mera superficialità?

Il suo cellulare squilla.

«Ah, sei tu. Ciao. A che ora? Okay. Portala al Parco degli Scipioni, poi vengo a prenderla io, quando finisco, per le cinque. Non più tardi, la giornata è bella ma poi l'aria si raffredda. A dopo.»

Chiude la conversazione con espressione accigliata.

«Bene, dottoressa. La ringrazio per questi ulteriori chiarimenti.»

Ci salutiamo cordialmente.

Non può neanche immaginare cosa ho in mente di fare.

«Avevo dimenticato cosa significa trascorrere tutto il giorno con te. È peggio di dover fare da babysitter a un bambino con il disturbo ipercinetico» rimarca Silvia.

«Be', almeno una tra noi due è cresciuta.» È la nostra gag, lei deve sempre fare quella responsabile mentre io sono quella pazzerella e un po' immatura. Ma stavolta, come darle torto? Anziché essere impegnate in una qualunque attività consona a due trentenni, ci troviamo al Parco degli Scipioni. «Dopo tanti anni a Roma io non c'ero mai stata. È bello, però» aggiungo, come a volerla convincere che dopotutto non è stata una brutta idea.

«Per favore.»

«È rigenerante. Il verde, le strade, i cipressi...» insisto.

«I vandali...» chiosa lei, indicando un muretto con la scritta NOI FAMO COME CE PARE.

«Ho capito. Senti, mi basta una piccola passeggiata, per ritemprarmi. Mi sento giù e quando sto così gli alberi mi aiutano a riflettere.»

«Sì, come no. Gli alberi. Quello lì in fondo non è Claudio?» chiede d'un tratto lei, strizzando gli occhi. Sussulto, ruotando di trecentosessanta gradi.

« Maria Vergine! Dove? »

Silvia conta rapidamente. « Dopo il quinto cipresso, sul viale principale. »

« Sei sicura che sia lui? »

« Alice, quella che conosce bene ogni suo più intimo aspetto dovresti essere tu... »

« Non da questa distanza, mi mancano sei gradi per occhio. »

Però, c'è poco da dire. Da lontano sembra lui.

« Ora, non dirmi che è un caso che lui sia qui, perché veramente mi sentirei presa in giro. »

« Infatti, anche secondo me non è un caso! » rispondo, e sto per mettermi a piangere.

« O trovi il coraggio di dirmi tutta la verità o me ne vado. »

« Ti prego, prima vai tu in avanscoperta e dimmi se è davvero lui o no. »

« Vai a parlarci tu. »

« No. Ho giurato a me stessa che, se vuole, mi cerca lui. »

« Così diceva mia zia, quella che ha diciotto gatti e che volevo segnalare ad *Accumulatori Seriali*. »

« Dai, Silvia, non ti chiedo altro. »

« Alice, no, non ti assecondo in queste tue follie. Torniamocene a casa. »

« Ma devo sapere se è lui! »

« Certo che è lui. È dannatamente ovvio. »

« Avviciniamoci. Per vedere con chi è. »

« È con una bambina. Vuoi sapere altro? O per riguardo della tua dignità vuoi darmi retta, finalmente?»

Dopo tutto questo tempo, quali sono le cose che so sul conto di Claudio Conforti? Potrei davvero giurare che non ci sia tutta una vita nell'ombra, di cui sono totalmente ignara?

È nato il 10 agosto. Ma non abbiamo mai trascorso un compleanno insieme. Figurarsi.

Vive da solo. Quello è certamente un appartamento da scapolo.

È nato e cresciuto alla Garbatella. Genitori? Non so nemmeno quale fosse la loro occupazione. So che la madre ricama, ma l'ho appreso solo perché mi ha regalato quel camice. Altri regali che ho ricevuto negli anni? Un libro di poesie di Prévert e un caleidoscopio, perché dice che amo guardare realtà inesistenti.

Tennista convinto, sulla scrivania non manca mai una pallina che usa come antistress. Ho la vaga reminiscenza di avergliela tirata addosso, una volta.

Un po' dissipato nelle spese e in generale nella vita, ma mai sul lavoro, ove si impone una disciplina ferrea e implacabile.

Potrei elencare tutto quello che so, ma ho la sensazione che ciò che *non so* sia nettamente preponderante. Stringo il cellulare tra le mani, compongo messaggi che poi cancello, il cui tema è sempre il Parco degli

Scipioni. Ogni tanto lo trovo online e mi dico, scrivigli, ora, subito, *ciao, che c'è tra te e la Montechiaro?*

Dopotutto, me ne andrò, con il suo beneplacito. Ma non potrò farlo senza sapere. E quindi devo solo aspettare. Si presenterà l'occasione di chiedere. E lo giuro su quanto ho di più caro: se non si presenterà, la creerò io.

« E va... È la mia età che se ne vaaaaaaaa. »

Non ho parole. È Marco che canta a squarciagola Al Bano. Ma è impazzito?

Esco dalla mia stanza e lo trovo in cucina che spreme un lime per farsi un mojito. E da come canta ho il sospetto che non sia nemmeno il primo.

« Che tristezza, Marco. »

« È la canzone preferita della nonna » si difende lui.

« E lasciala cantare a lei! »

« Oggi sono stato tutto il giorno con la mia ex suocera. Mi serve un po' di rum. »

« Dov'è Alessandra? »

« L'ennesimo congresso. Ma perché tu non ci vai mai mentre lei è sempre via, porco cazzo? »

Le risposte al suo quesito sono molteplici. Uno, se ti sponsorizzano è anche piacevole, diversamente costa caro e al momento non posso permettermelo. Due, i congressi mi porterebbero a stretto contatto con CC e questo posso permettermelo ancor meno. Tre, probabilmente Alessandra ci va in compagnia del suo compagno pediatra rampante e questa è la spiegazione che devo proibirmi di dargli.

« Fai un mojito anche a me? » gli chiedo.

Beviamo sul divano, a luci soffuse, ascoltando i Doors.

Nel nostro silenzio si fanno strada in maniera imbarazzante ansimi e gemiti provenienti dall'appartamento di Alessio e Angela.

«Encomiabili, i nostri vicini» commenta mio fratello ingollando quel che resta del suo drink.

«Dubito che siano loro due. Lei è via, non so perché. Lui è veramente un maiale.»

«Che ne sai? Magari lei è già tornata.»

«Vado a prendere le cuffie, non li sopporto.»

«Vicini a parte, potremmo anche cercarci un'altra casa. Questa non è il massimo.»

«Ma sempre io e te insieme?»

«Se non troviamo una compagnia migliore...»

«In un attico, magari» rispondo sognante.

«*Fly down*» chiosa subito lui, che ai sogni ha rinunciato già da un po'.

«Forse non vale la pena traslocare. È possibile che io stia via... per qualche tempo.»

Mio fratello è sorpreso. Non gliene avevo ancora parlato. «Ma dove vai?»

«Non lo so ancora.»

«E perché?»

«Vorrei trascorrere un periodo in un'altra città, presso un altro Istituto. Mi farebbe bene.»

«Anche io vorrei trasferirmi a Copenaghen.»

«Fallo.»

«Dimentichi Camilla.»

«Be', anche per periodi limitati nel tempo.»

«Alice, tu non potresti capire... non ancora. Magari in futuro sì. Scoprirai che non si può stare lontano da un bambino.»

Se quello spermatozoo di Arthur fosse finito nel mio grembo anziché in quello di Saadia, forse avrei potuto capirti, mio caro fratello. Ma così ha voluto la vita. Il nostro non era vero amore e un bambino non avrebbe cambiato le cose. Arthur e Saadia si amano davvero, credo, quindi è più giusto così. Anche se ci vuole una certa quota di filosofia zen per accettare le cose così come sono andate. E soprattutto per accettare che non amavo il mio bellissimo biondo fidanzato giramondo e idealista, ma che in realtà amo un essere perfido, che detiene il diritto di manifestarsi quando gli pare, che non nasconde di voler dare alle donne una cosa soltanto, forse bugiardo e certamente egoista, con cui è impensabile anche solo andare all'Ikea. Fare un figlio, poi, fantascienza.

Fatto sta che però è sempre al centro dei miei pensieri. Ogni strada, nel mio cuore, conduce al santuario ove lui è venerato alla stregua di una divinità pagana. Ed è per questo che me ne devo andare. Con un pizzico di fortuna, forse, lo dimenticherò.

Come inganni (meglio per te non essere più viva!) la discesa terribile degli anni?

Guido Gozzano

Quel che non dimentico è che oggi ho appuntamento con Calligaris.

Antonio Serralunga d'Alba è finalmente tornato dal suo viaggio d'affari e sembra pronto a rispondere a tutte le domande del ViQuEi. Bello è bello, con quegli zigomi e la stessa espressione impenitente che aveva nella foto in cui indossava lo smoking, ma con almeno vent'anni in più e tutta la fascinosa pienezza di chi arriva alla maturità attraverso una vita fatta di azzardi.

È cordiale e disponibile, forse per dare una buona impressione di sé o forse perché semplicemente è la sua reale natura. Ogni tanto mi fissa, senza alcuna voluttà ma con mera curiosità, ed è talmente affascinante che mio malgrado arrossisco. Calligaris mi ha presentato come una sua allieva, marchio che a quanto pare sono destinata a non perdere e che, data la realtà dei fatti, è anche un po' mendace, ma senza andare per il sottile è altresì vero che io sono una sua allieva nell'arte di scandagliare l'animo umano. Considerato che mi occupo di morti, si potrebbe pensare che si tratta di un apprendimento del tutto inutile, eppure resto certa della sua fondamentale importanza.

«Riepilogando, lei ha ripreso i suoi rapporti con Maddalena Vichi solo da un anno.»

Antonio sembra ricordare ben volentieri. «È corretto. Ma siamo cresciuti insieme. Da bambini eravamo inseparabili. Maddalena è stata la mia compagna di giochi e tutto quello che durante l'infanzia è memorabile io l'ho vissuto con lei.»

«Solo amici di infanzia?» chiede Calligaris, bluffando perché certamente sospetta che con gli ormoni della pubertà la cosa fosse sconfinata nei territori della sensualità.

«No. Non solo quello. Poi è diventato altro. È strano, perché ci si può chiedere se l'amore fraterno possa trasformarsi in... passione. Sì, passione. Perché non era solo curiosità» precisa, con una certa goffa e inaspettata timidezza. «Io me lo ricordo, era veramente una pulsione... reciproca... incontenibile.»

«E la cosa era ben vista dalle vostre famiglie?»

«I nostri padri erano soci d'affari. Avevano costruito un'azienda molto solida. Possiamo dire che mio padre ci mise i soldi ed Ermanno Vichi l'intelligenza. Perché, inutile nascondercelo, le cose stavano esattamente così. Mio padre era erede di una fortuna. Noi siamo nobili» aggiunge, ma senza alcun orgoglio o leziosità. Come se volesse semplicemente attenersi ai fatti. «Ma lui non sapeva come far fruttare quei soldi. Ermanno Vichi invece sì. Era un suo amico dai tempi della scuola, un ragazzo molto brillante.»

Antonio si interrompe. Ho come la sensazione che

da questo punto in poi abbia difficoltà a trovare le parole giuste.

«Capisco. Il braccio e la mente» chiosa Calligaris, incoraggiante.

«Non fa onore alla memoria di mio padre, ma, ripeto, è andata così.»

«Prosegua, la prego.»

Riluttante, il volto un po' indurito, Antonio obbedisce. «Grazie al nostro capitale hanno fondato un'impresa di costruzioni. Ermanno era – o forse dovrei dire è – un ingegnere. Mio padre si era laureato in storia dell'arte, questo dovrebbe dirla tutta sulla sua personalità. Una laurea per signorine, non certo per un uomo che vuole diventare uno squalo nel mondo dell'edilizia. Lo squalo era Ermanno.»

C'è un riflesso di rabbia, in questo suo racconto così ben formulato. Calligaris lo coglie. «Uno squalo che ha cannibalizzato il pesce piccolo?»

«Se pesce piccolo è una metafora per intendere mio padre, la risposta è sì.»

«Cosa accadde?»

«Dopo vent'anni di lavoro insieme, quell'equilibrio tra il braccio e la mente si è rotto.»

«Perché?»

«Ermanno diventava sempre più spregiudicato, era intenzionato a espandere l'impresa, aveva stabilito dei legami non esattamente puliti con certe persone che in realtà volevano riciclare denaro sporco. Mio padre era più cauto. Ermanno allora iniziò a ventilare l'ipotesi che mio padre lasciasse l'impresa, con una buonuscita. Ma mio padre non intendeva mollare, e a ripensarci oggi mi stupisco ancora. Era una persona talmente mite e ragionevole... Perché non ha capito che era meglio chiamarsi fuori?»

Calligaris è colpito, e anche io lo sono. Sta davvero chiedendolo a noi, quasi potessimo aiutarlo a capire.

«Negli anni mi sono detto che resisteva perché aveva fondato l'impresa e voleva preservarla per me. Era la mia eredità.»

Il suo bel volto si adombra, quando Calligaris chiede: «Cosa ne è stato, allora, della sua eredità?»

«Per togliere di mezzo il socio scomodo, Ermanno ha rovinato mio padre. Mai vista una persona più ingrata.»

«Come ha fatto?»

«Ha detto a mio padre che avrebbero sciolto la società. Mio padre ovviamente era d'accordo. Tuttavia, poco prima di chiudere definitivamente, Ermanno ha trattato l'acquisto di alcuni lotti di terreno, indebitandosi con le banche. Mio padre si è fidato di lui, era comunque il suo socio storico, il suo amico più leale. Era convinto che da quei lotti sarebbe ripartito, magari trovando un nuovo socio con cui avesse in comune lo stesso modo di vedere gli affari. Ma quei lotti non valevano niente. Era stato un pessimo affare. L'ultimo regalo di Ermanno. Mio padre, rimasto da solo, ha dovuto mettere un'ipoteca sulla nostra villa di famiglia per sanare in parte la situazione. Ma, a sorpresa, Ermanno Vichi mette in piedi una nuova società con altri soci dal portafoglio bello gonfio. E che fa come prima cosa? Compra la nostra villa. Due mesi dopo mio padre si è sparato alla tempia» conclude Antonio, mimando il gesto con due dita della mano destra.

Calligaris e io siamo senza fiato. Ecco svelato il buon affare di Ermanno. Un silenzio gelido invade la stanza come un brutto sortilegio.

«Altre domande?» chiede quindi Antonio, diventato imperscrutabile.

«All'epoca della morte di suo padre, quali erano i rapporti con Maddalena?» riprende allora Calligaris, dopo un colpo di tosse che è il suo classico segnale psicosomatico di disagio incombente.

«Io e Maddalena eravamo innamorati. Vivevamo alla giornata, con molta serenità. Non ci mancava niente, il cuore pieno di sogni, i soldi che non erano mai un problema. Maddalena voleva ballare e io studiare. Volevamo restare insieme. Le famiglie ci appoggiavano. Meglio di così? Quando sono iniziati gli screzi tra i nostri padri noi non ne abbiamo risentito. Eravamo convinti che tutto si sarebbe risolto. Non avremmo mai potuto immaginare che due persone... due amici come loro... avrebbero chiuso così malamente.»

«Ma poi? Quando alla fine è successo, cosa ne è stato di voi due?»

«L'ho lasciata» ribatte con lucida spietatezza, aspettandosi quasi che noi, per conto nostro, lo capissimo, perché del resto, cos'altro gli restava da fare?

«L'ho lasciata» ripete, «e sono andato a vivere all'estero. Non sono più tornato a Roma.»

«Fino allo scorso anno» lo corregge Calligaris. «Perché è tornato? E perché ha rivisto Maddalena?»

«Mi ha cercato lei. Dopo anni di silenzio in cui ho sempre pensato che fosse stato meglio così.»

«L'ha cercata così, all'improvviso?»

«Sì.»

«E?»

«Mi ha detto che sentiva il bisogno di rivedermi e di parlarmi. Che aveva capito tante cose.»

«E lei, Antonio, come ha reagito?»

Si addolcisce appena quando risponde: «Come se l'avessi sentita l'ultima volta il giorno prima. Ho preso il primo aereo e sono andato a casa sua. È come se avessi vissuto gli ultimi venticinque anni aspettando di rivederla».

Che uomo romantico. Che profondità del sentire. Ma magari poi è lui che ha ucciso Maddalena.

«Lei è sposato?»

«Divorziato.»

«Figli?»

«No.»

«È libero da impegni, quindi» soggiunge Calligaris.

«Non sono libero. Ho una compagna» replica Antonio con pungente precisione.

«L'aveva anche quando ha rivisto Maddalena?»

«Sì.»

«È successo qualcosa tra voi, quando vi siete rivisti?»

«Be', dottore, non eravamo più due adolescenti che non pensavano ad altro. Diciamo così. E poi c'era così tanto in sospeso tra di noi... Il sesso era proprio l'ultimo tra i miei pensieri.»

«E allora, cosa è successo per l'esattezza tra voi?» va a stringere Calligaris.

«Maddalena voleva essere perdonata per quello che aveva fatto suo padre. E per non averlo ostacolato, e poi, dopo, per non avermi seguito a Londra quando me ne sono andato. Perché il balletto era la sua ossessione. Ma tanto quel sacrificio non è servito a niente, perché comunque non ha sfondato.» Racconta i pensieri e i sentimenti di Maddalena con lo stesso tono con cui riporterebbe dati di mercato a un consiglio di amministrazione. Non c'è rimpianto.

«Le ha detto il perché?»

«Certo. Ci siamo detti tutto. Non ha mai notato che con gli amici di infanzia, anche trascorsi molti anni, i rapporti si riallacciano con facilità e che parlare delle proprie cose è molto più semplice che con le persone che in teoria si frequentano abitualmente?»

«E quindi, cosa le ha detto?» incalza Calligaris, molto più spicciolo.

«Mi ha raccontato cosa ne è stato della sua vita, mi ha parlato dell'uomo che ha sposato e di ciò che ha comportato la sua maternità. Si sa che il momento d'oro è uno e uno soltanto, o lo vivi o non ritorna più. E lei l'aveva perso.»

«Maddalena le ha donato la sua casa. Era il suo modo di farsi perdonare?» chiede Calligaris, forse stanco delle riflessioni filosofiche di Antonio e ansioso di andare al sodo.

«Non me l'ha donata. Me l'ha *restituita*. Francamente è diverso» precisa, con una certa durezza.

«È stata una sua iniziativa?»

«Di certo non mia! Non le avrei mai detto 'ridammi indietro la casa'.»

«Non si è sentito a disagio, ad accettarla?»

«E perché mai? Quella casa è stata costruita nel Settecento dai Serralunga d'Alba, è sempre stata nostra. È mia.»

«Se ne è così orgoglioso, perché venderla?» butta lì a tradimento Calligaris.

Ma lui è imperturbabile. «Lei crede che io potrei mai rimetterci piede? Abitarci, dopo tutto quello che è successo? Dopo che Maddalena è morta proprio lì?»

«Quindi, anche prima lei non era intenzionato a tornarci a vivere.»

«No. Del resto ho lasciato a Maddalena l'usufrutto. Ero consapevole che non sarei mai più tornato lì. La mia vita è a Zurigo. Ma lei era così ansiosa di mettere a posto le cose... La faceva stare bene pensare di avermi restituito quello che suo padre mi aveva tolto. Mi creda, ho dovuto insistere per convincerla a mantenere l'usufrutto. Lei era pronta a lasciarmi tutto e subito.»

«Possiamo dire, Antonio, che chi ha ucciso Maddalena le ha fatto indirettamente un bel servizio.»

Serralunga d'Alba si irrigidisce. Anzi no, è proprio indignato. «Vuole insinuare che avrò un ritorno economico dalla sua morte? Ma che senso avrebbe avuto uccidere Maddalena? Le ho appena detto che la casa me l'avrebbe lasciata in qualunque momento. Perché commettere un omicidio, quando mi bastava chiedere?»

Calligaris lo scruta con diffidenza, a lungo, prima di rivolgergli una domanda che a mio parere ha una risposta molto scontata, ma credo che faccia parte della sua celebrata tattica per comprendere la capacità di contegno della persona che si trova di fronte.

«Ma se di quella casa non le importa, non vuole tornarci, e di fatto lei non ha eredi, allora perché non rinunciare alla proprietà e lasciarla a Chloë, la figlia di Maddalena?»

«Dottor Calligaris, lei vuol portarmi a dire che ero interessato al valore economico di quella villa e io non intendo deluderla. Io sono profondamente addolorato per la fine di Maddalena. È stato il grande amore della mia vita, il mio grande rimpianto, un desiderio che mi ha tormentato per anni. Vorrei conoscere la verità su chi le ha fatto del male, e il perché, tanto quanto lei. Non per questo, però, io credo di dover rinunciare a un bene che è mio.»

Amore e pragmatismo, un binomio che per molti è un ossimoro, ma non per Antonio Serralunga d'Alba.

«Dalle nostre indagini risulta che il giorno della morte di Maddalena lei era a Roma.»

«Per lavoro.»

«Strano che in venticinque anni non fosse mai tornato e che invece dal chiarimento tra lei e Maddalena la capitale le fosse ridiventata familiare.»

«Diciamo che Maddalena mi aveva fatto venire la voglia di tornare.»

«Era tra gli invitati alla festa che Maddalena ha dato la sera prima di morire, lì nella villa?»

«Sì.»

«Ha partecipato?»

«Certo.»

«Ricorda come era vestita?»

«Maddalena?» chiede lui, sospettoso. Il ViQuEi annuisce. «Era molto elegante, più o meno come sempre.»

«Cosa intende per *come sempre*? La vedeva così spesso?»

«Be'... *spesso* diventa un termine relativo, se si abita in una città diversa.»

Calligaris tira fuori la preziosa foto dei giovani Antonio e Maddalena che io gli ho fatto avere.

«L'abito era questo?» chiede.

«Potrebbe. Sono un uomo, buon Dio, noi non facciamo caso a certe cose» aggiunge, nervosamente scherzoso, cercando la sua complicità, che non arriva.

«Dove ha trascorso poi la notte?»

«In quella casa» ammette, di getto. Al che sono un po' sorpresa.

«Con Maddalena?» affonda Calligaris.

«Sì.»

«Quando è andato via?»

«La mattina presto.»

«Perché?»

«Come le ho già detto, avevo un impegno di lavoro.»

«Avete fatto colazione insieme?»

«No, l'ho lasciata dormire.»

«Quando ha saputo della morte di Maddalena?»

«Non è che ci sentissimo di continuo. Quel mattino sono andato a Milano e l'indomani sono partito per Abu Dhabi. Nei giorni successivi tuttavia mi è sembrato strano che lei non si facesse viva – era lei a chiamare, prevalentemente. Mi è sembrato strano e così ho provato a chiamarla. Il suo telefono era sempre staccato. Ho chiamato la scuola di danza. Mi è stato spiegato l'accaduto. Ho fatto in modo di essere presente per i funerali. E questo è tutto. Per quel che riguarda i fatti, ovviamente.»

Mi piace il modo in cui quest'uomo si esprime. C'è qualcosa di molto curato nel suo lessico, che rimanda a un'intelligenza emotiva profonda.

Guardo l'ora. Ho un impegno importante, oggi. C'è una ragione per cui ho tirato fuori le perle di nonna Amalia e per cui sono tormentata dalla colite delle grandi occasioni.

Per fortuna, neanche lo sapesse, Calligaris congeda Antonio Serralunga d'Alba ricordandogli di tenersi a disposizione. Adesso tutto torna. Maddalena ha voluto indossare quell'abito, lo stesso che portava quando erano felici e che si è animato di vita perché probabilmente lui una volta glielo ha tolto di dosso. Lo ha cercato per anni, uguale. Per poterlo guardare ancora una volta e per provare ancora le emozioni di quella giovinezza che se n'era andata via. Avrebbe dovuto mandare al diavolo il balletto, suo padre e tutto il resto. Ora chi glieli dà più i fiori del suo giardino, le notti senza stanchezza, i suoi vent'anni?

Magari, alla fine, Marta Bley ha ragione. Maddalena odiava la giovinezza degli altri perché aveva sprecato la propria e non bastava riavere un vestito e donare una casa, per viverla ancora.

«Dottore, ma secondo lei Franz Lazzari era al corrente di tutto questo?»

«È da verificare. La gelosia è un movente che non si deve mai trascurare.»

«E Ada? Ha detto qualcosa di particolare su quella sera?»

«Rammenterai che Ada è andata via prima degli altri invitati. Ma ricorda bene la presenza di entrambi.»

«Mi chiedo, dottore, se proprio quella sera Franz non si sia accorto di una particolare intesa tra Maddalena e Antonio. Forse neanche sapeva della donazione della casa. Alla festa, Franz nota qualcosa che lo fa sospettare. Magari si accorge anche, alla fine, che Antonio ha passato la notte lì da lei. Chi ci dice che non sia rimasto fuori ad aspettare, in auto, arrovellandosi su quanto la vita sia stata amara a relegarlo al ruolo del cornuto?»

«E quindi, secondo questa tua versione, quando vede Antonio andare via, Franz si presenta a casa di Maddalena.»

«Perché no? Qual è l'alibi di Franz per quella mattina?»

«Ha lavorato alle sue cornici nella sua bottega. Ci sono dei testimoni che lo hanno confermato.»

Cambio argomento un po' delusa. «Bisognerà controllare se la ricostruzione della mattina di Antonio conferma la sua versione.»

Calligaris starnutisce fragorosamente. «Ma tu davvero mi hai preso per un pivellino. Ho già controllato. Antonio ha preso il Frecciarossa delle otto. Quindi, partendo da Tor Vergata, è pienamente sostenibile che lui abbia lasciato la villa intorno alle sei, al massimo sei e mezzo. E considerato che l'ora della morte che tu stessa hai confermato è intorno alle nove, in teoria – e pure in pratica – Antonio non può essere il colpevole.»

«Ma allora perché gli ha fatto tutte quelle domande?»

«Alice, ma ti pare che io sto qui a incartare torroni? Domandare e dedurre. Questo è il mio mestiere.»

Guardo ancora l'orologio. Stavolta è ora. Ho una vampata tanto forte che la menopausa mi fa un baffo.

E ti vengo a cercare con la scusa di doverti parlare, perché mi piace ciò che pensi e che dici, perché in te vedo le mie radici

Mi ha avvisata Cordelia qualche giorno fa.
Però ha anche aggiunto: «Ci sarà Saadia, con lui».
Ma io non temo nulla. Andrò incontro a entrambi sostenuta dallo Spirito dei Natali Passati, e non scapperò via.
Arthur Malcomess presenta a Roma il suo libro che è stato tradotto in italiano. La casa editrice avrà pensato che sarebbe stato un peccato non sfruttare un intellettuale così telegenico, che in più ha vissuto in Italia e conosce perfettamente la lingua, così ha organizzato un tour che toccherà le librerie delle più importanti città del Belpaese. Cordelia voleva prendere un posto anche per me, ma sarebbe stato paradossale ritrovarmi seduta in prima fila, assieme a una famiglia che non è più la mia. Al fianco di Kate, la tremenderrima madre di Arthur, adesso c'è Saadia con il suo pancino teso sotto una maglia azzurra, i capelli raccolti in una treccia, le sopracciglia folte che non conoscono pinzetta e proprio per questo sono magnifiche, quegli occhi grandi, sontuosi, che squarciano il velo, di un castano profondo che certe arabe fortunate ereditano dalle madri e dalle nonne. È bella come una principessa persiana, ma la cosa che più ali-

menta la mia invidia è quell'espressione di indiscutibile intelligenza che ha spinto Arthur in tempi non sospetti a descrivermela come *absolutely brilliant.*

Ma – mi chiedo oggi – sono davvero esistiti i tempi non sospetti?

C'è anche il Supremo, come sempre elegante nell'essenza. Amici di Arthur che non vedevo più da tempo, sbucati direttamente dalle pagine del libro del mio passato, persone che non avrei mai incrociato senza di lui.

Sono in ritardo, Calligaris non mi mollava più e dopo ho dovuto rinunciare a due treni, troppo pieni di gente. Sono arrivata alla Libreria Internazionale di via Orlando e mi sono intrufolata nella saletta riservata per la presentazione. È strapiena. Mi appiattisco addosso a una parete dedicata al settore Sport e Tempo libero, camminando sulle punte per evitare che i tacchi ticchettino sul laminato e che, per l'amor di Dio, distolgano Arthur mentre è intento a rispondere a una di quelle domande per me del tutto incomprensibili.

«Non si parla abbastanza dell'area di instabilità estesa dal Niger alla Somalia, dove il terrorismo prospera e fa affari. Come mai i terroristi non vengono colpiti anche lì, attraverso azioni militari e di intelligence?»

Arthur ha giusto ricevuto il microfono dalla sua intervistatrice. La bella bocca si è appena aperta per rispondere quando con la borsetta urto un libro sulle tecniche di ormeggio e le manovre di porto nella navigazione a vela, pesante da solo come un paio di volumi della Treccani, che cade con fragore sul pavimento lasciando l'impronta dello spigolo ma soprattutto, *ovvove*, attira lo sguardo di Arthur. Ma lui non s'indispettisce. Non è il tipo. A suscitare i suoi sentimenti negativi, da sempre, sono soltanto le questioni internazionali. Anzi, adesso che si è accorto che sono stata io a far rumore – ovviamente! – sorride con tenerezza per un fuggevolissimo istante, prima di formulare la sua risposta esordendo con un seducente: «Sono felice che tu me l'abbia chiesto».

Il rumore non ha attratto soltanto lui. Kate mi rivolge un'occhiata gelida – sono sempre stata la nuora indesiderata –, il Supremo, al contrario, gentile, Saadia indecisa tra l'arroganza del chiedersi *che ci fa lei qua* e il senso di colpa del ricordare che a onor del vero lei mi ha rubato il fidanzato. Alla fine opta per un sorriso di circostanza, tanto diplomatico quanto falso, ma adesso mi sento in colpa io a emanare energie negative verso una donna che porta dentro di sé un bambino che in questo momento ha le dimensioni di una mela. Così rispondo con un altro sorriso, cercando di esprimerle *non aver timore, hai vinto. Sono qui perché non so perdere il vizio di farmi un po' di male, fa parte del mio modo di sentirmi viva.*

La presentazione è un po' pesante. Non è colpa di Arthur, sono gli argomenti che, dopo i primi dieci minuti in cui mi sento affascinata, mi saziano. È sempre stato così. Lui un po' infervorato, io un po' ignorante, disposta ad ascoltare con il cronometro, perché poi tornavo a pensare alle mie cose.

Si crea una coda per chiedergli di firmare le copie e io credo che sia quello il mio posto, mischiata agli sconosciuti, e non nell'angolo laggiù dove gli amici e i familiari lo stanno aspettando per congratularsi e probabilmente, subito dopo, andare a farsi una pizza.

Ogni persona che scorre dinanzi a me, che lo intrattiene quella manciata di minuti per complimentarsi per la sua chiarezza, amplifica il tamburo battente nel mio petto. Fino a che giunge il mio turno e mi trovo di fronte a lui senza il suo libro in mano, ché del resto ce l'ho già dedicato. Lui si alza con la prontezza di un tappo di spumante. È un tipo affettivo, gli piace abbracciare, sono sicura che d'istinto lo farebbe ma non vuole ferire Saadia, che fa finta di non guardarci a qualche metro di distanza. Mi chiede della nonna, manda saluti per tutta la gente che conosceva grazie a me e che non fa più parte della sua vita.

«Non voglio rubare tempo agli altri in fila.»

«Infatti è assurdo che tu abbia fatto la fila» ribatte. È bello e mascolino in quella maniera tutta sua. Riesco a guardarlo con lucidità, con lo stesso stato d'animo di quando sei al mare e osservi i colori dell'acqua che risplendono di verde e di blu, sapendo che non puoi vederlo quando vuoi, che non ti appartiene e che quindi quel momento è prezioso. «Grazie di essere venuta.»

«Grazie a te per il libro. Buona fortuna, Arthur.»

Non gli dico altro, non menziono il bambino, non

voglio richiamare dal sottosuolo dei sentimenti altro che non sia un affetto remoto, intenerito, nulla di attuale, nulla di pericoloso.

Ma quando sono già fuori, dopo aver salutato molto – troppo – in fretta la sua cricca, mi rendo conto di avere un tremendo groppo in gola, che non riesce a salire fino agli occhi per un pianto accorato né a scendere verso il cuore, dove sedimentare tristemente.

Di ritorno a casa, incrocio Alessio, che non vedo dalla sera del lascivo massaggio alla caviglia.

«Ah, ciao» esordisce lui, trascinando una valigia XXL con quattro ruote. E subito dopo un'altra, e poi due scatoloni.

«Traslocate?» chiedo, con la chiave già nella toppa ma troppo curiosa per aprire la porta.

«Trasloco io soltanto.»

«Definitivamente?» incalzo, con voce un po' troppo acuta. Se si aggiunge la mia faccia stravolta dall'incontro mortale con l'ex, si potrebbe avere l'errata sensazione che io sia scossa all'idea di dovermi privare del porno in Audiorama di cui lui è stato protagonista a sere alterne.

Alessio inarca un sopracciglio, disorientato dal mio exploit più che da un'ondata di caldo in febbraio. Poi però, attraversato da un moto di orgoglio improvviso, molla uno dei pacchi sullo zerbino e a braccia conserte, con il tono di Rocco che pubblicizza le patatine, mi dice coraggiosamente: «Che fai, donnina di marzapane, rimpiangi la sera in cui ti sei tirata indietro?»

A quel punto vorrei girare la chiave e scappare nel mio appartamento. «Che vuoi farci. La vita è fatta così, di occasioni perdute. Allora, buon trasloco!» esclamo, un po' su di giri, chiudendo la porta di corsa come se fossi inseguita da Jack lo Squartatore. Mi accorgo dallo spioncino che è rimasto lì, spiazzato, con tutti i suoi muscoli guizzanti.

Mollo la borsetta sul divano, accendo la tv e faccio partire un consolatorio episodio di *Sex and the City*, quello in cui Carrie organizza una festa di compleanno e per un motivo o per un altro nessuno degli invitati si presenta. Non chiedo di meglio.

Può capitare che tu abbia paura del buio, ma il buio non avrà mai paura di te. Ecco perché è sempre al tuo fianco

Lemony Snicket

Per le strade c'è l'odore di quando cadono quattro gocce di pioggia tanto per impuzzolentire l'aria e increspare i capelli. Ma se non altro la settimana inizia con una notizia folgorante: sul secondo biglietto, quello che Chloë ha trovato nella borsa di Maddalena, la Scientifica ha rintracciato un minimo residuo di materiale organico, una minuscola traccia di sangue sul margine della carta, da cui ha isolato un profilo femminile. Il biglietto era in una busta sigillata, quindi è molto probabile che quella traccia appartenga a chi lo ha scritto. L'informazione arriva da Calligaris, che mi chiama nella mia stanza in Istituto mentre sto mangiando un Ringo dopo l'altro.

«Questo profilo ha già un'identità?» gli chiedo.

«Non ancora. Ma ho tre indiziate e chiederò formalmente alla Montechiaro l'esame del DNA. Tieniti pronta, ormai sei la sua consulente di fiducia.»

«Forse sono l'unica che la sopporta!»

«È un po' scrupolosa, sì. Non sono uno psichiatra ma credo che abbia... come si chiama quel disturbo in cui controlli se hai chiuso il gas pur sapendo che l'hai fatto?»

«Ossessivo-compulsivo.»

«Quello. È lei.»

Decido di approfittare dell'*attitude* estroversa di oggi del ViQuEi.

«Un tempo però chiamava il dottor Conforti...»

«Tutti i magistrati, dalla Corte d'Assise ai giudici di pace, chiamano il dottor Conforti. Mi risulta che lui abbia anche troppo lavoro e che proprio per questo abbia difficoltà a rispettare i tempi.»

«Quindi secondo lei è per questo che da un po' non gli conferisce più incarichi?»

«Alice... Che ne so io.»

«Ha ragione. Era solo curiosità. E a proposito di curiosità, mi dica un po' chi sono le sue tre indiziate.»

«Al primo posto, Ada Vichi.»

«Vuol dirmi che sarebbe stata lei a far avere alla cugina quei messaggi tremendi?»

«Potrebbe. Ada Vichi conosceva Ginevra bene quanto Maddalena. Perché non usare quella storia contro sua cugina?»

«Ma a che scopo?»

«Nella mente delle donne, a volte, si generano cortocircuiti di cattivi sentimenti nei confronti di qualcuno tanto più forti quanto più stretto è il legame.»

«E perché solo nelle donne, mi scusi?» gli chiedo, un po' permalosa.

«Gli uomini obbediscono ad altri meccanismi, in linea generale. Corso base di criminologia.»

«Al secondo posto?»

«Veronica Bardari.»

«A lei ci arrivo anche io. Facile accesso alla scuola, legame profondo con Ginevra. È sicuramente stata testimone di tutte le angherie perpetrate da Maddalena.»

«In verità le ha anche subite. Maddalena Vichi era un'insegnante molto preparata ma troppo severa.»

«Al terzo posto?»

«Marta Bley, la madre di Ginevra.»

«Può starci, però avrebbe destato qualche sospetto se fosse andata alla scuola di danza. Come avrebbe fatto a nascondere uno dei due biglietti nel cd di *Arabesque*? Tra l'altro la famiglia Bley non ha idea di cosa sia successo davvero alla figlia. È proprio questo il punto ed è la ragione per cui in tutti questi anni non ha smesso di chiedere la riapertura del caso e l'esumazione del corpo. Non avrebbe avuto senso scrivere: *So com'è andata veramente.*»

«Dai troppo peso alle parole, Alice. Messaggi di questo tipo non vanno presi alla lettera. Ti do notizie non appena la Montechiaro si pronuncia, ok?»

«Veronica, secondo me, è l'ipotesi più probabile.»

«Eh, ma tu sai bene, Alice, quanto spesso sia deludente l'ipotesi più probabile...»

Dopo aver riattaccato, esco cautamente dalla mia stanza per raggiungere la macchinetta e prendere un caffè d'orzo. Il mio spauracchio resta sempre l'incontro con CC. È davvero strano come possano coesistere la voglia pazza di rivederlo per caso, anche solo per subire una delle sue solite ramanzine sul laboratorio lasciato in disordine, e la paura delle conseguenze, del dirsi cose sgradevoli, di sapere con certezza che abitiamo due vite diverse. Del resto, mi impressiona pensare che lui fosse al Parco degli Scipioni per una qualunque ragione (e che lui sia davvero il padre della bambina della Montechiaro è forse l'idea più paradossale e assurda di tutte), ma il punto dolente è proprio che io ignoro quella ragione. In tutti questi anni mi ha tenuto a distanza e ha continuato a farlo anche quando sembrava che qualcosa in lui si fosse sbloccato, quindi non mi resta che credere che quella distanza sia invalicabile.

Ho appena aggiunto una palletta alle tre standard e cliccato per l'erogazione della bevanda quando sento la voce della Wally, decisa a non farmi godere l'unica pausa della mattina. Mi affretto a offrirle qualcosa, ma lei declina tenacemente.

«Mi chiedevo, dottoressa, se alla fine avesse buttato giù una traccia per il suo progetto da svolgere in un altro ateneo.»

«Ci sto lavorando.»

Stringe gli occhietti porcini e inserisce due monete per prendersi un caffè amaro. Quindi in realtà non voleva che glielo offrissi io.

«Ed è qualcosa che pertiene alla medicina cadaverica o alla genetica forense... o al diritto?»

Brutto affare. Non ne ho idea. Improvviso: «La medicina cadaverica».

Ha tutta l'aria di non credere affatto che il mio progetto sia in corso di definizione.

«Oh, certo. Eppure credevo che la sua attitudine fosse più mirata al laboratorio. Lì dà sempre il suo meglio, il che applicato a lei significa il livello appena sufficiente che mi aspetto da un dottorando. Ma tant'è.»

Brutta strega. Te lo faccio vedere io il livello appena sufficiente.

«Pensavo a uno studio sulle alterazioni della cartilagine cricoide nelle morti per asfissia meccanica.»

«Molto interessante» s'inserisce un'altra voce. Quella di CC, con un tono molto sarcastico. La Wally lo fissa torva. «Sbaglio o quest'argomento è stato oggetto di ricerche molto accurate presso l'Università di Vilnius?» domanda alla Boschi, il cui sguardo a questo punto diventa complice. Io, per conto mio, non so nemmeno dove sia Vilnius. «La si potrebbe mandare lì, vero, Valeria? È stato due anni fa che sono venuti qui per esporci la loro casistica e proporre un gemellaggio e non ne abbiamo mai approfittato. Non c'è quel tuo amico, a Vilnius? Saulius... in questo momento proprio non mi viene in mente il cognome...»

«Certo. Saulius Kudirka. Magnifico. Se è interessata, dottoressa, potrei scrivergli oggi stesso.»

«Be', a dirla tutta io preferivo optare per una città italiana.»

«Oh, che mattacchiona la dottoressa Allevi. Sono quasi sicura che se però si fosse trattato di Berlino o Londra...»

Claudio prende il suo caffè, senza smettere di puntarmi addosso uno sguardo vuoto.

«No davvero, è che non me la cavo poi benissimo con l'inglese...»

«Ah no? Eppure avrei detto...» soggiunge con un'espressione tanto laida che la paranoica che è in me crede che alluda alla mia love story con Arthur Malcomess. «Be', e in cosa se la cava benissimo?» prosegue, con tono del tutto naturale, come se non volesse certo sottintendere che la risposta è *in nulla*. Tuttavia non sono in grado di rispondere, e forse lei non desiderava altro. «Be', io torno al lavoro. È stata una piacevole pausa. Aspetto il suo progetto, dottoressa» conclude, accartocciando il bicchierino esattamente come vorrebbe fare con me, per poi uscire dalla biblioteca.

«Era uno scherzo, vero?» chiedo a CC un po' spaventata.

«Ah, Allevi, il tuo solito pregiudizio verso i luoghi che secondo te non sono alla moda... Fa un po' freddo lì, ma è un gran bel posto.»

«Meglio Foggia» dico, tanto per chiarire.

«Molto meglio» aggiunge.

«Sei un po' sadico, tu.»

«Non esattamente. È che, nonostante tutto, anziché irritarmi, mi diverti.»

«Ah, be', che onore! Volevo essere la tua fidanzata ma tu mi hai riservato il ruolo del clown.»

Anche lui ha finito il suo caffè. Raccoglie la mia provocazione rimasticandola nella sua mente a lungo, forse pensando che questo silenzio interminabile sia la giusta ricompensa per la mia impudenza.

«Claudio... Posso farti una domanda?»

«Purché non mi metta in imbarazzo.»

«Be', potrebbe.»

«Ovvio. Okay, accetto il rischio.»

«Che ci facevi al Parco degli Scipioni, venerdì?»

«Eh?»

«Ti ho visto, lì.»

«Che ci facevi tu, allora?»

«Jogging.»

«Senti...»

«Dico sul serio, Claudio.»

«Per certi aspetti sono quasi lusingato che tu mi veda ovunque.»

«Eri tu.»

«No che non ero io! Non ci vado da quando ero al liceo.»

«Allora sappi che hai un sosia.»

«È possibile.» Mi asseconda come si fa con i pazzi. Mi ci vuole una certa dose di incoscienza prima di chiedergli: «Claudio, tu hai avuto una storia con Valentina Montechiaro?»

Lui sgrana gli occhi. Prima è sorpreso, poi incazzato. «Ma tu veramente pensi che mi porto a letto ogni essere senziente in cui mi imbatto?»

«Veramente...» La sua indignazione mi mortifica, ma l'imbarazzo è presto trasformato in shock quando, dopo un rumoroso sospiro, diventa di ghiaccio e dice, tutto d'un fiato: «E va bene. Lo ammetto, è vero. Hai capito tutto. È la mia amante da dieci anni e abbiamo anche una figlia».

Mi sento svenire, ma purtroppo non perdo il contatto con la realtà e, senza che io riesca ad avere il controllo su me stessa, inizio a piangere.

«Claudio...» riesco a balbettare, e piuttosto che farmi umiliare ancora, è meglio che me ne vada. Lui mi ferma, afferrandomi per un braccio.

«Ehi. Calmati. Basta. Andiamo nella mia stanza.»

«No...»

«Alice, non piangere» dice, ma senza nemmeno guardarmi in viso, piuttosto si guarda attorno, il vigliacco, terrorizzato che qualcuno ci colga in flagrante in una situazione sconveniente. Naturalmente io odio piangere e soprattutto di fronte a lui e vorrei smettere di farlo all'istante, per cui mi asciugo gli occhi con la manica del camice che resta sporco di trucco e, maledizione!, è il camice che mi ha regalato lui, che per me è sacro e che non porto mai in obitorio per il timore che si sporchi di morto.

«Certo. Con te funziona sempre così. La facciata prima di tutto.»

«Ma che facciata! Allora credi veramente a tutto quello che ti si dice! Andiamo nella mia stanza, ho detto.»

«No.»

«E va bene. Ti ho preso in giro. Ma con te è troppo facile, non c'è gusto.»

Lo fisso inebetita, senza capire.

«Valentina è l'ex moglie di mio fratello.»

Lo dice intenerito, mentre io per conto mio gli lancerei addosso il primo oggetto che mi capita a tiro.

«Be', se mi avessi raccontato qualcosa di più sulla tua vita, tipo che hai un fratello e una nipote, magari non nascerebbero certi equivoci.»

«Tu credi sempre alle storie che ti racconti e che il più delle volte sono come minimo surreali. Ti fai prendere in giro con una facilità che non va bene. E lo dico per te!»

Mi ribello. Non sono io la visionaria. È lui che mi mette nelle condizioni di dover inventare la realtà per riempire le voragini lasciate aperte dai suoi silenzi. «Chiediti il perché! Forse abbiamo un problema di comunicazione. Un problema grosso, molto grosso.»

«Non è l'unico» mormora, un po' crudelmente. Poi trova più comodo cambiare discorso. «Mio fratello è un militare. Non vive a Roma ormai da anni e non lo sento spesso. Per questo non è capitato di parlartene. Ma è veramente così importante?»

«No.»

«Appunto.» Fa per andarsene e lasciarmi da sola con la mia vergogna, quando torna sui suoi passi. «Li hai seguiti! Per questo li hai visti al parco. E hai scambiato mio fratello per me!» Non riesce a reprimere una risata.

«Ti ho detto che stavo facendo jogging!» ribatto avvampando.

«Tu? Sport?»

«Ti dai troppa importanza se pensi che sarei capace di una cosa simile.»

Ed eccomi, nelle vesti di clamorosa bugiarda. Ma come faccio ad ammetterlo? O forse farei miglior figura se confessassi che è vero? Cercavo disperatamente di capire che legame esiste tra lui e la Montechiaro. È forse un crimine?

Lui assume un'espressione divertita. Scuote il capo e se ne va, stavolta davvero, lasciando i miei pensieri a volare come su una giostra.

Se non altro, al prezzo di una figuraccia, so che la Montechiaro dieci anni fa gli ha dato quell'incarico in virtù della loro parentela, salvo poi capire che la cosa migliore era tenere separate le due cose. Forse proprio per questo teme tanto l'errore nel caso Bley, perché qualcuno potrebbe accusarla di nepotismo, oltre che di superficialità nell'incarico. Ed ecco spiegato perché Claudio sia stato avvisato dalla pm mentre era in America e soprattutto perché quella bimba gli somigli così tanto. Tutto trova una spiegazione.

Il vero quesito è un altro, adesso. *A che mi serve saperlo?*

Eri più bella come ipotesi

Rientrata a casa posso finalmente sfilar via quella maschera di vergogna che ho dovuto indossare tutto il giorno in Istituto. Ho rincontrato Claudio nel pomeriggio a una riunione per lo stato di avanzamento dei progetti di ricerca e certe volte mi mandava occhiate come se non riuscisse a trattenersi dal ridere. Io facevo finta di non vederlo, ma lui mi attirava come una forza magnetica. Mi ha anche inviato un messaggio su WhatsApp mentre la Wally parlava di uno studio sul dosaggio degli acidi grassi nelle morti da ipotermia.

Non ti distrarre, Allevi, è tutto materiale che ti serve per Vilnius.

Non gli ho risposto, ma dentro di me una stella danzava.

Mio fratello non è in casa, ma decido di infrangere il nostro patto in base al quale le provviste di Sacrofano vanno sempre spartite e scongelo una teglietta di cannelloni preparati da mia nonna, che ha qualche difficoltà motoria e qualche lacuna di memoria ma cucina ancora divinamente.

Dopo aver spazzolato il piatto davanti a un episodio di *Divorce*, metto il berretto di lana e la sciarpa e vado a ritirare il bucato steso in balcone, che a quest'ora sarà stecchito dal gelo.

Accovacciato ai piedi dello stendino, trovo Jon Snow.

La porta sul balcone di Angela è chiusa, il povero micio non può rientrare in casa. Men che meno si fa prendere da me, come farebbe un cagnolino di tempra più zoccola. Non mi resta che affacciarmi sul pianerottolo e suonare il campanello.

Angela è sola. Niente più party in questo appartamento che non sembra più il set di una pubblicità della birra in cui gente figa e smart beve con moderazione e si diverte con buon gusto.

Angela ha gli occhi gonfi.

«Ciao» mormora, e sembra spazientita al solo vedermi.

«Ciao! C'è Jon Snow sul mio balcone.»

«Oh. Capisco. Posso venire a prendermelo?» ribatte con il tono monocorde delle persone molto depresse.

«Certo.»

Prende le chiavi che erano poggiate sull'isola della cucina nuova di pacca e si chiude la porta alle spalle.

Un po' mi vergogno a mostrarle il mio appartamento così poco curato nei dettagli, che si può definire pulito solo con una certa tolleranza ed è sicuramente molto disordinato. Ma la verità è che lei non lo guarda nemmeno. Mi segue fino al balcone, dove accoglie tra le braccia il gatto ed è già pronta a tornarsene a casa quando le offro di fermarsi per una tisana rilassante biologica a base di melissa, calendula, finocchio e prezzemolo.

Un regalo di Cordelia, ovviamente, io non sono il tipo. Forse è anche scaduta, ma tanto Angela non lo saprà mai e credo che al momento abbia altri problemi. Lei accetta e prende posto sul divano, proprio su una chiazza di budino che Camilla ha versato ieri e che ho tentato di pulire con il Cif. Il risultato è un alone che potrebbe anche essere cacca ma Angela non ci bada.

«Ti sarai forse accorta che Alessio non vive più qui» confessa infine. Deve aver pensato che è inutile far finta di niente.

«In effetti... L'ho incrociato per caso con i suoi scatoloni e le valigie.» Non posso dirle che non è poi una gran perdita. Una ragazza non vuole mai sentirsi dire questo, così mi limito a uno sciapo: «Mi dispiace».

«Non l'ho presa bene» aggiunge.

«È normale. Ti capisco. Io avrei dovuto sposarmi e adesso lui aspetta un figlio da un'altra.»

Angela corruga la fronte. In un attimo deve esserle passato per la mente che quindi c'è chi deve stare molto peggio di lei.

«Terribile!» esclama, forse prefigurandosi adesso che potrebbe succedere anche a lei, in quel caso non la supererebbe. E invece, cara Angela, tutto si supera.

Forse incoraggiata dal pensiero che abito sulla sua stessa disgraziata sponda, come lei quindi ben lontana da coloro che vissero felici e contenti, si lascia andare. «Sto veramente male e sto pensando di trasferirmi, odio quell'appartamento.»

«Perderei un'ottima vicina» rispondo, porgendole la tazza con la tisana. «Magari più in là quell'appartamento vedrà altri giorni felici. È solo una fase.»

«Di certo non con Alessio» afferma, con la determinazione traballante di quando qualcuno ci ha appena scaricati e segretamente speriamo che ritorni, ma gridiamo ai quattro venti tutto il contrario.

«Pensa al mito di Arianna. Un eroe l'ha lasciata e lei subito dopo ha trovato un dio.»

Angela è abbagliata. Scomodare Arianna è sempre il mio asso nella manica, solo che per me non vale mai.

«Be', messa così... Però anche se potrò accettare il tradimento di Alessio, non potrò mai accettare quello di un'amica. Andava avanti da almeno tre mesi e io non mi sono accorta di niente.»

«Era bravo, vuol dire.»

«E lei... che falsa e che strega! Se penso che io invece l'ho sempre difesa...»

«È una delle amiche che mi hai presentato?» le chiedo. Punterei sulla brunetta pettegola.

«È possibile... È Chloë, ti ricordi di lei?»

«Chloë Marchelier?» Trasecolo.

«Lei!»

Non so chi compiangere, a questo punto. «Che delusione.»

«Ma tu ci pensi che lei veniva a casa nostra e faceva finta di niente, e poi invece loro...» Non riesce a completare la frase, ma l'empietà del sottinteso non ha bisogno di precisazioni. «Le altre me lo hanno sempre detto. Chloë è una stronza, è una che non conosce regole, solo egoismo.»

«Esistono persone così...»

«E io la giustificavo perché ha avuto una situazione familiare davvero di merda, con la madre che la stressava che doveva essere bella e magra come lei, e che non l'ha mai accettata perché per colpa della gravidanza ha dovuto rinunciare alla sua carriera di ballerina. E quel padre... che non c'era mai e che, quando c'era, tutti prendevano per gay... non che ci sia qualcosa di male, ma vallo a spiegare ai bulletti della scuola a quindici anni! Ovvio che sia venuta su piena di rabbia. Ma santa pace, questo non la giustifica affatto! Non si ruba il fidanzato a un'amica. Mai, nemmeno fosse l'amore della tua vita.»

Mentre Angela continua a compiangersi tra un sorso di tisana e un altro, rifletto su Chloë. Mi era sembrato di capire che vivesse a Monaco; come ha fatto a instaurare una storia con Alessio? Lo chiedo ad Angela.

«Ma lei veniva a trovare la madre. Diceva che in treno ci metteva tutto sommato poco. Lei ha paura dell'aereo. Quando era a Roma ci vedevamo sempre.»

«E adesso Alessio si trasferirà a Monaco?»

«Non lo so. Dovrà trovare anche lui qualcosa da fare.»

«Comunque, Angela, per la mia esperienza un uomo che tradisce lo farà ancora. Non esiste redenzione.»

«Lo spero proprio! Lei se lo merita.»

«Sicuramente è una persona sfortunata. Stando a quello che mi hai detto... è dura costruirsi la propria autostima se il rapporto con la madre è sempre stato così difficile.»

«Quello non si può negare. Un disastro. Sua madre era un incubo.»

«Perché?»

«La umiliava, anche di fronte a noi compagne di classe e amiche. Competitiva fino alla morte. Chloë doveva emergere in tutto. Schiacciare gli altri.»

«Be', ecco, senza voler fare psicologia da quattro soldi... Da una che è stata cresciuta così che ti aspetti? Che abbia remore nel fregarti il fidanzato?»

«Già. Che poi, lei la odiava, sua madre. Ma veramente, credimi! Non così per dire.»

«Dio, che tristezza. Chissà perché. Io non potrei mai provare sentimenti negativi per mia madre. Al massimo un po' d'irritazione ogni tanto, ma credo sia normale!»

«Ma la madre di Chloë l'ha avuta a vent'anni, proprio al clou della carriera di ballerina classica. E siccome la gravidanza è stata difficile, è stata ferma per molto tempo e, come si dice, ha perso l'attimo! Poi doveva accudire la bambina e odiava farlo. E ha smesso di fare la prima ballerina, stava a casa. Ha fatto per un po' la modella e poi ha aperto la scuola di danza classica. La sua fortuna è stata che si è creata una certa reputazione, anche perché nel frattempo il padre di Chloë è diventato un coreografo importante e pescava le sue ballerine proprio nella scuola di sua madre. Che però non ha mai smesso di sentirsi frustrata e di vessare Chloë. Una volta le ho sentito dire, per un quattro in matematica, 'avrei dovuto perderti'. Capisci il tipo?»

«Povera Chloë.»

«Ma come siamo finite a compatire Chloë?» chiede Angela, nervosamente.

«Hai ragione, scusami. Qui non c'è nessuno da compatire.»

Lei poggia la tazza vuota sul tavolino di fronte al divano. «Adesso torno a casa. La tisana ha funzionato. Meglio che vada a letto. Jon, vieni, dai.» Il micio obbedisce. «Se non altro quello stronzo mi ha lasciato il gatto» conclude, dandogli un bacio sulla testolina.

Hai esaudito un sogno

L'incarico è arrivato in via ufficiale. Valentina Montechiaro mi ha ordinato la comparazione della traccia isolata sulla busta con il DNA di tre persone: Ada Vichi, Marta Bley e Veronica Bardari. Le prime due si presenteranno oggi, una nel corso della mattina, l'altra nel pomeriggio. Veronica, al momento impegnata per delle repliche al Teatro degli Arcimboldi a Milano, arriverà entro la settimana.

Marta Bley piantonava l'ingresso dell'Istituto già prima che io arrivassi. È accompagnata dal suo avvocato, è vestita di nero e quella sua massa di ricci scuri è sempre un po' indisciplinata.

«Mi fa piacere rivederla» saluta in maniera cordiale. Poi pensa bene di sciorinarmi una breve memoria difensiva che ha il tono di essere stata studiata per tutta la notte. «Mi sottopongo con serenità a questo prelievo, perché non ho nulla da temere. Per quanto detestassi Maddalena Vichi, non vedo perché avrei dovuto mandarle messaggi minatori. La mia opinione l'ho sempre espressa attraverso il nostro avvocato nelle sedi idonee.»

«Posso farle una domanda, signora Bley?» Il suo legale attiva le antenne. «Stia tranquillo, avvocato.

È solo una mia curiosità, del tutto informale. E poi lo sa, l'esito del test sarà squisitamente scientifico. Qualunque sia la mia opinione su questo caso, non potrebbe mai influenzare la combinazione del DNA. È impossibile!»

Il legale annuisce. «In effetti...»

«Mi dica, dottoressa.»

«Mi sono sempre chiesta come Maddalena Vichi abbia preso la notizia dei successi di Ginevra.»

I lineamenti di Marta diventano un po' arcigni, come sempre quando si tratta di rivangare la memoria dell'insegnante di sua figlia. «Reagì in linea con il suo modo di essere. Disse in giro che quella doveva essere proprio una generazione scadente, se uno come Gazdanov non aveva trovato nessuno meglio di Ginevra.» Ho un sussulto. Neanche la Wally avrebbe osato tanto. «Rosicava, ovviamente, perché Gazdanov una come Maddalena Vichi non l'avrebbe mai nemmeno degnata di uno sguardo.» L'avvocato la esorta alla moderazione, ma Marta alza le spalle. «Avvocato, diciamo le cose come stanno. Tra l'altro credo di aver raccontato questo episodio anche agli inquirenti, a suo tempo. Niente di nuovo, nessuna sorpresa.»

«Maddalena... ha partecipato ai funerali di Ginevra?» mi ritrovo a chiedere, timidamente.

«Certo. Ma non ha versato una lacrima, mentre Ada era incontenibile. Del resto Ada era affezionata a Ginevra in maniera speciale. L'ha consolata tante di quelle volte...» Il viso di Marta è scalfito dalla rabbia, penso sia meglio smetterla di rimestare in ricordi che le procurano sofferenza e torno a essere concentrata sul mio lavoro, mentre preparo i tamponi e le provette. Indosso i guanti e procedo con il prelievo. Meno di sessanta secondi e ho finito. Marta Bley è sorpresa. «Una risposta tanto importante... così in fretta.»

Prima di andar via, mi poggia una mano screpolata sul camice. I suoi occhi sono pieni di sentimenti positivi che vorrebbe trasmettermi.

Nel pomeriggio, è il turno di Ada Vichi.

Messa in piega fresca e abiti di cashmere di colore chiaro, longilinea come una libellula, Ada accede al laboratorio fissandomi stranita.

«Lei è...»

«Un'amante della danza classica!» mi affretto a precederla.

«Mi ricordo di lei! È la madre di una dei *petits cygnes*.»

«La zia» la correggo, per la seconda volta.

«Non solo. Lei è venuta a conoscere Veronica Bardari. Mi ricordo bene, adesso.» Non mi piace il suo tono, è accusatorio. «Avvocato, siamo sicuri che non ci siano conflitti d'interesse?»

Il suo avvocato, un uomo anonimo e distinto, sembra confuso. «Vuole spiegarmi meglio?»

«Questa dottoressa è un'ammiratrice di Veronica. È venuta a chiedermi di conoscerla! Non mi piace questa coincidenza.» La donna cordialissima che ho conosciuto nelle precedenti circostanze ha lasciato il posto a una che parla con tono stridulo e un po' agitato. L'avvocato resta calmo. «Non possiamo, che ne so, farlo mettere a verbale?»

Io non ce la faccio a mantenere la calma. «E che cosa, esattamente, vuole che metta a verbale? Io sono a completa disposizione. Ma deve dettarmi le parole precise» concludo, fissando l'avvocato.

«Dottoressa, non occorre. Sono sicuro, Ada, che la dottoressa ama la verità scientifica almeno quanto l'arte.»

I lineamenti di Ada restano tesi e corrucciati. Temo che non potrò più accompagnare Camilla a scuola senza correre il rischio di incontrarla e restare ferita da qualche saetta emanata dal suo sguardo. Si sottopone al prelievo con dissimulato fastidio, rimanendo silenziosa. Quando escono dal laboratorio, mi affaccio alla finestra. Li vedo dirigersi verso l'auto, lei gesticola, lui subisce. Poco furba, proprio come diceva Ermanno Vichi. Come non sospettare almeno un po' che l'autrice di quei messaggi sia proprio lei?

Veronica Bardari ha fatto prima possibile e si è presentata in Istituto qualche giorno dopo l'esame su Marta e Ada, con grandi occhiali scuri modello Jackie O, scarpe sportive, leggings scuri sotto un'ampia maglia color blu elettrico. Erica la scambia per una top model, Claudio, che la incrocia in corridoio, la squadra con occhio rapace. Io mi affretto a indirizzarla verso il laboratorio.

«Poggi lì il cappotto» le dico, notando che non sa bene che farne.

Sembra agitata. È così strano vedere il suo corpo muoversi con passi lievi, allenati all'utilizzo di ciascun muscolo per una ragione precisa, qui in laboratorio esattamente come sul palco. I capelli lunghi sulle spalle, lo sguardo timoroso al di sotto delle sopracciglia brune, Veronica prende posto di fronte a me, taciturna. Il suo avvocato è rimasto fuori.

Potrebbe essere stata lei?, mi chiedo, guardandola come un bellissimo dipinto in cui è nascosto un enigma.

Mi è sempre sembrata profondamente legata a Ginevra, tanto da rifiutare l'ipotesi del suicidio quando tutto lasciava credere il contrario. Ma davvero aveva ragioni per detestare Maddalena al punto da mandarle quei messaggi? C'è davvero qualcosa che sa per certo – o è certa di sapere? Deve tutto a Maddalena, che ha fatto di lei una étoile. Ma adesso – e chissà da quanto tempo – Veronica sta con il padre di sua figlia, nonché partner professionale di tutta una vita. Questo può aver complicato le cose?

«Ho la fobia degli aghi» dice d'un tratto.

«Stia tranquilla. Non occorre nessun ago. È un tampone buccale. Sa che l'ho vista, la *Coppélia*, un paio di settimane fa?»

«Spero sia stato un bello spettacolo.»

«Bellissimo. Il primo balletto che abbia mai visto. Mi sono decisa a vederlo per capirne qualcosa di più.» Mi avvicino con il tampone tra le dita. «Per capire se è davvero qualcosa per cui si possa arrivare a uccidere.» Veronica mi fissa senza proferire verbo. «Crede sia possibile?» le domando, dopo aver finito. Lei porta istintivamente le mani alle labbra.

«Penso che si possa uccidere per qualunque ragione e lei dovrebbe saperlo meglio di chiunque altro.»

«Purtroppo è vero.»

«Per fortuna non è il mio mondo. Se penso a morte e balletto insieme mi viene in mente solo la morte del cigno.»

«E non Ginevra?» azzardo.

«No, perché non voglio credere che una cosa che le dava tanta felicità e che era l'essenza stessa della sua vita possa averla uccisa. Abbiamo finito, dottoressa?» chiede guardando l'orologio. «Devo tornare a Milano. Ho fatto una levataccia per venire qui oggi e mi sento stanca.»

«Capisco perfettamente» le dico, e lei non aspettava altro. Prende il suo cappotto e apre la porta. «Arrivederci, dottoressa. Anzi, no. Non se ne abbia a male, lei è molto gentile, ma spero di non vederla più se non in platea.»

Ci resto di merda. La porta si chiude alle sue spalle ma io la riapro per seguirla in corridoio. Lei ha inforcato gli occhiali da diva procedendo verso l'uscita come se il pavimento sotto i suoi piedi stesse franando, e siccome avanza senza guardare davanti finisce con l'investire in pieno la Wally. Nonostante la sua leggiadria, Veronica ha realizzato il mio sogno segreto: è stata capace di ribaltarla.

«Oh, santa pace!» esclama la Wally senza riuscire a rimettersi in piedi, come una blatta dopo uno spruzzo di Vape. Veronica cerca di issarla, e vedendole l'una accanto all'altra si potrebbe anche dubitare che appartengano alla stessa specie, ma la Wally si lamenta che le è rimasto bloccato il ginocchio, avvolto sotto i pantaloni in una fascia del dottor Gibaud. La ballerina è molto spazientita, poco mortificata.

«Lasci pure, Veronica, o perderà il suo aereo. La aiuto io, prof.»

Veronica ringrazia e si scusa in quel modo distratto di chi in realtà è più dispiaciuto del tempo perso che del danno fatto.

«Allevi, adesso si porta in Istituto anche le sue amiche! Che, se possibile, sono più inutili di lei!» Trova il coraggio di rimproverarmi anche mentre è in questa posizione disonorevole. Non mi affretto nemmeno a correggerla.

«La accompagno in pronto soccorso?» propongo. Ammetto che gelo al solo pensiero.

«Per carità. Sto benissimo. Non ho bisogno di nessun aiuto» dice, livida, mettendosi finalmente in piedi sulle gambe tozze e le scarpe finte Interactive. Zoppica un po'. Spero si sia rotta un menisco.

Poco più tardi, mi arriva un WhatsApp di Claudio.

CC: Hai tentato di accoppare la Wally?
AA: Che ti sei perso!

Sta scrivendo, mi avvisa WhatsApp. Resto online, un po' emozionata. Magari mi scrive qualcosa di bello, tipo, *mi manchi, Allevi, perché mi fai ridere, perché ti amo.*

Pare stia scrivendo un poema e io fremo, fino a che torna online. Non sta scrivendo più. Poi stacca, definitivamente, e non ricevo altri messaggi. Resta solo la doppia spunta blu sotto il mio messaggio, sospeso e inerte nell'etere. Che ti sei perso, in ogni senso.

Colui che è geloso non è mai geloso di ciò che vede; ciò che immagina è sufficiente

Jacinto Benavente

Il sole si nasconde dietro le cupole e i tetti della città, ogni giorno un po' prima. Lo vedo tutte le sere dalla finestra del laboratorio, mentre lavoro al mio incarico. Rosseggia il cielo e le nuvole in un ultimo impulso di vita prima di sparire dallo spettro del visibile, per cedere il posto alle luci giallognole dei lampioni. Mi piace l'austerità dell'Istituto in notturna, l'assenza di confusione e distrazione. Mettere un po' di musica, mangiare un panino gommoso preso al bar, sfogliare il registro su cui appuntare passo dopo passo tutto quello che ho fatto e provare anche un po' di intima soddisfazione, perché ho imparato a fare le cose proprio a modino, come direbbe nonna Amalia. Fino alla sera in cui finalmente dalla bacinella di nitrato d'argento tiro fuori la lastra con l'ultimo profilo, pronto da scannerizzare. Esistono ormai nuove metodiche ancora più rapide, ma io resto affezionata a quella che ho imparato da CC quando ero un'interna di primo pelo. In qualche modo mi ricorda il tempo trascorso insieme, la voglia che avevo di diventare come lui. Eccola tra le mie mani, quella lunga fila di lineette che lui mi ha insegnato a decifrare a una a una, e quando ogni volta alla fine ci riesco mi sembra sempre un piccolo miracolo. La comparazione è il momento più difficile, in cui bisogna obbedire alle leggi della statistica. Prima quello di Marta Bley, poi quello di Veronica Bardari, infine quello di Ada Vichi. Una prima, una seconda, una terza volta, per essere sicura del risultato.

Guardo l'ora: sono quasi le undici. Se non fossi così presa dall'indagine avrei anche sonno, ma per quanto io possa studiarli, quei fogli restano spietatamente chiari nella loro triplice risposta negativa, che mi getta nella completa confusione.

Avessi dovuto puntare su una delle tre, avrei messo tutte le fiches su Ada Vichi, ma a sorpresa, non è stata nessuna di loro. Marta Bley la escludevo per logica anche io, su Veronica ero molto perplessa, non restava che Ada. E invece, da qualche parte è nascosta un'altra donna, insospettabile, che si è presa la briga di preparare quei biglietti e farli avere a Maddalena. Due sono quelli che sono stati ritrovati, ma potrebbe averne inviati anche altri.

Aspetto l'indomani mattina per piombare in Questura nell'ufficio del ViQuEi e lo trovo nel pieno di un colloquio con Franz Lazzari.

«Siediti lì in fondo» mi dice, con la rudezza tipica di quando deve far finta di essere un integerrimo funzionario di Stato.

Franz non sembra riconoscermi, deve avermi presa

per un'allieva o una segretaria. Di fatto risponde a quella che dev'essere stata la domanda di Calligaris.

«Quello che dice mi è completamente nuovo.»

«Davvero Maddalena non le ha mai parlato di Antonio Serralunga d'Alba? Erano fidanzati prima che sposasse Marchelier.»

«Be', ma dopotutto Maddalena si è sposata a vent'anni perché era incinta. Non pretendevo che mi parlasse anche del primo amore del liceo.»

«In realtà era un po' di più. Gli era rimasta legata al punto che gli ha donato Villa Frondosa. Lo sapeva, lei, questo?»

Lazzari sembra veramente sorpreso. Deluso, in qualche modo. Del resto, qual è l'uomo che accoglie serenamente la notizia di essere stato preso in giro?

«No. Non mi aveva detto niente.»

«Non sapeva niente neanche della casa» rimarca Calligaris. «Mi chiedo, a questo punto, se il vostro rapporto fosse in buona salute, signor Lazzari.»

Che affondo, il ViQuEi! Se vuole farlo esacerbare per indurlo a tradirsi, è proprio sulla buona strada!

«Dottore, che dirle. Non era un grande amore come quello dei film.»

«Non sono un cineamatore, abbia pazienza. Com'era questo amore?»

Lazzari si stizzisce. «Vuol saperlo? Credo che Maddalena non volesse invecchiare da sola, ecco tutto.»

«E per lei, Franz?»

«No. Per me era qualcosa di più, ma mi facevo bastare la sua elemosina.»

Che tristezza assoluta, accontentarsi di una compagnia qualunque per presentarsi in due alle cene, per non sentirsi stigmatizzati come single. Ma che è, una malattia? Preferisco pensare che Maddalena cercasse conforto dato che non poteva avere Antonio tutto per sé. Ma non so cosa sia peggio.

«Nei giorni prima della morte di Maddalena è accaduto qualcosa di particolare che vuole raccontarci?»

«Non mi viene in mente niente. In quella settimana non ho visto Maddalena se non una volta a pranzo, con Chloë.»

Calligaris drizza le antenne. «Quando, esattamente?»

«Due, forse tre giorni prima.»

«Ci risulta che Chloë fosse a Monaco in quei giorni.»

«Non so che dirle. Ha pranzato con noi e ha detto chiaramente che si sarebbe trattenuta per tutta la settimana. Quindi forse è stato il lunedì o il martedì.»

«Di quella sera, non c'è proprio altro da dire? Maddalena si è comportata come sempre?»

«Era un'ottima padrona di casa. Adorava dare feste.»

«Ed è sicuro che non le abbia presentato Antonio? È questo qui, lo guardi bene» aggiunge Calligaris, mostrandogli una fotografia.

«C'era molta gente... Sì, mi pare di averlo visto ma escludo di averci parlato.»

«Come mai quella notte non è rimasto a dormire

da Maddalena?» gli domanda, scrutandolo attraverso gli occhi ridotti a due fessure.

«Non rimanevo mai a dormire con lei. Non voleva.»

«Quindi, una volta tornato a casa cosa ha fatto?»

«Sono andato a dormire.»

«E ci è riuscito?»

«Perché non avrei dovuto?»

Calligaris inspira con fare teatrale. Riguarda le carte scompigliate sulla scrivania e lo lascia lì, inerte, in silenzio, per un tempo insostenibile. Tanto che Lazzari, alla fine, chiede: «Posso andare, dottore?»

«Per il momento» risponde Calligaris, con tono volutamente severo.

Lui scatta dalla sedia e lascia la stanza dopo saluti assai spartani.

«Che impressione si è fatto?» chiedo, curiosa.

«Brutta. Un debole.»

«Ma è anche un violento, secondo lei?»

«Diciamo che è un possibile colpevole, ma che lo sia davvero – e che quindi il caso sia chiuso – è una speranza remota. Ma tu? Che ci fai qui? Com'è che capiti sempre sul più bello?»

«Fortuna, ispettore, solo fortuna. Giuro. Ero venuta a parlarle dell'indagine genetica sulle tre donne.»

Calligaris non prende molto bene la notizia della triplice estraneità, che complica di gran lunga lo schema delle sue indagini.

«Come, nessuna delle tre? Ma non è che in questi esami si può barare, come con il doping?»

«No, dottore, sento di poterlo escludere.»

«Lo so. Era una stronzata che mi è scappata per la disperazione.»

«Dottore, ho una domanda su Chloë.»

«Ti precedo io. Da quel che sappiamo, era a Monaco i giorni antecedenti alla morte della madre. Magari era a Roma all'inizio della settimana e intendeva trattenersi, ma alla fine ha cambiato programma.»

Ometto di dirgli che in questi ultimi mesi Chloë aveva più di una ragione per frequentare Roma con una certa assiduità. «Del resto, perché avrebbe dovuto mentire? Questo tipo di alibi si controlla subito» aggiungo.

«Tanto più che non risulta alcun biglietto aereo emesso a suo nome.»

«Mi pare che Chloë si sposti solo in treno. Ha paura dell'aereo.»

Le rughe sulla fronte di Calligaris si appianano in un'espressione sconcertata. «Ora tu mi dici come fai a sapere una cosa del genere.»

«Una casualità...»

«Sempre il caso, con te... Vorrà dire che controllerò anche le compagnie ferroviarie.»

«Dottore, lei crede che Chloë c'entri con la morte della madre?»

«No, ma sono tenuto a verificare.»

«A proposito di verificare... E se fosse stata proprio Chloë a preparare quei biglietti?» butto lì, come colta da una folgorazione.

Calligaris scuote il capo. «Uno dei due biglietti lo

ha portato proprio lei alla Montechiaro, quindi sembrerebbe un gesto del tutto illogico.»

«Ma il rapporto tra le due era molto conflittuale.»

«Non sono convinto.»

«Però forse val la pena provare.»

«Chiediamolo alla Montechiaro, sentiamo cosa ne pensa.»

Due giorni dopo, il pensiero della Montechiaro si traduce nell'ordinanza di esaminare anche il profilo di Chloë, che si presenta a Roma dopo dodici ore di treno spezzate da uno scalo a Venezia Mestre. Ha l'aria sbattuta, la camicia di seta gialla un po' stazzonata e una fretta evidente.

«Ci rivediamo» mi dice, con il tono neutrale della semplice constatazione. Porta i soliti tacchi molto alti, i capelli sono annodati in una treccia lunga e morbida, le gambe avvolte in jeans aderenti. Gli occhi, con qualcosa di orientale, sono sempre velati da un'espressione ambigua, forse addirittura un po' torbida, mentre le labbra sono imbronciate su una dentatura irregolare. È da sola. Si presta all'esame in perfetta serenità. «Perché è ridicolo, vero? Se l'avessi veramente mandato io quel biglietto a mia madre, quanto scema sarei stata a portare una prova del genere alla polizia, per di più con le mie tracce!» Non posso darle torto. «Avevo un pessimo rapporto con mia madre, ma da qui a ucciderla ce ne passa.»

«È sempre andata così male, con lei?»

«Ma no... è un'esagerazione. Pessimo per intendere difficile, non più di tanti altri. O magari lei con sua madre ha un rapporto da sogno, e non può immaginare.»

«Diciamo che vado più d'accordo con mia nonna. Mia madre ha aspettative alte su di me, e io finisco sempre con il deluderla clamorosamente.»

«Bene, allora può capire. Mia madre era una donna molto severa. Non avendo mai pietà per sé, non ne aveva per gli altri. Era più forte di lei. Ma non era cattiva, solo... rigida. Ecco, questa è la parola che mi viene in mente. Rigida, in ogni senso. Agiva seguendo un suo schema, guidata da un senso di giustizia tutto suo. Abbiamo finito?» domanda, dopo che le ho passato il tampone nel vestibolo della bocca.

«Sì, grazie. Farò avere al giudice il risultato al più presto.»

«Okay.» Sembra del tutto indifferente. Infatti aggiunge: «Tanto io la risposta la conosco già».

Forse io e te abbiamo un altro tempo

Italo Calvino

«Che fai?»

La voce di Claudio rompe il silenzio, facendomi trasalire. Mi sono messa subito al lavoro sulla ricostruzione del profilo di Chloë, senza più mettere il naso fuori dal laboratorio. Con una colletta abbiamo comprato una macchina da caffè americano, ed è la mia salvezza.

«Svolgo un incarico per tua cognata.»

«Pare che ti trovi estremamente precisa e preparata.»

Gongolo. «E tu non le hai chiesto se intendete la stessa persona?»

«Non voglio rovinarti la piazza. Credo che Valentina sia la tua unica fonte di reddito.»

«Posso chiederti perché è finita tra lei e tuo fratello?»

Lui gira intorno al banco, sedendosi accanto a me. «Storia lunga.»

«Per questo non ti dà più incarichi?»

«In realtà quello di Ginevra Bley è stato l'unico. Uno dei miei primi casi, all'epoca studiavo per il dottorato.»

«Che coincidenza!»

«Be', abbiamo tante cose in comune, io e te.»

Ha un'aria così tranquilla che sembra davvero un'altra persona rispetto al giorno in cui gli venne il picco di testosterone e incenerì la nostra storia (o qualunque cosa fosse) nel giro di cinque minuti.

«Però io non ti ho mai sputtanato con lei. Mai. Le cose sono andate in maniera molto diversa da quello che credi tu. O forse che lei ti ha lasciato credere.»

«Valentina ha una personalità un po' contorta. Forse ha esagerato. O forse no. Non lo so. Tanto non mi importa più» dice, con semplicità.

«A me sì. Tu hai pensato che io fossi stata sleale nei tuoi confronti e per me è... terribile.»

«L'ho pensato, non posso rimangiarmelo.»

«Lo pensi ancora?» insisto, guardandolo dritto negli occhi.

«No.»

«Quindi ammetti di aver preso una cantonata?»

Si acciglia. «Allevi, non te ne approfittare...»

Mi rendo conto che potrebbe aver travisato. «Non alludevo alla morte di Ginevra Bley! Mi riferivo alla mia slealtà.»

«Diciamo che sono aperto all'ipotesi che Valentina possa aver pompato un po' la cosa.»

Il suo tono di voce si è abbassato, diventando confidenziale, quasi gentile.

«Mi hai ferita.»

«Lo ero anche io.»

«No. La tua autostima era ferita, è diverso. Io invece... ogni parte di me lo era. Lo è. Sarebbe bastato parlarne, con calma. Come stiamo facendo adesso.»

«Parlare non è il mio forte. E tu dai troppo peso alle parole.»

Se tutti me lo dicono, forse è vero.

«D'accordo. Niente parole.» Così non resta che il silenzio, un lungo silenzio che dura fino a che un impulso interiore mi costringe a interromperlo. «Ma come fai a sopportarlo? Un mondo senza parole è... povero!»

«Questo profilo che hai ricostruito combacia con l'altro per metà» dice, con gli occhi puntati sui fogli di fronte a me.

«Eh?» Mi sento confusa.

«Non sopportavi il silenzio. Ho parlato.»

Sono indignata. «Ma io ti stavo parlando di noi!»

«E mentre tu lo facevi io studiavo il profilo. Scusami. È stato più forte di me.»

«Un momento. Claudio, hai detto che il profilo combacia per metà? Questo significa che la traccia appartiene a uno dei genitori!»

«Alla madre, per l'esattezza» ribatte lui, compensando il mio tono febbrile con voce pacata.

Schizzo in piedi, così bruscamente che i fogli cadono sul pavimento e lui li raccoglie con ostentata pazienza. «Ti rendi conto?» gli chiedo, e mi sento fibrillare più che se mi avesse chiesto su due piedi di andare a cena. «Vuol dire due cose: o Maddalena Vichi ha inviato quei messaggi a se stessa oppure era lei a volerli far avere a qualcun altro!»

«Sì, Alice. Okay. Ma spiegami perché questo stato di esaltazione.»

«È una svolta!»

«Per Calligaris.»

«Ma anche per me. Ho trovato la soluzione. O meglio, l'hai trovata tu.» Quasi quasi lo abbraccerei. Ferma, Alice, non farlo.

«Anche tu lo avresti capito. Ma dopo averci sbattuto la testa per almeno due ore» concede. «Puoi spiegarmi in termini concreti cosa vuol dire?»

«Allora. So che è una questione delicata da affrontare proprio con te, ma Ginevra Bley è stata uccisa. Da chi, non si sa ancora.»

«Alice, tu pensi che io sia una gallina permalosa, ma guarda che non è così. Io sono fiero di te. Se avessi fatto l'autopsia la cartilagine rotta l'avrei trovata anche io. Ma non l'ho fatta, perché Valentina aveva chiesto l'esame esterno e mi aveva detto che dal punto di vista dei dati circostanziali il caso era chiaro e già chiuso. Ho sbagliato, ero giovane. Non sono andato in profondità e sappi che anche alla mia età si possono imparare delle lezioni.» Arrossisco, perché dopo un dialogo fatto di semplici buone maniere sono invece già pronta a illudermi che queste ultime parole abbiano un senso metaforico più ampio, di cui lui è verosimilmente del tutto inconsapevole.

«Ora, si pensava che qualcuno avesse mandato dei biglietti a Maddalena Vichi per ricattarla o spaventarla. In questi biglietti si alludeva a Ginevra Bley. Il collegamento tra le due è quindi quanto meno scontato.

Adesso, immaginare che l'artefice di quei biglietti sia la stessa Maddalena apre scenari di ogni tipo. Devo dirlo a Calligaris, subito!»

«Per prima cosa, signorina, dovresti chiedere la comparazione ufficiale tra il DNA della Vichi e quello della traccia. Per quel che ne sai, Chloë potrebbe essere figlia di qualcun altro.»

«Quanto vai per il sottile...»

Un tuono scuote il laboratorio. Le gocce di una timida pioggia iniziano a martellare sul vetro della finestra. «Ti accompagno a casa. Da amici ritrovati.»

«Claudio, io e te siamo la prova di come l'amicizia *non* dovrebbe essere.»

«Qualunque cosa siamo, per una volta posso risparmiarti i mezzi pubblici, specie sotto il diluvio universale» insiste, dopo un altro tuono, mentre il vento si è alzato e le gocce sono diventate grandine. «Ma solo se sei pronta in cinque minuti» aggiunge, già in piedi sulla porta.

Quando si rischia di rovinare un paio di stivali pagati uno sproposito, anche la sottigliezza semantica che sottende le più inafferrabili sfumature del nostro rapporto può andare a farsi benedire. Mi tolgo il camice, infilo i fogli nella borsa e gli corro dietro. Alla fine, come sempre.

«Bella di nonna, passami lo zucchero.»

«Nonna, ti fa male. Prova a prenderlo amaro.»

«Piuttosto non lo bevo. E poi, amor mio, di qualcosa nonnatua deve pur morire.»

«Ma meglio più in là, eh» obietto.

«Mamma, ascolta Alice. Al limite, ho lo sciroppo d'agave» propone mia madre, cui è toccato l'onere quotidiano di bacchettare la nonna sul suo regime alimentare.

«Di queste cose io non mi fido. Se non esistevano quando ero bambina, per me sono diavolerie. Niente è come lo zucchero bianco...»

«Sì, per tapparti le arterie» insiste mamma.

«Comunque, lo sciroppo d'agave è una fregatura» sentenzio io infine, e il bello di queste conversazioni a Sacrofano è che in virtù della mia laurea mi prendono per quella autorevole, che le cose le sa.

«Hai visto? Butta questa porcheria. Bella di nonna, te lo sei comprato poi quel vestito che ti piaceva?»

Si ricorda che le ho parlato dello Schiaparelli! La sua memoria migliora! «Sì, nonnina.»

«Ma è presentabile? Quand'è stato che sei venuta qui con quel cencio verdino che ti faceva pure pallida...»

«Puoi stare tranquilla, nonna. Ti piacerebbe da matti.»

«Brava. Così te lo metti al matrimonio di tuo fratello.» Mamma e io ci fissiamo molto preoccupate. Poi la nonna strizza l'occhio. «Ve l'ho fatta! Dovevate vedere le vostre facce! Tuo fratello si è già sposato! Ah ah ah! Vedete che non sono rincoglionita. E lo zucchero me lo posso mettere» conclude, alzandosi per andare in cucina e prendere personalmente la sua amata zuccheriera Rosenthal.

Quando rimaniamo da sole, mentre mamma stira una pila di roba e mio padre guarda una partita insieme a Marco che dorme sul divano, la nonna si avvicina con aria complice, parlando a voce bassa. Avrebbe bisogno di un ribasamento della dentiera.

«Come va con il dottorino?»

«Nonna, rassegnati. Non c'è futuro tra noi.»

«Eh... che sicumera!»

«Nonnina, lui mi voleva solo di notte. Di giorno non ero altro che la sua allieva. Non potevo continuare, non in quel modo.»

«Forse lui non ne conosce altri.»

«Il problema è che lui non *vuole* conoscerne altri. Nonna, che gli hai detto nell'orecchio, quella volta che sei stata male? Me lo dici?»

«Gli ho detto che la vita è una, sembra che scorre lenta, ma in realtà è veloce e si interrompe all'improvviso. E quindi non deve starci troppo a pensare sulle cose. Non gli ho detto proprio così. Ma il senso era quello.»

«Mi sa che lui non l'ha capito.»

«Dagli tempo.»

«Nonna, ha quasi quarant'anni! Che tempo!»

«E che sono quarant'anni? La vita media si è molto allungata. Bella di nonna, ci prendiamo l'ammazzacaffè?»

Sono ancora a Sacrofano, protetta dai nubifragi del cuore, quando chiamo Calligaris per riferirgli l'ultima novità.

«I biglietti sono opera di Maddalena Vichi? Sono esterrefatto!»

«Non c'è altra spiegazione. Quello che Chloë ha trovato nella borsa era in una bustina sigillata. Chi lo ha messo lì dentro ha lasciato la traccia e la traccia è di Maddalena, che o li inviava a se stessa oppure li aveva preparati per qualcun altro, cosa che mi sembra di gran lunga più probabile. Per chi? E cosa sapeva Maddalena a proposito della morte di Ginevra?»

Calligaris si riserva qualche istante per riflettere. «Dato che uno dei due era in un cd in dotazione alla scuola, mi sembra logico dedurre che lei possa averlo messo lì per qualcuno che poco dopo lo avrebbe trovato. Per Ada Vichi, magari.»

«La nostra prospettiva si è completamente ribaltata. Magari si scopre che non era Ada a perseguitare Maddalena, bensì il contrario!»

«Ma perché? Ada non ha niente a che vedere con la morte di Ginevra. Non c'è alcun indizio che metta in relazione le due cose» obbietta Calligaris.

«Forse Maddalena era stanca della presenza ingombrante della cugina e voleva renderle la vita un po' complicata. Forse Ada sa qualcosa su Ginevra che potrebbe gettare luce sulla sua morte. Oppure... la destinataria non era Ada... bensì Veronica. Quando Maddalena ha lasciato il biglietto nel cd pensava che subito dopo lo avrebbe trovato Veronica. Basta verificare che in quel giorno Veronica fosse lì per uno dei suoi stage alle allieve della scuola.»

«In base a queste tue teorie dovremmo ipotizzare che il segreto della morte di Ginevra è ben custodito tra le pareti della scuola.»

«Ma soprattutto, ispettore, se Maddalena era davvero una ricattatrice, probabilmente abbiamo il movente di chi l'ha aggredita. Dottore, dobbiamo parlarne subito con la dottoressa Montechiaro.»

Dall'altro capo del telefono sento un respiro pesante. «Alice, sto per darti un'informazione molto riservata e confidenziale.»

«Di che si tratta?»

«Valentina Montechiaro aveva chiesto il trasferimento qualche tempo fa, e adesso è in partenza.»

Mi pareva. Andava troppo bene. L'unico giudice che in pratica contribuiva al mio mantenimento se ne va.

«E lascia in sospeso entrambi i casi?»

«Passeranno a un suo collega.»

«Mi viene da piangere.»

«Non fare così...»

«Ma perché se ne va?»

«Non ne ho idea. Peraltro nessuno era a conoscenza della sua domanda di trasferimento. L'ha fatta proprio dopo l'esumazione di Ginevra Bley.»

Ma certamente non è stata questa la ragione. Oppure sì?

Chiudevo gli occhi nei presagi grevi; aprivo gli occhi: tu mi sorridevi

Guido Gozzano

Mi tocca andare in Procura per ricevere il nuovo incarico ufficiale di comparazione del DNA di Maddalena con quello sul biglietto. Il caso è già stato affidato a un nuovo magistrato, mi sorprende quanto tutto sia stato rapido. L'ufficio di Valentina Montechiaro è deserto, tutti i suoi libri di procedura penale hanno lasciato vuoti gli scaffali, svelando uno strato di polvere. La scrivania è impersonale, senza la foto di quella bambina che ho creduto di Claudio. Non so nemmeno quale fosse il suo nome.

La Montechiaro è stata trasferita a Siena. Pare che fosse stanca di Roma e che la ritenesse troppo dispersiva. Lei stessa ha origini toscane. Queste sono le informazioni che raccolgo dalla sua fidata cancelliera. «È una perdita, per noi, una donna davvero in gamba» ha chiosato.

«Sono d'accordo. Avrei voluto salutarla e ringraziarla per il lavoro svolto insieme, ma credo sia già andata via...»

La cancelliera mi interrompe. «Oggi però verrà, intorno alle dieci, mi ha detto. Ha delle ultime cose da sbrigare. Vuole aspettarla?»

«Certamente!»

E così, dopo aver conosciuto il nuovo pm, che è un vecchio barbagianni poco loquace e con un'evidente diffidenza nei riguardi della mia giovane età e del mio sesso, e aver accettato il nuovo incarico, che per quanto mi riguarda è soltanto una formalità, mi parcheggio in cancelleria per aspettare la Montechiaro, la quale arriva ben dopo le dieci, un po' corrucciata.

«La dottoressa Allevi è rimasta proprio per salutarla» le spiega la cancelliera, indicandomi. Valentina si gira di scatto, dritta sui suoi tacchi, avvolta in un giubbino corto di visone. Un largo sorriso le si dipinge sul volto.

«È stata davvero gentile!»

Contagiata dal suo entusiasmo, le sorrido a mia volta. «Sono contenta per lei se andare via è quello che desidera, ma mi dispiace per me!» Forse sono stata troppo amichevole, la Montechiaro si acciglia appena, ma magari è solo una mia impressione perché subito dopo mi sorprende: «Adesso che non siamo più obbligate a un rapporto formale, posso offrirle un caffè, dottoressa?»

Poco dopo, siamo al bar del tribunale. Lei ha preso un cappuccino, io un ristretto. Ha insistito per offrire. Non è facile parlarle per più di due minuti di fila, perché c'è sempre qualcuno che si avvicina per dirle che ha saputo del suo trasferimento e che desidera salutarla.

«In realtà da tempo riflettevo sul fatto che Roma non è più la città adatta a me. Sono una donna sola, con una figlia di otto anni che ha bisogno di molte attenzioni. L'aria, qui a Roma, è viziata. Siena per noi sarà perfetta» risponde a una collega, particolarmente sorpresa per la repentinità del trasferimento.

«Ma da quanto avevi fatto domanda?» prosegue la collega, un po' scettica.

«Da poco. È stata una trafila breve, sono stata fortunata perché un collega andava in pensione e c'era urgenza di sostituirlo.»

L'altra prosegue: «E quei due casi così spinosi che stavi seguendo? Il caso Bley, mi pare, è una bella rogna» aggiunge, sospetto per mandarle una frecciatina.

«Se ne occuperà qualcun altro. Al di là di tutto, quel caso forse ha bisogno di uno sguardo nuovo. Io c'ero troppo dentro.»

«Certo... be', allora in bocca al lupo...»

Valentina si adegua e la saluta con garbo, ma la dimentica in un nanosecondo, pronta a chiedermi: «Lei è mai stata a Siena?»

«No.»

«Ah, ma deve. È meravigliosa. Vivere da quelle parti è una vera fortuna.»

«Lo capisco» rispondo, anche se personalmente non potrei più immaginare di vivere per molto tempo in una piccola città dopo aver assaggiato il sapore di Roma. Sebbene sia un po' amaro, non ci posso rinunciare. Posso pensare di andar via, ma devo sapere che tornerò. Anche se poi devo ammettere che quel mio desiderio di trascorrere del tempo in un altro Istituto si è, come dire... affievolito. Chissà perché...

«Il caso Vichi e il caso Bley sono passati al dottor

Gottardi. È burbero, ma è una brava persona. Non si lasci turbare dalle sue maniere spicce. In ogni caso è prossimo alla pensione, ho il sospetto che il caso passerà ad altre mani prima di essere chiuso.»

«Spero di trovarmi bene com'è accaduto con lei.»

«Ho lasciato delle ottime referenze sul suo conto.»

«La ringrazio.»

«Ho saputo che anche una nostra comune conoscenza, Claudio Conforti, ha decisamente un'ottima opinione di lei.»

«Io... sono la sua allieva» dico, con sintetica semplicità.

«La sua allieva preferita, direi» aggiunge lei, con un lampo di malizia nello sguardo.

«Valentina... a proposito dell'esumazione di Ginevra Bley... io non volevo screditare Claudio.» Non so perché mi sento tenuta a farle questa precisazione. Si dice *excusatio non petita, accusatio manifesta*, ma io forse sono l'unica per cui non vale la saggezza degli antichi romani, perché sono quella che parla sempre a sproposito e infila *excusatio* anche quando in realtà non c'è *accusatio*.

Lei inarca un sopracciglio ben sfoltito. «Solo adesso mi rendo conto che non dev'essere stato facile smentire la perizia del suo maestro.»

«Diciamo che ne ho pagato le conseguenze» mi lascio scappare.

«Addirittura? È stato così severo?» chiede con apparente comprensione, ma sento a pelle di non potermi fidare di lei.

«No, non lo è stato. Avrebbe solo voluto che io fossi più leale, parlando prima con lui che con lei. Ed è quanto avrei fatto, in realtà, ma lei mi ha preceduto» le dico, in una botta di coraggio, fissando però la tazzina del caffè.

Valentina mantiene un contegno imperturbabile. «Piccoli malintesi che capitano, in un lavoro complicato come il nostro. Bene, Alice. Adesso devo proprio andare.» Il suo telefono squilla. Di nuovo, sul display, le iniziali FM. Lei rifiuta la chiamata. «Le auguro buona fortuna.»

Tornata in Istituto, senza neanche passare dalla mia stanza mi dirigo in laboratorio per cominciare la procedura di estrazione del DNA da uno dei campioni tissutali prelevati durante l'autopsia di Maddalena. Ci trovo CC che sta lavorando per conto suo.

«Allevi, qualunque cosa tu voglia fare, dovrai rinviare.»

«Be', non è un problema... non c'è fretta. Il nuovo pm mi ha dato due mesi di tempo... Ho avuto l'impressione che non gli importi granché di questo caso... Tu sapevi niente della domanda di trasferimento di Valentina?» gli chiedo, mentre è chino sul suo lavoro.

«No.»

«Non sei rimasto sorpreso che tua cognata parta così all'improvviso?»

«Formalmente non è più mia cognata, sono divorziati. Comunque, no, è sempre stata un tipo imprevedibile, Valentina.»

«E tuo fratello? È contento di questo spostamento?»

«Non credo, Roma è più semplice da raggiungere, considerato che lui vive all'estero la maggior parte del tempo. Sarà più complicato rivedere la figlia.»

«È per via della distanza che è finita tra loro?»

Claudio inarca un sopracciglio. «Allevi, non so tu, ma io sono pagato per lavorare.»

«Come sei serioso... una piccola pausa non fa male.» Lui non risponde. «Ehi...» lo sollecito, porgendogli una caramella che avevo nella tasca del camice.

Lui non la accetta ma, se non altro, sorride. «Alice, abbi pazienza. Non mi va di parlare di Valentina.»

«Perché?»

«La vera domanda è: perché tu sei così curiosa?»

«È un cane che si morde la coda. Più tu sei reticente, più io mi incuriosisco, più ti tormento e più tu ti chiudi.»

Finisce con il prendere la caramella. «Quindi, cosa vuoi sapere, per togliertti di torno?»

«Mi sembra strano che abbia chiesto il trasferimento proprio dopo l'esumazione di Ginevra Bley. Mi sembra strano che abbia chiesto solo l'esame esterno, all'epoca. Nasconde qualcosa. Tu sai cosa, ma non vuoi dirmelo.»

«Rasoio di Occam, Allevi! Hai mai pensato che la risposta sia quella più semplice? È stata superficiale e adesso se n'è pentita. Magari è per questo che vuole andare via, o magari no. Non viene a dirlo a me.»

«No?» gli domando, infilando il punteruolo della mia curiosità in un'impercettibile incrinatura della sua voce.

«No» ribatte lui, fermamente. E dopo un momento di silenzio: «Ma domani è il tuo compleanno?»

Dodici dicembre, ne compio trenta. Sono sbigottita che se lo ricordi. «Sì.»

«E che farai?»

«Niente di che.»

«Vieni al lavoro?»

«Certo. T'immagini se dicessi alla Wally 'non vengo perché è il mio compleanno'?»

«Meglio di no. Adesso lasciami finire. Grazie per la pausa» conclude, ed è già di spalle.

Ma se tu mi addomestichi... la mia vita sarà come illuminata

Antoine de Saint-Exupéry

All'alba del mio trentesimo compleanno sono già in piedi, con quello stato d'animo di chi sa di aver qualcosa di urgentissimo da fare, ma la verità è che nel mio caso non ho proprio niente da fare a parte andare in Istituto. Mi metto al computer con una tazza di Nescafé e digito di nuovo su Google il nome di Ginevra Bley. Poi di Gazdanov, poi di Marchelier. Niente. La rete non mi regala elementi nuovi. E del resto, cosa mi aspettavo? Se i casi si risolvessero con forsennate ricerche online a che servirebbe la polizia? Calligaris non sarebbe molto lusingato.

Faccio una bella doccia, scelgo un vestito un po' speciale per onorare i trenta e mi prendo un bacio con lo schiocco da mio fratello che si offre di andare a comprare le brioche al bar. Mentre lo aspetto, mi rimetto al computer. Stavolta cerco Veronica Bardari e trovo parecchi video su YouTube. Clicco su uno in particolare, è stato girato nel 2006, sembrano estratti del backstage di uno spettacolo, *L'Arlésienne*, messo in scena al Metropolitan Opera House di New York. Mi sfuggiva che Veronica avesse danzato anche a New York. Ecco parti intere del balletto, sulle note di Bizet. È un'opera con soltanto due protagonisti, tutta incentrata su un unico giorno di festa durante il quale due fidanzati vivono un grosso tormento interiore. Lui, Frédéric, in realtà è innamorato dell'Arlésienne, la donna di Arles, che non ha mai dimenticato; lei, Vivette, prova in tutti i modi a fargliela dimenticare. Alla fine Frédéric si suicida. Mai una gioia per le ragazze, in questi balletti. Veronica interpreta Vivette. Digito in Google «Arlésienne, New York, Veronica Bardari» e approdo a un pezzo del *New York Times*. La sorpresa è che il coreografo era Dimitri Gazdanov. Non sapevo che Veronica avesse lavorato con lui. 2006... Che sia *L'Arlésienne* lo spettacolo per cui era stata scelta proprio Ginevra?

Il suono del citofono mi distoglie. Mio fratello deve aver dimenticato a casa le chiavi. Gli apro senza neanche controllare e lascio la porta aperta. Adesso googlo «Veronica Bardari e Dimitri Gazdanov», ma una voce mi interrompe. E non è quella di mio fratello.

Mi ritrovo a bordo della Mercedes SLK di Claudio.

«Ho detto io alla Wally che vieni con me a un sopralluogo, non occorre che chiami per avvisare.»

«Sono commossa, veramente.»

«Ho pensato di passare direttamente a prenderti, per farti prima gli auguri. Se vuoi, ti offro anche la colazione.»

«In effetti mio fratello era andato a prendermi le brioche.»

«Ma io ti conosco, per te non c'è niente di meglio di un bel morto fresco fresco per festeggiare.»

«Veramente, Claudio... per una volta...»

«Ti dispiace?»

Sì. Da morire. Come dirgli che quando ho capito che era lui quasi mi è preso un coccolone? Sognavo che avesse un mazzo di fiori e una dichiarazione di imperituro amore. Invece, mi porta a un sopralluogo. Che uomo.

Nel frattempo lui ha superato Cinecittà e ha preso la Tuscolana. «No, figurati... Il lavoro è lavoro. Sai qualcosa sul caso?»

«Sì. Uomo, trentotto anni. Suicidio.»

«Almeno è un caso semplice.»

«Non è mai semplice, Allevi.»

Mette su un cd degli Smiths. *There is a light that never goes out... Take me anywhere, I don't care, I don't care...*

«Claudio... sai che pensavo tempo fa... che di te non so alcune cose elementari. Tipo cosa ti piace fare fuori dall'Istituto. O che musica ti piace, a parte gli Smiths e Nick Drake.»

«Non ho una vita fuori dall'Istituto. Sono lì, faccio parte dell'arredo.»

«Dai. Non sto scherzando.»

«Mi piace giocare a tennis. Mi piace preparare panini» risponde, una sintesi sempre ai limiti dell'ellissi.

«E poi?»

«Deve per forza piacermi altro?»

Intanto ha svoltato in via Fattoria Rampa. «Siamo quasi arrivati» annuncia e dopo cinque minuti si infila in un parcheggio di fronte all'inconfondibile edificio giallo e blu.

«No. Non ci posso credere. C'è un morto all'Ikea!»

«Sveglia, Allevi. Non c'è nessun morto, a parte il mio orgoglio. Andiamo, prima che ci ripensi.»

«E dopo?» chiede Silvia, con il tono di chi non capisce quanto questo gesto sia stato importante.

«Più di così!» mi viene spontaneo ribattere.

«Be', se sei contenta tu.» Il suo pragmatismo a volte sconfina nell'acidità.

«C'è tutta una storia, dietro. È... come dire... un piccolo passo per l'uomo, un grande passo per l'umanità.»

«Vabbe', se il termine di paragone è il primo uomo sulla luna, allora sei messa bene. E che avete fatto una volta lì?»

«Sembravamo come in quel film, *(500) giorni insieme*. Non lo vuole ammettere ma anche lui si è divertito.»

«Quel film finisce malissimo.»

«Era per rendere l'idea.»

Lo scetticismo di Silvia non demorde. «E che ti ha regalato? Una mensola Lack? Oppure se stesso, su un letto Malm?»

«Impicciona.»

«Ne riparliamo quando dovrò farti *counseling* via WhatsApp.»

«Magari stavolta non succederà. Magari è la volta giusta.»

«Quando c'è CC di mezzo, Alice...»

La interrompo, perché è tornato. Era andato a prendere la cena mentre io sono rimasta a languire nel suo letto fino a quando non mi ha chiamata Silvia per farmi gli auguri.

No, oggi niente cautela, oggi varco la soglia di un nuovo capitolo senza difese, piena di speranza.

Se c'è una cosa su cui Tom avrebbe potuto giurare è che non si possono attribuire dei grandi significati cosmici a dei banali eventi terrestri

500 Days of Summer

In previsione delle festività natalizie, Il filo di Tersicore ha organizzato un saggio cui partecipa anche la mia nipotina salsiccetta, con un tutù verde acqua e uno chignon che svela il visino tondeggiante. Per l'occasione, anche i miei e nonna Amalia hanno lasciato l'amata Sacrofano e dopo aver visto le bambine dei *petits cygnes* zompettare sul palco, in un arcobaleno di nastri e tulle e gioia di danzare, sono certa che ne valeva la pena. La nonna ha gli occhi lucidi, come negarle l'emozione di sentirsi la matriarca della nostra famiglia?

Camilla viene accolta in un tripudio di abbracci e congratulazioni, è talmente eccitata che ride forte, con piccoli strilli di pura felicità. Mi sento un po' orgogliosa, del resto questo non è che uno dei pochi veri risultati delle mie indagini parallele e non ortodosse. E proprio mentre ci sto pensando, ecco giungere sul palco Ada Vichi, che tiene un discorso su tutto quello che le bambine e le ragazze possono imparare dalla danza.

«Lo dico sempre a ognuna di loro, specie nei momenti più difficili. Dovete amare il vostro corpo, imparare a usarne ogni parte, perché il vostro corpo sa come farvi diventare ballerine migliori. Il vostro corpo non è un nemico.»

Quante volte hanno consolato anche te, Ginevra, queste parole?

«Che signora fine e intelligente» mormora nonna al mio orecchio. Poi, il ricordo commosso di Maddalena genera un applauso sentito da parte di tutti i presenti, al che la nonna si perde. «Ma di chi sta parlando?»

«Lunga storia, nonna.»

E dopo un altro pezzo di discorso che assommato a un saggio di circa due ore mette a dura prova la mia resistenza fisica, è finalmente ora di lasciare la sala. Mentre mi accodo al flusso di genitori orgogliosi delle loro più o meno talentuose ballerine, sento un tocco sulla mia spalla. È Ada Vichi.

«Mi sembrava che fosse lei... ma non ne ero sicura, sa... i riflettori, le luci...» Pare cordiale, molto diversa dall'ultimo incontro in laboratorio.

Dico alla nonna, che si reggeva al mio braccio, di farsi accompagnare fuori da mamma.

«È stato un bel saggio» dico a Ada, tanto per trovare un argomento su cui lei possa convenire.

«La ringrazio. Dottoressa... ascolti... desideravo scusarmi, ero molto... nervosa quel giorno, e non è da me comportarmi in quel modo...»

«Non si preoccupi, è comprensibile. Avrà saputo l'esito dell'esame dal suo avvocato, immagino.»

Ada annuisce con ritrovata serenità. «Sì, certo...»

Travolta dall'impulso, le chiedo: «Ada... Maddalena le ha mai parlato di quei messaggi anonimi?»

Lei si adombra e quasi mi sembra di aver esagerato con una domanda del genere in un momento felice che nulla ha a che vedere con le cose brutte del passato. Ma mentre io mi arrovello, lei risponde senza apparente disagio. «No, mai. Infatti continuo a credere che sia tutto molto strano perché, nel caso in cui fosse stata minacciata, sono sicura che me ne avrebbe parlato. Non sarebbe mai riuscita a mantenere un segreto così grosso e pericoloso proprio con me. Adesso, dottoressa, devo andare. Mi premeva soltanto dirle che mi dispiace, non avevo nulla contro di lei.»

«Certo, capisco.» Poi mi viene in mente un particolare. Ora o mai più. «Posso farle solo una domanda? Una curiosità.»

Ada sembra sulle spine, ma in virtù di quel senso di colpa per quelle rimpiante brutte maniere non sa proprio tirarsi indietro. «Lei sapeva che Veronica Bardari è stata protagonista dell'*Arlésienne* con Dimitri Gazdanov?»

Ada ha l'aria smarrita, forse perché non riesce a capire cosa me ne importi. «Sì, certo... era un'occasione molto prestigiosa...»

«Aveva lasciato la compagnia di Marchelier per andare a New York?»

«C'era soltanto un posto. Lo aveva vinto Ginevra, ma dopo la tragedia... Dimitri prese Veronica.»

«E Marchelier fu contento di perdere le due ballerine su cui aveva puntato?»

Ada sembra un po' a disagio, tuttavia risponde gentilmente. «Be', nell'interesse di Veronica, Marchelier non poteva che esserne contento. Certamente lei lo avrà saputo, del resto lo sanno tutti... Marchelier e Veronica stanno insieme da anni.»

Bene, quindi come al solito ho scoperto l'acqua calda. «E perché poi Veronica lasciò Gazdanov? Nostalgia di Marsiglia?»

«Una ballerina non può soffrire di nostalgia. Deve proibirla a se stessa.»

«E... allora?» azzardo con timidezza profondamente fasulla.

«*L'Arlésienne* è stato un autentico disastro, i critici l'hanno stroncata. In realtà Veronica non era concentrata, il suo cuore era spezzato per Ginevra e Gazdanov non era uno che perdonava...»

«Fortuna che c'era Marchelier pronto a riprenderla con sé.»

«Già. Adesso, se non le dispiace...» conclude, pentita della sua buona educazione. Cara Ada, se solo non fossimo tanto schiavi del voler essere sempre fedeli all'immagine che gli altri hanno di noi, quanti grattacapi ci risparmieremmo!

«Ci mancherebbe. È stata gentilissima. Sa com'è, mi lascio trascinare dalle storie degli altri. Sono fatta così.»

«Forse le manca una buona storia tutta sua» osserva, complice per un attimo perché ho la sensazione che la buona storia sia mancata per molto tempo anche a lei, ma poi ricorda di aver provato a liquidarmi già due volte e per coerenza mi saluta definitivamente. Uscita dal teatro trovo il parentame sull'irritato spinto. La nonna per un'urgenza emuntoria impellente, la nipote per la fame, il fratello e la pseudocognata da un po' sono isterici l'uno in presenza dell'altra, i miei genitori in genere sono serafici ma adesso sono isterici anche loro di riflesso. Invero viaggiamo sotto i 5° Celsius e sono un poco intirizziti ma, quanto a me, il freddo mi lascia indifferente, anzi un sospetto mi infiamma. Mi fa compagnia per tutta la notte fino all'indomani quando, dopo un'ora di anticamera, finalmente accedo all'ufficio di Calligaris.

« Bellissima teoria. Dimostra che Veronica ha beneficiato della morte di Ginevra, almeno per quell'allestimento. Ma è cosa certa che Veronica Bardari era in albergo la notte della morte di Ginevra Bley. E se per questo anche quand'è morta la Vichi. » Calligaris fa spallucce, ma sembra ansioso di dirmi qualcos'altro. « Invece, in termini di indizi concreti, i miei controlli incrociati hanno rintracciato un biglietto ferroviario, Monaco Hbf-Roma Termini, regolarmente utilizzato il giorno prima della morte di Maddalena, a nome di Chloë Marchelier. Questo significa due cose: primo, che Chloë non ha un alibi e secondo, che ha mentito. »

Sono pietrificata. « Ma perché? Come le è saltato in mente? »

« È chiaro che ha qualcosa da nascondere. L'ho

convocata con urgenza e ho fatto un po' di voce grossa al suo avvocato per fargli capire che la situazione non è rosea.» Più ciarliero di una cocorita, prosegue: «Tutto va al suo posto, se si pensa che Chloë sia responsabile della morte della madre. Un rapporto difficile e irrisolto sedimentato negli anni. Da un lato una madre che vede nella figlia la causa della fine della sua carriera di étoile, dall'altro una figlia che si è sempre sentita respinta. Possiamo poi ipotizzare che la ragazza nutrisse delle mire verso la casa di famiglia, e che a un certo punto abbia scoperto che la madre l'aveva ceduta, privandola della sua eredità. Immaginiamo che le due abbiano avuto un'aspra lite, una delle tante – Ada Vichi mi ha detto personalmente che non si potevano lasciare nella stessa stanza per più di dieci minuti di fila, perché finivano sempre con il darsi addosso. E una lite, più accesa delle altre, sfocia nella violenza fisica, Chloë spinge malamente la madre, la carotide si rompe, *et voilà*».

«Dottore, messa così non fa una piega» non mi resta che dirgli.

«È così» rimarca lui, tutto estasiato.

«Restano il ricatto di Maddalena e la morte di Ginevra Bley» obietto. «Per questi due fatti non c'è una risposta, mentre forse la logica ci porterebbe a pensare che i tre eventi siano tutti in connessione. Ma è da escludere che Chloë abbia ucciso anche Ginevra.»

«Be', sì. Ma forse il legame tra tutti questi fatti segue una strada diversa, che ancora non mi è chiara.»

«Quando arriverà Chloë?»

«Questo pomeriggio. La signorina prende il primo volo. Forse la paura della gattabuia è peggio di quella dell'aereo.»

E infatti eccola, dimagrita, depauperata di bellezza e serenità dalle ostilità della vita. È accompagnata dal suo avvocato e in anticamera mi è sembrato di intravedere Alessio. Mi chiedo quanto il suo amore potrà sopravvivere alla richiesta di quel genere di affetto profondo che rende sopportabili i musi lunghi e le giornate nere. Avendo presente il tipo, nutro qualche perplessità.

Per prima cosa Calligaris le chiede di confermare quanto già riferito all'inizio delle indagini, ovvero che si trovava a Monaco quando la madre è morta.

«Sì, è così. Io non ero a Roma in quei giorni e sono tornata solo per i funerali di mamma.»

«Non è che fa un po' di confusione?»

«Sono distratta a volte, ma non credo di sbagliarmi su cose così importanti» replica lei, molto tesa.

Allora il ViQuEi la mette di fronte a quel biglietto del treno che la inchioda a Roma il giorno della morte della madre.

Chloë impallidisce ma ha la risposta pronta. «Quel biglietto l'ho regalato a un'amica, è lei che lo ha usato.»

«Mi racconti meglio, signorina Marchelier. Perché aveva fatto quel biglietto che poi non ha usato?»

«Roma è la città in cui sono nata e cresciuta, è normale, credo, che abbia voglia di tornarci appena possibile. Ho molti amici qui e il mio compagno è romano. Quello era un vecchio biglietto che avevo fatto ma poi avevo cambiato programma per impegni a Monaco. Ero arrivata e partita prima, tant'è che ero stata a pranzo con mia madre e Franz Lazzari, in quella settimana, ma non mi chieda il giorno esatto perché non lo ricordo. Non avevo potuto cambiare il biglietto perché la tariffa non lo permetteva. E questo è tutto.»

«Bene, e a chi ha dato quel biglietto?»

«A una mia collega tedesca che aveva tanta voglia di visitare l'Italia.»

«Verificheremo.»

«Fatelo!» replica lei un po' sprezzante, ma assai nervosa.

«Mi scriva il suo nome» dice quindi Calligaris, porgendole un foglio.

«Non so se lei viaggi mai in treno, dottore, ma i controllori non verificano l'identità del viaggiatore.»

«Grazie per la precisazione. Resta il fatto, signorina Marchelier, che questo biglietto a suo nome esiste, fino a prova contraria. Come esistono delle ragioni per cui lei avrebbe potuto litigare ferocemente con sua madre.»

L'avvocato di Chloë interviene, dopo una sua tacita quanto disperata richiesta di aiuto. «Dottor Calligaris, molti figli hanno rapporti conflittuali con i propri genitori, ma per fortuna non diventano tutti degli assassini!»

«Non tutti, ma alcuni sì» risponde lui, gelido. «Lei sapeva che sua madre ha donato a un estraneo la preziosa casa in cui viveva? Quella casa che lei, Chloë, avrebbe ereditato?»

La ragazza ammette, rattrappita nel suo stesso imbarazzo. «L'avevo saputo, sì.»

«Prima della morte di sua madre, quindi?»

«Certo. Me l'aveva detto lei stessa.»

«Quando?»

«Poco tempo fa.»

«Sua madre le aveva spiegato il perché?»

«Sì. Mi aveva detto che quella casa, il nonno Ermanno l'aveva ottenuta in maniera disonesta e lei voleva rimettere le cose a posto.»

«Lei era d'accordo con sua madre?»

«Difficile essere contenti di una decisione che ti causerà una perdita, ma se è vero che il nonno ha agito male, allora mia madre ha fatto bene.»

«Litigavate spesso, lei e sua madre?»

Gli occhi di Chloë si orlano di lacrime. «Continuamente» ammette. «Non riuscivamo proprio a trovarci. A capirci.»

Calligaris le offre un fazzoletto. «C'era una ragione in particolare?»

La storia di Chloë è la triste fiaba di una bambina amata con una remora, quella del *se non ci fossi stata tu, la mia vita sarebbe stata sicuramente migliore.* Cerca di spiegarlo con parole misurate, che non mettano in discussione l'amore per quella madre inarrivabile, ma non le manca la consapevolezza essenziale. «Mia madre ha avuto due amori: Antonio Serralunga d'Alba e la danza. Mio nonno ha messo fine al primo, io al secondo.»

«E suo padre?» domanda Calligaris.

«Mio padre è stato un ripiego. Lei ha voluto crederci, ma tra di loro non ha mai funzionato. Lui lo ha capito quasi subito, era innamorato perso di mia madre, ma lei semplicemente non c'era. Si sono sposati solo perché sono arrivata io, la gravidanza è stata difficile e lei è dovuta rimanere a riposo per mesi e mesi... poi il parto... e i primi tempi lei ha avuto una depressione orribile. Ma non era quella che oggi chiamano depressione post partum. Non era colpa degli ormoni. Lei non mi voleva e non voleva neanche mio padre, avrebbe voluto piantarci tutti e scappare con qualche compagnia di balletto fingendo di non averci mai visti. Non lo ha fatto, ma non ci ha mai amati. Per questo mio padre la tradiva, ma oggi mi dico che non era neanche un vero tradimento. Se due persone non si amano più, dov'è il tradimento?»

«Per questo è andata a studiare fuori?» le chiede Calligaris, sorvolando su quel quesito che, per quanto sia solo retorico, rende chiaro a questo punto perché non si sia fatta scrupoli a portare via ad Angela il suo aitante fidanzato.

«La convivenza con mia madre non era facile. Andarmene è stata la cosa migliore per entrambe, anche mio padre all'epoca mi spronò verso quella scelta.»

«Pur sapendo che Maddalena sarebbe rimasta da sola?»

«Mio padre voleva il meglio per tutti noi. Aveva capito che i rapporti con mia madre, gestiti a distanza, erano sicuramente più sostenibili. Sto dicendo la verità: io non c'entro niente con quello che le è successo. Le volevo bene, davvero. Aveva tutti i difetti del mondo ma era la mia mamma.» Il suo avvocato si avvicina per dirle una cosa all'orecchio. Lei si irrigidisce appena e diventa più taciturna e stringata nelle risposte alle successive domande di Calligaris, che le intima di non allontanarsi da Roma fino a che non sia stata chiarita la verità su quel biglietto del treno. Chloë saluta, molto tesa, raccattando il suo solito cappotto color cammello, statuaria nella sua altezza da passerella, ansiosa di poter riporre questi brutti ricordi nel cassetto delle cose da dimenticare per sempre.

Tu che ti lagni dei miei pochi impegni in tema di premure e di filosofia

Mi chiedo se chi carica i video su YouTube ne immagini la fruizione e l'utilizzo anche da parte di detective dilettanti. Dato che piove incessantemente, che i miei sono tornati a Sacrofano, che Marco e Camilla sono fuori con Alessandra, che Silvia è al suo studio e, soprattutto, che CC era impegnato, ho passato un paio d'ore guardando in loop video di Veronica Bardari e in particolare le sue interviste rilasciate nell'anno dell'*Arlésienne*. A volte chi fa domande sa essere cattivo pur di solleticare risposte con un certo effetto: ne è un perfetto esempio la biondina con l'accento milanese che ha rivangato un lutto, in quell'estate, in grado di turbare Veronica al punto da rovinarle l'opportunità con Gazdanov. Gli occhi della ragazza si offuscano per un istante, ma presto recupera quella gelida schermatura e risponde che l'arte è emozione e a volte è anche dolore, prima ancora di essere tecnica e disciplina. Poi interviene Marchelier e mette fine bruscamente a quell'intervista, cosa che si ripete in un altro paio di episodi.

Afferro il cellulare per chiamare Calligaris, che mi invita a passare dal suo ufficio, e non è una cattiva idea uscire di casa e prendere un po' d'aria.

«Dottore, si è mai riuscito a chiarire a chi fosse destinata la sala prove, prima di quella lezione in cui Maddalena ha trovato uno dei due biglietti?»

Se non ricordo male, infatti, una delle allieve ha testimoniato che Maddalena aprì un cd dell'*Arabésque* e fece una faccia strana. Non è quindi insensato pensare che Maddalena stessa lo avesse messo lì per un destinatario che certamente avrebbe aperto quello stesso cd. Ma forse non è riuscita nel suo intento, e l'espressione colta dalla sua allieva non era altro che stizza.

«La sala è stata usata da una delle più fidate collaboratrici della Vichi, che non ha alcun legame con il caso Bley e, soprattutto, nessuna ragione per essere invischiata in questa storia. È una pista che ho già esplorato.»

«E dopo? Da chi è stata usata?»

«Da nessuno, era l'ultima lezione, il venerdì pomeriggio.»

«Però lei quel biglietto lo ha lasciato lì. È proprio sicuro che quel fine settimana la scuola fosse vuota?»

«Così mi ha detto Ada Vichi.»

«Che non ha motivo di mentire.»

«Quanto meno, nessun motivo evidente.»

«Lunedì, allora?»

«Solita routine di lezioni e nessuna delle insegnanti della scuola ha legami sostenibili con questa vicenda.»

«Le risulta per caso che in quei giorni fosse previsto uno degli stage con Veronica Bardari?»

«No, era fissato per la settimana dopo.»

«Okay, come non detto.»

Nel frattempo Calligaris sta rimettendo in ordine alcuni fogli estratti dal faldone, molti dei quali sono foto.

«Ispettore, cos'è quella roba?»

«Niente di importante. Oggetti vari prelevati dalla Scientifica nei pressi di Villa Frondosa, ancora in attesa di essere esaminati.»

«Ma sbaglio, o quella è la tazza?» gli domando, e per poco non gli sfilo l'immagine dalle mani.

«Che tazza?» chiede, incuriosito.

«La tazza, dottore! Appartiene al servizio della signora Vichi, me lo ricordo perché ce l'ha simile mia nonna – il suo è un'imitazione, però. Ma lasciamo stare, non è importante. Il punto è che mi ricordo di averci fatto caso. Nella credenza c'erano solo quattro tazze, e una era sul tavolo. E siamo a cinque. I servizi sono almeno da sei. Quindi ne mancava una. Questo significa che la tazza è stata rotta e portata via la mattina della morte della Vichi e la solerte Scientifica, appunto, l'ha ritrovata.»

«Perché magari l'aggressore sapeva di aver lasciato lì le sue tracce» conclude Calligaris, che poi prosegue: «Maddalena si è addormentata vestita con quell'abito spettacolare che tanto ti piace. La notte è stata breve, come ci ha confermato Serralunga d'Alba, che va via prestissimo. Di mattina, qualcuno suona alla porta. Qualcuno che Maddalena conosce, di cui gradisce la visita e cui offre un tè. Qualcuno che non era presente la sera prima. Qualcuno con cui litiga livorosamente lì nel suo amato giardino. Qualcuno che la spinge e la lascia lì a morire, senza darle aiuto. Scappando via con una tazza rotta. È quasi ridicolo.»

«Be', sapeva che su quella tazza avrebbe lasciato il suo DNA, non poteva gettarla nella pattumiera. Sa di non aver toccato nient'altro, evidentemente. Solo che se è stata all'aperto, si sarà contaminata.»

«Ma un tentativo lo si può sempre fare, no? La Scientifica l'ha repertata qualche giorno dopo la morte di Maddalena. Leggo qui che l'ha trovata in una strada sterrata poco battuta. Vediamo che ne esce. Se una volta tanto nella vita mi va di culo, avremo il DNA dell'aggressore.»

È sera.

A salvarmi da me stessa, mentre cerco di sbrinare il frigo con il phon, ci pensa Claudio che mi invita a cena in un posto molto carino dove si mangiano insalate crudiste in ciotole di ceramica danese e si bevono vini biodinamici, qualunque cosa voglia dire.

«Mio fratello è tornato per aiutare Valentina con il trasloco» mi sta dicendo, mentre si sforza di trovare gradevoli i germogli che compongono la sua pietanza.

Naturalmente l'argomento non è nato da un suo impulso, ma è la risposta a una mia specifica domanda.

«È bello che siano rimasti in così buoni rapporti.»

«Li ha aiutati la presenza di mia nipote.»

«Come si chiama? Non la nomini mai.»

«Chiara.» La sua stitichezza di dettagli, quando ci si addentra nei suoi affari personali, diventa patologica.

«Tuo fratello si è rifatto una vita?»

«No. Il lavoro che fa non lo aiuta. Del resto ha contribuito alla fine del suo matrimonio.»

«Ma è per questo che sei tanto sfiduciato? Perché hai visto soffrire tuo fratello?»

«In realtà non l'ho visto affatto. Però ci è stato male, ovvio. E in termini assoluti non sono sfiduciato, questo implicherebbe un po' di dispiacere che francamente non provo. Buona l'insalata. Poi però andiamo al McDonald's.»

«È stata lei a lasciare lui?» chiedo, implacabile.

«Lei lo ha tradito, lui non l'ha perdonata.»

«Hai una capacità di sintesi che rasenta la perfezione.»

«Avevi dubbi?» Fa un cenno al cameriere per chiedere il conto.

«Secondo me lei adesso ha una storia. Riceve sempre chiamate da qualcuno di cui ha registrato solo le iniziali.»

«Che informazione interessante.» Dopo un po' – forse ci ha pensato – chiede: «Che iniziali?»

«FM.»

«Immaginavo.»

«Chi è?» chiedo, ansante come un cagnolino che aspetta il biscotto.

«Alice, so che la cosa ti sconvolgerà perché non lo ritieni possibile, ma io sono un galantuomo. Non faccio pettegolezzi su donne che peraltro sono state parte della mia famiglia.»

«Hai ibridato il tuo DNA con quello del signor Darcy proprio adesso?»

«Chi è il signor Darcy?»

Pretendere che conosca Jane Austen è troppo, da uno che già mi ha portato all'Ikea. «Lascia perdere. Comunque io non voglio fare *pettegolezzi*.»

«No? E cosa?»

«Conoscere meglio ciò che ti riguarda.»

«Ma Valentina non riguarda me» obietta, con una logica a modo suo inoppugnabile.

Ma io ho comunque da ridire. «Valentina» pronuncio il suo nome con una certa asprezza, «ha causato la nostra lite peggiore da quando ci conosciamo. Ti ha quasi convinto che sono una stronza sleale. Quindi direi che ci riguarda.»

«Avresti dovuto fare l'avvocato, trovi sempre un appiglio.»

«Dunque?»

«FM è Federico Maragnini, il suo amante storico. Lei crede che sia un segreto, ma mio fratello lo ha scoperto anni fa.»

«E perché non stanno insieme adesso?»

«Perché Maragnini, oltre a essere più vecchio di lei come minimo di vent'anni, è un politico molto in vista che non vorrebbe mai divorziare dalla moglie, che a sua volta appartiene a una famiglia di lunga tradizione di politici e uomini influenti. Che se ne fa di Valentina, venuta dal nulla?»

«Come hai detto che si chiama questo tizio?»

«Federico Maragnini.»

«Maragnini? Maragnini... Maragnini...» Giustamente Claudio mi fissa perplesso. «Qualcosa se ne è fatto, altroché!»

È costernato. «Alice, non mi aspettavo tanta volgarità da te.»

«Sei veramente scemo certe volte. Non intendevo quello! Ha usato il ruolo di Valentina come magistrato, è ovvio! Maragnini ha un figlio di nome Alberto?»

«Non ne ho idea.»

«Hai visto che i pettegolezzi servono? Un certo Alberto Maragnini era coinvolto nella storia di Ginevra Bley. È stato l'ultimo a vederla viva, secondo le indagini. Svegliati, Claudio! All'epoca tu non potevi saperlo, ma adesso sì!» Sbigottito, CC firma lo scontrino della carta di credito, mentre io insisto. «Tutto torna: ecco perché ha svolto un'indagine superficiale ed ecco perché è l'unico incarico che ti ha dato in tutti questi anni, proprio quando eri ancora inesperto e sapeva che eri preso dal dottorato. Per di più ha usato la fiducia che certamente avevi in lei per lasciarti credere che il caso era chiaro e praticamente chiuso. Lei ha coperto il figlio del suo amante! È ovvio. E guarda un po', ha chiesto il trasferimento dopo la riapertura del caso. È ovvio» ripeto, tutta esaltata.

« E magari era meglio non farlo sapere ai vicini di tavolo. »

« Non hai altro da dire? »

« Sì. Che stronza. »

Le manovre di Valentina e del suo amante erano mirate a coprire l'eventuale colpevolezza di Alberto e, nel caso lui fosse stato il vero assassino, questo farebbe cadere la connessione tra la morte di Ginevra e quella di Maddalena. Il punto è che al coinvolgimento di Alberto io non credo neanche un po'. Adesso che ci penso, tutti lo descrivevano come un tipo serio, tranquillo, proiettato nella carriera di giurista. Magari il padre voleva solo proteggerlo dall'inevitabile gogna mediatica che si scatena in questi casi, che certamente lo avrebbe segnato a vita. Molto più semplice mettere tutto a tacere con un referto di suicidio invece di rischiare che un'indagine per omicidio coinvolga il ragazzo, lasciando appesi alla speranza che ne uscisse indenne. Proprio quando sono pronta a dire a Calligaris le mie idee sui magheggi di Valentina, lui mi anticipa con la sorprendente notizia che alla Scientifica – quanto sono bravi! – sono riusciti a isolare un profilo dalla tazza.

« Però, dottore, in tribunale una prova così la faranno a pezzi, si alzerà di certo l'avvocato della difesa per dire che è DNA degradato e contaminato, sempre se riuscirete a risalire all'identità di qualcuno. »

«Appunto. Ti porto il profilo ricostruito e tu lo compari a uno di quelli che già abbiamo.»

«Ma il giudice...» mi ritrovo a obiettare, il che, considerati i ruoli, ha qualcosa di paradossale.

«Lasciamolo stare quello, è peggio di Ponzio Pilato: temporeggia in attesa della pensione. Non ha nulla a che vedere con la Montechiaro, già la rimpiango!»

«Oh, andiamo bene!» Non voglio demolire l'ideale del ViQuEi. Per il momento. In realtà la sua proposta mi alletta moltissimo. Quando si tratta di indagini, se faccio cose fuori dai binari dell'ortodosso mi gaso a prescindere.

«Ti trovo in Istituto?»

«Ma certo, dottore, dove vuole che sia.»

E dopo venti minuti, durante i quali avrà sgommato a sirene spiegate per le vie della città sull'Alfa Romeo d'ordinanza, si manifesta con il prezioso documento della Scientifica.

Siccome non accenna a andarsene neanche dopo il caffellatte con cinque pallette alla macchinetta, gli faccio presente che ho bisogno di un po' di tempo. «Ormai dovrebbe saperlo, dottore. Ci sono tempi tecnici...»

«Ma Conforti le comparazioni le fa in un niente.»

«Eh, ma di dottor Conforti ce n'è uno solo...»

«D'accordo, Alice, chiamami quando hai finito.»

Mi lascia quindi tranquilla nella mia stanza, dove una volta sola faccio partire a basso volume la playlist di *La La Land* e inizio il lavoro dal profilo di Marta

Bley, perché mi sembra il meno probabile, e così lo scarto per primo.

Poi, con un po' di emozione, procedo con Ada Vichi, ma è da scartare anche lei, e forse in fin dei conti non sono troppo sorpresa. Mi restano Veronica Bardari e Chloë Marchelier. Ma prima un caffè: certe cose vanno affrontate con un'adeguata percentuale di caffeina nel sangue. Nel frattempo squilla il telefono ed è Alessandra.

«Sei in Istituto?» mi chiede.

«Sì, perché?»

«Io sto per uscire dal reparto, posso venire a parlarti? Ti trovo da sola?»

Come spiegarle che interrompermi in questo momento è come se mi si guastasse la tv durante il finale di stagione del *Trono di Spade*? «Veramente, Ale... senti, è urgente? C'entra Camilla?»

«In realtà devo parlarti di Marco.»

L'amore fraterno prevale e in men che non si dica me la ritrovo davanti.

«Ma sei ancora al lavoro?» dice, buttando un occhio ai documenti sulla mia scrivania.

«Sì... è un caso che mi ha preso parecchio.»

«Allora sarò rapida, non voglio farti tardare...» ribatte, tutta imbarazzata, ma lo diventa ancora di più quando subito mi chiede: «Marco ti ha più parlato di quella con cui si vede... Sara?»

«Ale, che domande...»

«Sì, hai ragione» mi interrompe. «Non dovrei

mettermi in mezzo. Ma io... io penso di aver fatto un disastro.»

«Che disastro?»

«Lasciandolo.» Oh. Finalmente! Se n'è pentita. «Tu pensi che lui potrebbe...»

È talmente agitata che non riesce a concludere una frase di senso compiuto, dunque prendo la parola, anche perché la curiosità di comparare i profili mi sta mangiando viva. E poi sono così felice per mio fratello che secondo me lei dovrebbe mollare Camilla a sua madre e raggiungerlo a casa, passando prima da un negozio di lingerie.

«Ascolta. Non credo di poter parlare per lui, ma penso che si strugga da morire per te e che ti perdonerebbe qualunque cosa, anche l'avergli preferito quel tipo insulso in cui ancora non ho capito cosa hai trovato.»

«C'è stato un periodo in cui Marco mi sembrava così immaturo... io mi sentivo spompata da Camilla e mi sembrava di essere diventata all'improvviso una donna mentre lui era un ragazzo e io avevo bisogno di un uomo» replica tutto d'un fiato, ma con il tono di chi sa che sta dicendo una cavolata dietro l'altra. «Ma ora ho capito. Uomo o ragazzo, non mi importa, io voglio lui, mi manca tantissimo e quando lo vedo andare via mi prende il magone e vorrei tornare a vivere con lui. Mi mancano persino le sue scemenze e i rutti dopo la birra, pensa come sono messa.»

«Dovresti dirglielo. Magari la parte dei rutti meglio di no. Stasera non torno a casa fino a che non mi mandi un segnale di via libera. Okay?»

Alessandra mi abbraccia. «Sei così comprensiva!»

A questo punto non mi resta che dirlo a CC: stasera mi dovrà invitare di nuovo a cena. Magari è la volta buona che mi consente di lasciare a casa sua uno spazzolino da denti senza che gli venga un colpo apoplettico.

«Vai!» le dico, felicissima per loro. Spero soltanto che a mio fratello non venga in mente di fare il prezioso.

E quando resto di nuovo da sola, prendo finalmente il profilo di Veronica Bardari. Un tuono, fuori dalla finestra, squarcia il silenzio. Amo i temporali, ma di più quando sono a casa sotto il plaid.

Faccio il raffronto all'acme della concentrazione, tesa da morire perché mi aspetto che quel profilo combaci. Ci sto credendo da un po'. Perché Veronica in quei giorni era a Roma e non ha un alibi, era in albergo e riposava, o almeno così dice, e perché ha una strana voraginosa inquietudine negli occhi. È un po' pochino come ipotesi investigativa, lo so. E infatti, il profilo non combacia. Il mio castello di carte crolla, e mi resta solo Chloë, che in teoria era a Monaco o forse anche no, se la storia del biglietto regalato alla sua collega tedesca era una bugia.

Ci perdo un po' più di tempo.

Poi chiamo Claudio.

«Ehi. Dove sei?» mi chiede, la voce un po' stanca.

«Ancora in Istituto. Tu?»

«Sono sotto, in obitorio, per un'autopsia.»

«Ci vediamo stasera?»

«Certo.»

«Claudio... appena finisci sali in Istituto? Ho bisogno di farti vedere una cosa.»

«Ho già finito. Dammi cinque minuti.»

Poco dopo la porta tagliafuoco si apre. Lui ha davvero l'aria provata e puzza un po' di obitorio.

«Alice, fai presto perché mai nella vita ho desiderato tanto una doccia.»

«Guarda questi due profili, per favore.»

Ha ragione Calligaris. CC ha uno scanner nel cervello. «Non lo hai capito?» chiede, inarcando un sopracciglio. «Allora è vero che hai studiato medicina su *Esplorando il corpo umano*.»

«Sì che ho capito, volevo solo una conferma. Si chiama stima verso un collega più esperto. Esiste nel vocabolario, sai, sotto la lettera S, oltre alla voce *sarcasmo*.»

«Te lo confermo, allora. Questi due profili appartengono a un padre e a una figlia. Possiamo andare adesso?»

Non è tranquilla, signore, l'acqua dove dormono certi pensieri. È profonda, e il fondo non si scorge

Charles Dickens

Emmanuel Marchelier.

Quanto è banale, in fin dei conti, il male.

Calligaris ha deciso di stanarlo passando per Veronica. Del resto, la prova biologica della tazza ritrovata potrebbe risultare debole in un'aula di tribunale. Il ViQuEi vuole qualcosa che lo inchiodi e ritiene che Veronica Bardari sia a conoscenza di molte più cose di quelle che ammette. Così, si è presentato di sabato alla scuola di danza, quando l'étoile era a Roma per uno dei suoi seminari, e ha portato a casa un risultato di quelli storici.

Ma andiamo con ordine.

Ha trovato Veronica da sola, nella sala dove stava facendo gli esercizi alla sbarra. Per un gioco di specchi, sembrava che nella stanza ci fossero almeno altre tre Veroniche. Ada aveva aiutato il ViQuEi orchestrando tutto: le altre allieve non sarebbero arrivate prima di un'ora, ma sapeva bene che Veronica non risparmiava i suoi muscoli. Quell'esercizio continuo era del resto una forma di santificazione del proprio corpo. Calligaris si è scusato per averla interrotta e le ha chiesto di sedersi per poter parlare in comodità. Veronica allora ha intuito che quel funzionario di polizia, quella mattina, era lì per stravolgerle la vita. È diventata pallida e ha chiesto un po' d'acqua.

Calligaris ha usato modi gentili, l'ha messa a proprio agio e, implacabile da par suo, è arrivato dove voleva. Ha detto che sapeva già tutto, le ha spiegato con gentilezza che la sua posizione poteva essere fraintesa e le consigliava di collaborare. Un po' ha barato. Ma del resto, chi non lo fa?

Tutto è partito da un messaggio, come gli altri due che sono stati trovati nel cd e nella borsa di Maddalena. Veronica ne trovò un altro, nella valigia di Emmanuel. Erano in albergo a Roma, lui era venuto per un giro nelle scuole di danza alla ricerca di talenti, come faceva più o meno ogni anno. Dentro di lei, un dubbio aveva trovato rami su cui arrampicarsi e nidificare.

Scoppiando in lacrime, disse a Emmanuel che aveva capito, finalmente. Ogni cosa trovava una spiegazione, solo che era orribile e per quanto lei si rifiutasse di crederci ogni parte di sé le urlava che era tutto vero, e che lei aveva solo scelto di non vedere.

Marchelier aveva un'ossessione: creare la ballerina perfetta. Ci aveva provato con Maddalena, ma aveva capito quasi subito che le mancava la stoffa. Poi, aveva incontrato Veronica. Come lei, ne nasce una ogni cento anni, così diceva. Desiderava che fosse proprio come la voleva lui, viva eppure inanimata. Come il folle dottor Coppélius con la sua Coppélia. Poi, quell'improvvisa opportunità con Gazdanov. E Veronica che non desiderava altro, il sogno della vita. Ma quel posto l'aveva ottenuto Ginevra. Impensabile! Una come Ginevra, da Gazdanov? Il russo doveva essere completamente impazzito. Emmanuel si era affrettato a fare a Ginevra una proposta: voleva metterla sotto contratto prima che Gazdanov si manifestasse. Tuttavia, giunse tardi e Ginevra si ritrovò con l'imbarazzo della scelta. Ma chi mai avrebbe rinunciato a Gazdanov?

Veronica dormiva placidamente nel suo letto. Crollava esausta, troppa fatica, ogni giorno. Il cellulare vibrava di messaggi da parte di Ginevra: scriveva di una delusione tremenda, di un ragazzo che non l'amava e non l'avrebbe mai amata, che forse per lei la cosa migliore era andare in America anche se il cuore le suggeriva quanto sarebbe stato bello ballare insieme, vivere insieme a Marsiglia.

Ma i messaggi li intercettò Emmanuel, e capì che non ci sarebbe stata altra occasione.

Ginevra è da sola, è il momento giusto.

Emmanuel esce nella notte, si reca in via Spallanzani dove trova Ginevra fuori di testa. Discinta, instabile, sciatta. Una così, a New York? Una profanazione! Aveva ragione Maddalena, la ragazza non era adatta e non lo sarebbe mai stata. E soprattutto, non avrebbe dovuto intralciare Veronica. Dapprima ci prova con le buone. O perlomeno, a lui sembravano tali. Ma Ginevra è come una gatta pigra che improvvisamente graffia, si ribella e cerca di cacciarlo da casa sua. Lui ha qualche problema a controllarsi.

E le buone diventano cattive.

Quando si trovò quel corpo morto sul divano, pensò di confondere le acque. I messaggi che Ginevra aveva inviato a Veronica indicavano quanto fosse disperata per quel tipo che non la ricambiava e alterata per le sostanze che aveva assunto. Un suicidio. Valeva la pena provarci.

Non poteva saperlo, ma un grosso aiuto gliel'avrebbe dato la Montechiaro.

La vita di Ginevra valse a Veronica *L'Arlésienne*, ma la creatura di Marchelier era talmente addolorata e tormentata dalla morte dell'amica di sempre che non riuscì a ballare. Fu una completa disfatta.

Ed è così che Marchelier arriva ai giorni nostri. L'ha fatta franca.

O almeno crede.

Perché a un certo momento inizia a ricevere quei messaggi. Non uno, non due. Molti di più. Li distrugge con il fuoco. Ma qualcuno sa. Si sente braccato, senza capire da chi. Poi lo intuisce: un biglietto in un cd, nella scuola di Maddalena, che lui lascia lì.

Si era tradito, una volta, parlando con lei.

Perché, nonostante i trascorsi, Maddalena rimaneva una delle persone con cui trascorreva più tempo. Un'alleata. Stavano parlando dei talenti che avevano trovato insieme, quando Maddalena menzionò Ginevra. Maledetto quel giorno, disse che ancora oggi le sembrava impossibile che si fosse suicidata, e ancora di più che le sarebbe dispiaciuto quanto poi le era davvero dispiaciuto e di più ancora, che le mancava, perché aveva un caratteraccio, sì, ma si faceva volere bene. Lei era stata incapace di dimostrarglielo, era stata troppo dura. Come sempre, con chi amava. Aveva sbagliato. Si sentiva in colpa.

Marchelier non si aspettava quella fragilità da una come Maddalena. Aveva provato a consolarla e le aveva detto, lo ricordava bene, che quel brutto gesto era stato dettato da una delusione che non aveva a che vedere con la danza e che anzi, lei aveva fatto solo del bene a una ragazza che dalla sua parte non aveva vero talento, ma soltanto troppa ambizione.

Forse era trapelata stizza. Maddalena l'aveva fissato in maniera imperscrutabile. Da sempre, era lei che lo conosceva meglio di chiunque altro e che vedeva in lui quello che c'era veramente. Il meglio, ma anche il peggio. Dopotutto, lei era obiettiva, perché non aveva mai amato davvero. Emmanuel era stato solo un triste ripiego di quell'amore perduto alla Romeo e Giulietta.

«Perché l'avevi presa con te, allora? Mi sembrava di aver capito che invece ti piaceva, e anche molto.»

«Infatti...»

«Allora perché adesso dici che non aveva talento?»

«Non so perché l'ho detto. Non era vero.»

E poi gli tornò in mente che, quella notte del 2005,

Maddalena gli aveva telefonato. Lui era a casa di Ginevra. Aveva rifiutato la prima, poi la seconda chiamata. Alla terza aveva risposto, per poi scoprire che era semplicemente preoccupata per Chloë, era uscita con le amiche, aveva detto che sarebbe tornata prima delle undici, così non va bene, Emmanuel, dobbiamo darle una regolata. Le aveva chiuso il telefono in faccia ma a Maddalena, adesso lo capiva, era rimasto il dubbio di aver sentito una voce, quella di Ginevra. E glielo aveva chiesto, all'indomani della notizia della morte, e lui aveva risposto: «Ma che ti passa per la testa?»

Era come se adesso quel ricordo fosse balenato nella mente di entrambi, cambiando colore alle cose che già erano successe, annerendole, imbruttendole fino a renderle insopportabili, ma questo Emmanuel lo capiva solo adesso, perché lì per lì non aveva dato peso... e si sbagliava... Doveva parlarle.

Era un lunedì mattina. Senza avvisarla, si presentò e suonò alla porta. Maddalena aprì con quell'abito, santo cielo, se lo ricordava! Lo portava quando l'aveva conosciuta, ma era convinto che lo avesse dato via, non aveva mai capito il perché. Maddalena a volte era irrazionale. Era assonnata, come se non avesse chiuso occhio tutta la notte. Fu un po' invidioso. Vederla così bella e anche un po' felice come non capitava da tempo lo inasprì. Fosse stato per lui, sarebbe andato subito al sodo, ma lei lo bloccò. «Per me la giornata inizia solo dopo il tè. Lo vuoi anche tu?» E poi lei voleva cambiarsi, ma lui ne aveva già abbastanza. «Sei tu che scrivi questi biglietti» le disse mostrandogliene uno che aveva conservato. «Non negare, perché lo so. Dimmi piuttosto che cosa vuoi ottenere.»

«Pulirmi la coscienza. Quella sera al telefono io ho sentito la voce di Ginevra, eri con lei» disse, scoppiando in lacrime, dando sfogo a un pianto covato per dieci anni. «Perché, Emmanuel? Stavi anche con lei? L'hai picchiata? Perché io lo so che a volte non ti sai controllare...»

«Ti sbagli. Io una come Ginevra non l'avrei toccata nemmeno con un dito» disse, sprezzante. Maddalena inorridì. Quel suo tratto narcisista l'aveva sempre odiato. «E cosa pensavi di ottenere mandandomi quei bigliettini? Lo facevi per il gusto di torturarmi o pensavi che sarei crollato? Che sarei andato alla polizia a costituirmi? Se ne sei così sicura come dici, perché non vai tu, a raccontare la tua versione?»

«Perché... per Chloë. Ma non potevo comunque non far nulla!»

«Ah, Chloë. Non vuoi denunciare l'unico genitore che l'ha davvero amata e che si è preso cura di lei? Hai paura che ti odierà, vero? Ma lei ti odia già. Tutti ti odiano. Sei incapace di farti amare, sei una donnetta frustrata e rancorosa. E cattiva.»

Lei era illividita e si era avventata contro di lui, che aveva aperto la porta e stava attraversando il giardino per uscire dal cancello principale. Tirava dritto, ignorandola deliberatamente. Inciampando più volte nel suo vestito, Maddalena riuscì a raggiungerlo e lo afferrò per un braccio.

«Sei un assassino.»

Fu in quell'istante che lui la spinse, per allontanarla da sé. Lo fece con troppa forza, il collo da cigno di Maddalena ebbe un brusco contraccolpo, lei cadde malamente, lo supplicò: «Fermati! Sto male!»

«La gramigna non muore mai. Sbrigatela da sola.»

Invece, la gramigna spirò proprio sotto i suoi occhi. E, a quel punto, Emmanuel capì che c'era una cosa sola da fare: cancellare le proprie tracce e, per la seconda volta nella sua esistenza, cercare di vivere una vita presa a prestito. Quella dell'assassino impunito.

L'amore non esiste ma esistiamo io e te

Le cornici con le sue foto, i suoi libri di Nietzsche e le sue felpe un po' scolorite; Marco ha messo tutta la sua roba in un paio di scatoloni. È essenziale anche nel concetto di possesso. Alessandra è venuta a prenderlo stamattina, sembrano due fidanzatini. Quando mia madre l'ha saputo ha programmato un viaggio a Lourdes per andare a ringraziare la Madonna – si è scoperto che c'era andata a chiedere la grazia che si riappacificassero. Adesso dice che vuole chiederne una per me. Quale, non si è capito.

«Come, quale? Che ti sistemi anche tu! Dopo che il principe si è messo con quell'altra non sei più stata la stessa.»

Per fortuna non le ho mai detto che lui e l'altra aspettano un bambino, ma sono sicura che la cosa che più la sconvolgerebbe sarebbe sapere quanto la cosa mi sia oggi indifferente. O meglio, non è esatto, in realtà sono felice per loro ma anche per me, perché quella non era la vita che era scritta nelle mie stelle. Secondo mia madre sì, ma anche le mamme, a volte, sbagliano. È come se dimenticassero di ragionare da donne.

«Be', mamma, se proprio vuoi scomodare la Madonna per me, chiedile di farmi trovare un lavoro retribuito.»

A riprova dello spartano contributo di mio fratello al caos domestico, la mia casetta continua a sembrare troppo piena di roba anche senza la sua.

Prima che vada via, ci abbracciamo stretti.

«Sei stata una buona coinquilina, sorella, non credevo.»

«Anche tu.»

«Sì, lo so. Non sarà facile trovare un degno sostituto.»

«In realtà stavo pensando di restare a vivere da sola.»

«E come fai con l'affitto?»

«Be', Marco... non è che tu contribuissi poi tanto...»

«Vabbe'. Non parliamo di soldi. Come dice mamma, è volgare.»

«Mi mancherai, ma sono molto felice per voi.»

«Anche io sono felice. Abbi cura di te, sorella.»

La porta si chiude e io sono ufficialmente da sola. La macchia marezzata di muffa sul soffitto mi sembra già più larga, ma poi la meraviglia ha la meglio: dalla finestra della cucina scorgo qualche fiocco di neve. Lo so che in capo a un paio d'ore si scioglierà. Qui da noi il Natale non è mai innevato, purtroppo. Si gela, ma manca la componente romantica. Però è così bello veder calare dal cielo questi piccoli effimeri batuffoli che, in qualche modo, vanno onorati. Una playlist di canzoni natalizie di Frank Sinatra e Dean Martin, il solito alberello nano spelacchiato made in China che ho comprato il primo anno di università, quattro palline spaiate sopravvissute a Camilla e una bella tazza di cioccolata fumante.

In questo clima da *Serendipity*, chiama Claudio.

«Che fai?»

«L'albero di Natale.»

«Divertente!»

«Tu l'hai già fatto?»

«No, Alice. Non faccio l'albero di Natale da più di trent'anni e, come vedi, sono ancora vivo.»

«Sì, ma che tristezza! A proposito... che farai per Natale?»

In realtà stamattina mi aggiravo in segreteria come una zanzara attorno alla lampadina per scoprire subdolamente se avesse preso ferie. Quindi so già che no, non ne ha prese e che lavorerà indefessamente anche durante le feste, anzi è anche di turno per la Procura.

«Niente di particolare. Io odio il Natale.»

«Be', Claudio, niente di originale. Prima di te anche Scrooge e il Grinch. Intendevo... cosa fai la sera della vigilia?»

«Perché, tu hai proposte?»

«Niente che ti piacerebbe.» Ma poi mi gioco l'asso: «A meno che tu non voglia rivedere mia nonna e farti un grappino con lei».

«Mi tenti, Allevi. Senti, passo da casa tua?»

«Ti avviso che troverai un clima natalizio fino alla nausea. Mio fratello è andato via, mi sentivo malinconica, in più nevicava...» Mi sto dilungando come al solito in dettagli che la sua mente eletta in genere cassa di default.

«Significa che adesso vivrai da sola?»

«Già.»

«Quell'appartamento è veramente un cesso. Lo sai, no?»

«Sì, ma ci sono affezionata.»

«Alice. Vieni da me.»

«Dai, Claudio. Per una sera il sacrificio puoi farlo, no? Non chiedere a me di uscire, siamo a -4°.»

«Non volevo dire stasera, sciocchina.»

Un momento. Non ci credo. Sta per dirmelo davvero, così, a sorpresa. La Madonna di Lourdes ha ascoltato la preghiera di mia mamma ancor prima che lei si accollasse la traversata delle Alpi!

«Intendo, vieni a stare con me. Proviamoci, a svegliarci insieme ogni mattina. Ma ti avviso, l'albero di Natale non te lo lascio fare.»

In cauda venenum

«*Pronto, Francesco? Sì, sono Valeria, ciao! Come stai?*»
La professoressa Valeria Boschi aveva l'abitudine di camminare in cerchio al centro della stanza, mentre parlava al telefono. Era quasi Natale, non era certa di trovare il suo vecchio amico. Magari era già in ferie in qualche località di montagna – se non ricordava male, lui era un appassionato fondista. E invece no, le rispose lui. «*Ci vado per l'Epifania.*»
Avevano fatto la specializzazione insieme, alla fine degli anni Settanta, lei era rimasta a Roma, lui invece era stato in giro per l'Italia prima di trovare il posto giusto e diventare direttore del suo Istituto di medicina legale.
«*Come sta Marianna? E i ragazzi? Ah, sei diventato nonno? Che bellezza, congratulazioni!*»
Poi lui le chiese un po' di sé, ma la Wally difficilmente aveva cose da dire. La sua era una vita grama, anche se, dopotutto, era lei che se l'era costruita così. Fu gentile a ricordarsi della sua passione per il cinema. «*Sì, sono ancora la presidentessa del Cineforum, mi impegna moltissimo...*»
I convenevoli furono presto esauriti e lui tagliò corto –

anche se con il suo consueto garbo – chiedendole cosa potesse fare per lei.

«*Negli ultimi tempi stavo pensando di gettare le fondamenta per una collaborazione tra i nostri istituti. A tal proposito mi chiedevo se ti piacerebbe uno scambio, diciamo così. Sai quelle cose che anche noi abbiamo fatto... Ai nostri tempi... Ecco, vorrei mandarti uno dei nostri dottorandi per un'esperienza lì da te. E tu, chiaramente, sentiti libero di fare lo stesso, le nostre porte sono aperte! Per quanto tempo? Quanto vuoi. Io immaginavo però un periodo molto, molto, molto lungo. Avrei una dottoressa, in particolare, molto volenterosa... bravina in laboratorio... ha un carattere un po' da comprendere però lei sarebbe davvero entusiasta.*

«*Si chiama Alice Allevi...*»

Ringraziamenti

Sono tante le persone nei cui confronti mi sento profondamente grata per aver reso questo libro così com'è.

Ringrazio in prima battuta Stefano e Cristina Mauri per andare ben oltre la semplice definizione di editori, e il grande team Longanesi, in particolare Giuseppe Strazzeri perché trova sempre le parole giuste per me, Fabrizio Cocco per la premura con cui cura le mie storie, Raffaella Roncato e Tommaso Gobbi, che rendono possibile l'impossibile.

Nondimeno, mi sento in debito anche nei confronti dell'intero comparto scrittura e produzione Endemol e Rai Fiction, perché le sessioni di lavoro alla prima e alla seconda serie dell'*Allieva* hanno messo in circolo tanta linfa creativa di cui continuo a raccogliere i frutti; in particolare, sono grata a Peter Exacoustos, per i continui insegnamenti e per le idee che mi ha trasmesso, a Massimo Del Frate, Benedetta Galbiati e Cecilia Calvi.

Ancora, sento di dover ringraziare tutti, ma proprio tutti gli interpreti della serie *L'allieva* per aver dato volto, voce, espressioni e tutta un'identità ai miei personaggi, così perfetta che adesso non può fare a meno di influenzarmi. Ed è bellissimo!

Grazie a Carmen Prestia per essere entrata nella mia vita dandomi un instancabile e generoso sostegno.

Grazie al sito *www.balletto.net*, che ho letteralmente saccheggiato, a tutti i danzatori e le danzatrici i cui video ho visto in loop e le cui interviste ho letto allo scopo di dare credibilità ai miei personaggi; mi piacerebbe essere capace di tanta poesia ma ci tengo a precisare che le parole *sarei pronta a dare un po' della mia vita per permetterti di ballare per sempre* sono state dette da un'ammiratrice a Sylvie Guillem.

Per aver fatto uso a mani basse delle nostre conversazioni via WhatsApp, ringrazio Stefania Giovenco e ringrazio di cuore Elena D'Agostino e Piero Vinci per la loro amicizia e per aver risposto a una valanga di quesiti di tipo tecnico alla vigilia di Ferragosto. Immagino che per le stesse ragioni ormai anche Giovanni Andò tremi quando vede comparire il mio numero sul cellulare, e gli sono grata perché invece è sempre paziente.

Grazie a Francesco e Vanessa, per volermi bene malgrado non abbia visto *Star Wars* e nonostante sia un po' ladra di frasi, come tutti gli scrittori.

Grazie a Stefania Bertola per la sua frase su Arianna e a *Sex and the City* perché continua a ispirarmi. Per la stessa ragione mi sento grata a Stefan Zweig, Elizabeth von Arnim e Sophie Kinsella.

Grazie a Maria Grazia, Valeria e Amalia per la loro costante e irrinunciabile presenza e alla mia famiglia acquisita per l'affettuosa partecipazione.

Grazie a Stefano, di talmente tante cose che meriterebbero un capitolo a parte.

Grazie a Eloisa e Bianca, che sopportano questa pazzerella della mamma.

Grazie ai miei adorati lettori, che fanno di me una scrittrice.

Ultime ma non ultime, ringrazio nonna Anna e mia mamma, per il loro appoggio incondizionato e il loro amore immutabile.

Questo libro è dedicato alla memoria del mio amatissimo nonno, Giovanni Tirrito.